尋夢齋讀騷

陆天鹤　陆天华　著

黄山书社

◎右天鹤左天华　六十年代初摄于桐乡濮院

寻梦斋谈骚

目录

弟兄共同治楚骚（代序）

看到这题目我不知从何说起[①]。因为我与楚辞的一段因缘和弟弟天鹤分不开，所以就不能不触动一些本想努力忘却的往事。

1958 年我被划入异类，在本地农村劳动，无法赡养父母，弟弟便惟求早点参加工作。在嘉兴师范毕业后，他被分配到桐乡教书，不久就申请调到了澉浦。那时姐姐出嫁，父亲去世，他实在不放心母亲，更不放心我。我们就像两只才会飞的小鸟，一只受了伤，一只便陪伴在它的身边。他的工资总是全部交给母亲维持母子三人的生活，有时还请母亲买点酒同我一起喝，一边喝一边畅谈看法，争论文学艺术方面的问题，其乐可以忘忧。然而烧书的风暴来了，风声一天比一天紧。那天姐姐特地从南北湖赶来报

① 原题为《我与楚辞》，作于 1996 年 12 月，载《楚辞研究成功之路——海内外楚辞专家自述》一书（重庆出版社 2000 年 12 月出版），该书出版时改为现在的题目。

信后，我们知道那些书已在劫难逃，连夜挑出一些最心爱的和尚未读过的，把它们塞在地板底下；还有大量唐诗宋词、明清小说和外国文学作品，因屋小书多，藏不胜藏，只好让它们留在两只大箱子里听天由命了。地板下这一小部分幸存了下来，夜夜转换地方。有一天姐姐挑着一对小儿女来过夜，说还是把这些书藏到她家去，我便冒险从花坛里挖出，放在箩筐底下，一头坐个女孩，一头坐个男孩，天刚亮就让她挑了去。几天后姐来说："回家放开来，里面爬着蝼蛄，塑料膜已被咬破，又湿，又烂，还有蚯蚓。我已用火烘干，怕没用了。"后来和弟弟到姐家，从屋顶下结满蛛网的搁板上捧出来一看，由于沾上过面粉（藏到过面粉缸底下），每本书都是密密麻麻的蛀孔，书页残缺不全，一碰就碎，加以水渍黄斑，火烘得焦黑，真是惨不忍睹。我们挑出一本《脂砚斋红楼梦辑评》和一本惠特曼的《草叶集》作为纪念，其余的一一向它们拜别，送进灶膛，让它们"质本洁来还洁去"。

于是哥俩就从空中花园跌进了一片大漠。一日，朋友来归还一本借去的书，一看是马茂元选注的《楚辞选》，翻开来，"寻梦斋藏书"章鲜明夺目，确是我家之书。其时焚书之风已过，它居然被保存得完好无损，便成了我们惟一幸存下来的文学书。在无书可读的情况下，就像乞丐得到了一根火腿骨，愈啃愈有味。想起以前读郭沫若和文怀沙的《今译》，感受完全不是这样，于是就起了重译这些诗的念头。那时候我得跟着小队长的叫声到田里干活，弟弟得按时到校，我们就每天在出工和上班前背出几句原文，各自去进行翻译，要求是译诗必须达到"信""达""雅"。当然，这翻译是在脑子里进行的。我在田间劳动的时候，肩压重担在陌上来来回回的时候，赤着的脚在水车上飞动的时候，或者是被批斗的时候，坐在田头吃饭的时候，都可以进行这项无形的笔耕而不被人察觉；只是有时候有人跟我说话我没听见，答非所问，人家便说我有点木头木脑，这也很合乎常情。而同在这一天里，同样这几句原文，正在另一个脑里被咀嚼。学校停课闹革命，弟弟可以缩在会场的一个角落，有机会更可以躲到一僻静无人之处，面前摊一份报纸，把那几句话在心里琢磨个透。晚上我们回到家里，在一块玻璃下衬一张白纸，各自把译好的几句写在玻璃板上，互相比较，然后取长补短，再一同进行修改。夜晚红卫兵来敲门，我们只需用抹布在玻璃板上一擦，十分保险。译句一定型，便储存在哥俩的脑子里（我们怎敢录在纸上），不时轮流背诵，相互校正记错之处。当然，翻译不是每天都很顺利的，为一句、一个词或字，争论几个晚上是常有的事。这样日复一日，年复一年，《楚辞选》里的主要篇章都在我们的头脑里变成了现代语，却不知我们生命的春天也将消逝殆尽。近年我发表的《〈大司命〉之我见》《〈山鬼〉之我见》《〈河伯〉之我见》等文，原文下均用译诗代替注释，那些译诗便是当年在小玻璃板上定型的。

由于翻译必须字斟句酌，译出的句子必须放到作品整体中去考察，所以一句也不容打混仗，更不容避开疑点。正因为这个缘故，不少问题我们都是在翻译中发现的。发现了问题若不彻底弄清它，就译不下去，这就迫使我们进入“研究”了。要研究就必须了解古今诸家对同一问题的看法，越广泛越好，但那时候哪有这种条件呢？于是我们只能细细涵泳原文，从作品本身去寻找答案。“文革”后期，屈原被封为“法家诗人”，他的作品开了禁，我们就通过朋友到杭州大学去借书，把自己的一些结论和旧注一一比较，得失也就了然。

母亲常说：“苦就苦在书里，还要自讨苦吃！屈原屈原，一开口总是屈原，就不想成个家……我现在还好给你们管管小囡……”

母亲的话是对的，可我们没有书实在不能过日子。钻在楚辞里，纯粹是为了消磨那些苦难的岁月。

时间进入 1976 年，“四人帮”倒台。我恢复工作后经济有了改善，母亲也每天给我们准备好新鲜的小菜，希望我们能吃好些、健康些，实现她抱抱孙子的愿望。可惜哥俩的想法不是这样。一场噩梦醒来，我们阅读和搜集书的癖好仍然不改。不同的是，购进来的书籍大多是有关楚辞的论著了；我们所关心的，也局限于有关楚辞的学术研究了。长期青灯黄卷的习惯也已无法改变，我们很乐意遵守每天十六小时的工作制，好在八小时以外的八小时现在不必再偷偷摸摸，小玻璃板也已成了陈迹。

我们自知在资料掌握、信息储有、理论修养等方面都很有限。特异的研究条件决定了我们特异的研究方式。我们的着重点是在对作品本身的认识，恢复它们本来的文学价值。以《少司命》篇为例，它在《九歌》中可谓歧说特多：有人认为少司命是子嗣之神，有人则认为是爱神；有人认为少司命是女性，有人则认为是男性；有人认为全篇是独唱，有人则认为篇中有男女双方对唱，等等。我们在长期研读和翻译中发现这样一个规律：凡是众说纷纭的篇章，必定是人们尚未正确认识的篇章。屈原的作品不是谜，研究者的责任就在于弄清它们的本来面目，让大家都能够欣赏它；而绝不是标新立异制造混乱，使读者不知所从。歧说多，必然有个是非问题，总得弄个水落石出。今本《少司命》全诗二十六句，我们做了这些工作：

一、首先对每一句作严格审查，发现句中一个字或词有疑问就查工具书，如“夫人自有兮美子”的“有”，“秋兰”“麋芜”与少司命职司的关系等。重点研究“满堂兮美人，忽独与余兮目成”和“入不言兮出不辞，乘回风兮载云旗。悲莫悲兮生别离，乐莫乐兮新相知”。仔细捉摸每一句与上下文、与整体的关系，每一节与上下节、与整体的关系。最后确认二十二句是女巫的唱词。唯有“与女沐兮咸池”以下四句，是另一个人的唱词。并无“对唱”。

二、再反复涵泳原文，发现女巫这二十二句唱词，非常精巧地构成一首赞美送子女神的歌，完整无缺。从而证明少司命是专管生育之神（与死神大司命相对）。从而也悟出作者的匠心：少司命的艺术形象的塑造，是通过女巫的描述来完成的。由于人们相信巫和神有交往，巫最了解神的情况，因此巫是歌唱和赞美少司命的最佳人选。作者让女巫作为少司命亲密无间的知心好友出现在观众面前，目的只是为了借巫之口把这位主“生”

之女神的感人行为描述得活灵活现，并非想表现一番浪漫的“爱情”。在全诗中，女神并无一言半语。那么，这“与女沐兮咸池”四句，出于何人之口？它如同缠在茄蔓里的一个冬瓜，更为令人注目了。

三、进一步“澄清捉螺蛳”，摆事实证明“与女沐兮咸池”四句确实不是女巫的唱词，无论称呼、语气、感情、身份、情调，还是说话人的性别，均不合；它与上下文、与整篇根本无法融为一体。结论：这四句写的是恋爱内容，是个男神的语气，不是本篇的文字，《少司命》篇多了这四句读不通。

四、联系《河伯》篇进行研究。今本《河伯》篇全诗十八句。首先重点研究河伯的爱侣是谁，这是弄清本篇的一个关键问题。最后确认是洛水女神。

五、对《河伯》篇每一句作严格审查，弄清它的真实含义和情感。画出黄河和洛水的地图，弄清“南浦”的地理位置，以及这送别之地“南浦”与“惟极浦兮寤怀”的关系。重点研究“鱼鳞屋兮龙堂”以下三句究竟是谁的唱词。最后确认全诗十八句均出于河伯之口，该诗是写河伯失去爱侣的痛苦之情，是一支勾魂夺魄的抒情恋歌。疑点：文理甚乱，前后抵牾。

六、把握住抒情主人公的感情脉络，重点研究每一句与上下文、与整体的关系，每一节与上下节、与整体的关系，最后证明在首二句（与女游兮九河，冲风起兮水扬波）的下面，确是缺了文字。把“与女沐兮咸池”四句插进去，则密丝合缝，不仅句法相同，称呼相同，身份、语气相同，连感情、格调、说话人的性别也完全一致，诗中矛盾抵牾之处全都文从字顺，疑团冰释。结论：《河伯》篇缺了这四句也读不通。它原是《河伯》篇的文字，是和“与女游兮九河”两句一起窜入《少司命》篇的。

一弄清这些问题，我们也就明白了造成种种歧说的原因：由于《河伯》篇四句到《少司命》篇去“安家落户”，把恋歌成分带进了《少司命》，所以会产生“巫神相爱”说；由于这四句明显是另外一个人的语气，便出现了“巫神对唱”说。至于断少司命为爱神，或断少司命为男神而把这四句定为少司命男神的唱词，均由此而来。同样，《河伯》篇由于缺了要紧的四句，文理大乱，注家只好用“对唱”来解释，把一首完整的抒情诗分割得支离破碎，人称杂乱，却又说不清与河伯“对唱”的究竟是谁。这当然不能不使我们产生怀疑而要探个究竟。我们这些工作做得很苦，自然苦中也有乐。这短短二十六句《少司命》篇所花去的时间，包括当年在田头的捉摸、“寻梦斋”里的争论和玻璃板上的翻译，便要以“年”来计的。至于情况比这复杂得多的篇章，所耗时间就更无法计算了（好在那时候时间不值钱）。我们总觉得，屈原的作品经过长时期封建时代文人学者的解释，文学艺术的特征未被重视，倒是熏上了一股酸气，一股霉味。我们要给它们洗洗澡，恢复它们原有的国色天香，使它们从一小部分人中走出来，走向广大读者。

然而万万没有想到，就在我们反复探究《怀沙》之谜的时候，死神要把我们这对兄弟拆散了。1985 年大雪纷飞的春节送弟弟住进医院，到桃李花开的清明他就离开了人间，去时还是一头乌黑的浓发。母亲承受不了这样的悲伤而病倒，于次年爆竹声声的大年初四，也离开了这个世界。

灾难尽了，他们都走了。从弟弟闭上眼睛的那一刻起，我知道只要我的眼睛还睁得开，人世间看重的一切对我已无所谓，七情中的“乐”字已从此与我告别。过去，哥俩最害怕撕日历，一张日历丢进火里，看着这生命之树的一片叶子化成了灰，我们总会无言地呆上片刻。然而，现在这两棵枝枝相交、息息相通的树，一棵已飘尽了最后一片叶子，枯萎了。从此以后，爆竹连天的佳节，春暖花开的日子，成了我最难捱的日子，至今犹然。伯牙摔琴之痛，至此方才深切体会。我没有将书稿扔进火里，是因为能看到弟弟的手迹，我把它们锁进了箱子，一锁就是几年。每晚喝酒，看金庸的小说，喝醉了倒头就睡，就怕醒来睁开眼睛。我成家，就在这个时期。妻子周伟乔在海盐丝厂工作，她希望我再树起一根支撑生命的柱子。

不久孩子出世，哦，我做父亲了！我抱起孩子对他说："干吗来得这么迟啊？祖母、叔叔等不及你啦！"两行泪水夺眶而出，滴落在孩子脸上。孩子最近才过九足岁生日，小学三年级学生。家庭成员完全变换，身世的变幻恍如隔世。人们说我幸运，我也只好笑笑，惟自知此心早已枯死一半。当我再次打开那个尘封的书箱，重又埋首于那堆黄卷时，心情已完全不同于以前，就如进佛门为归宿的人借佛经忘却往事差不多。因为只有躲进小屋扭亮灯，才觉得弟弟仍在我身边。

弟弟曾说：一个结论是要经受千年万代的读者检验的。我每成一文，总会想起这话。近年发表的拙文，其观点均在哥俩共同探索中酝酿而成，如今由我执笔写出、修改定稿，历时均在二十年以上。去年写成的《探〈涉江〉〈哀郢〉之作时、作地与作因——兼论〈怀沙〉和〈悲回风〉》，情况亦相同。我们对这四篇的认识，与传统说法出入之大，以《怀沙》为最。我们在玻璃板上的译诗表明：屈原从南土急急北行，是因为北方发生了非同寻常的事变，全诗都是他在匆匆北行途中的独白。全篇的每一句都证明，这事是指顷襄二十年（前 279 年）白起发动的那场进攻。考察题义，旧说亦不符合作品的实际内容。弟弟在医院的最后几天，还和我谈到《怀沙》，认为它真实地记录着屈原在郢都陷落前的行踪与心情，是一份了解屈原晚期情况的珍贵资料；《怀沙》一破译，则屈原的放地、放因以及屈原在白起破郢前何以会在郢都等极为重要的问题，都可以一清二楚。惟题义问题已不能和弟共同探讨，是我独自继续的。关于《哀郢》，我们认为自朱熹、汪瑗以来取得的进展是不容易的。《哀郢》的实际内容是一个客观存在，不能因为这样那样的"履"而削它的"足"。认识总要有个过程，有时需要几代人来完成这一过程。我们从谋篇布局的角度进行研究，证明《哀郢》的结构是"今——昔——今，以写今为主"。这就足证"回忆放逐"说不能成立。再与《涉江》作一番比较，真假"放逐"就更分明。《哀郢》自东汉王逸主"放逐"说以来，那篇真正的放逐之作一直掩藏着，现在我们把那位“真公主”请了出来。关于《悲回风》，我们认为它的文学价值和史料价值不可忽视，它是《九章》中的一座高峰，寻幽探胜者绝少涉足，云雾之上的无限风光鲜为人知。前人说它是“临绝之音”诚然不错，但这“临绝”是在何年？原因是什么？“回风”的深层象征意义又是什么？这个作品究竟是在怎样的历史条件下产生的？不弄清这些，就无法认识这一诗篇，因为屈原死在任何一年，死于任何原因，这四个字的评语都是适用的。文学作品中“朦胧”“空灵”是一种美的境界，搞研究却不可采用这种手法。屈原的可靠史料不多，我们要了解他一生的真实情况，最好能从他自己写的文字中取证，正如他的生年月日得从他自己的作品中去考定一样。鉴于上述四篇作品涉及屈原放地、放时、放因、晚期经历和卒年、死因等一系列重要问题，而清人蒋骥的结论并不可靠却又影响深远，这是我们不得不写《探》文的缘由。拙文写成后我照例要请崔富章先生过目，崔先生学养深厚，胸怀宽阔，我听了他的意见心里才觉踏实。这次他又很快给我写了回信：

大作《探〈涉江〉〈哀郢〉之作时、作地与作因——兼论〈怀沙〉和〈悲回风〉》已经收到，连读两遍，兴味盎然。我感觉，你的文章很有感染力、说服力。你善于从屈原作品内部探讨作者生平事迹，长于把握文章的脉络气势，辅之以章句训诂，文章极有生气。关于《涉江》的作因是放逐，放逐的原因是反对亲秦，地点是江南溆浦一带，时间当在顷襄七年以后；《哀郢》的作因是郢都沦丧于白起，时间在顷襄二十一年仲春；《怀沙》作于顷襄二十年屈原自江南返回郢都行旅之间；《悲回风》作于顷襄二十一年秋冬间之汨罗一带；这些观点，我觉得都可成一家之言，理应公诸同好，以期引起讨论，把屈学研究推向深入，进而探讨一些深层次的问题。未知吾兄以为然否？

崔先生是成就卓越的著名学者，我是乡镇中学一个普通教师，而他却从来没有一点架子，待我如弟兄，总是给我鼓励、帮助与温暖，给了我克服困难的勇气。还有蒋南华先生、江立中先生、熊任望先生、朱碧莲先生、殷光熹先生、戴志钧先生，他们也都关怀我，同情我，大力帮助我，都是我铭记不忘的益友良师。熊先生甚至给一家刊物写信，要求撤回自己被采用的稿子，换上我的稿子，想起这事我总会涌起感激之泪。德高望重、年逾八十的汤炳正先生，也曾多次亲自给我写信，悉心指导，热情鼓励。我还要特别感谢一位学者——周建忠先生。我与周先生相识最早，是周先生带我走进楚辞界，我才得以拜识上述诸位先生，以及许许多多可以求教的专家学者。

清明节扫墓，人们烧纸钱，我到南北湖弟弟墓前，烧一篇发表的文章。春游的人们都来观赏美景，我独自坐在墓前呆上一会，拜别弟弟后就只想快快回家。整个春暖花开的季节，什么地方都不想走。中秋时节朋友开车来拖我去观潮，我也婉言谢绝了。这些赏心乐事我并非不爱，也不是天生爱坐冷板凳。只是想到此生竟无缘与弟弟携手一游，便觉兴味索然。偶尔走进书店，看到当年掩埋在花坛香椿树下的书又出版了，但我已没有收藏的兴趣，倒反凄然勾起许多往事。记得有一次弟弟在花坛边低吟：

花瓣上的露水
我知道是你花朵的泪
太阳那么温暖 春光那么明媚
花呵 为什么
你还要这样伤悲？

是的

太阳非常温暖 春光非常明媚
我们都很幸福 我们都在成长
可是我们最美丽的姐妹——
正直人的心瓣
却在凄风苦雨里枯萎……

在“打倒”和“砸烂”之声日夜狂叫的年代，弟弟没有随波逐流，而是冷静地用他自己的眼睛看，用他自己的脑子判断。对待屈原的作品他同样如此，宁做自己的笨功夫，决不盲从。他曾把这首小诗谱上曲，歌声犹在耳，而今已“十年生死两茫茫”。现在我写这篇《我与楚辞》，就算是对弟弟的一点纪念吧。

陆天华 1996 年 12 月

《离骚》译注

《离骚》是屈原的代表作。

《离骚》的篇名，古今有多种解释。汉代人把“离”解作“遭”，“骚”解作“忧”，认为“离骚”是遭遇忧患的意思，比较可信。

《离骚》的写作年代，也有多种看法。根据屈原在本篇中所透露的各种信息，我们认为作于楚怀王后期（特别是怀王二十四到二十六这几年）的可能性较大，也较符合《离骚》的实际内容。

帝高阳之苗裔兮，	本是古帝高阳氏的后裔，
朕皇考曰伯庸[1]。	我已故的父亲叫伯庸。
摄提贞于孟陬兮，	正当寅年的正月，

惟庚寅吾以降②。	我在庚寅那一天降生。
皇览揆余初度兮，	父亲研究了我的生辰，
肇锡余以嘉名③。	就给我取了个美名：
名余曰正则兮，	名，叫做正则，
字余曰灵均。	表字唤作灵均。

| 注释 |

①高阳：远古帝王颛顼（zhuān xū 专须）的称号。苗裔：后代子孙。兮：语气词，相当于“啊”。

朕（zhèn 振）：我。古时不分贵贱的自称，秦始皇开始定为皇帝自称的专用词。皇：大。考：指亡父。皇考：对亡父的尊称。

②摄提：寅年的别称。贞：正，当。孟陬（zōu 邹）：夏历正月的别名，即寅月。

惟：发语词。庚寅：正月里的一天，寅日。降：诞生。

③皇：上文“皇考”的省文，指父亲。览揆（kuí 葵）：观察、衡量。余：我。初度：初生之时，指生庚年月。

肇（zhào 照）：开始。锡：通“赐”，赐给。嘉：美好。

纷吾既有此内美兮，	我既有此内在的美质，
又重之以修能①。	又兼有美好的仪容。
扈江离与辟芷兮，	喜爱江离与白芷的纯洁，
纫秋兰以为佩②。	身上的佩饰用秋兰缀成。

| 注释 |

①纷：盛多的样子。内美：内在的美好品质。

重：加上。修：美好。能：通“态”。修能：指容仪之美。一说，指优秀的才能。

②扈（hù 户）：楚方言，披在身上的意思。江离：香草名。辟芷：生在幽僻地方的白芷。芷：香草名。

纫：联结。秋兰：香草名。佩：古人佩带在身上的装饰品。

汩余若将不及兮，	流水似的时光在前头催促，
恐年岁之不吾与[①]。	怕的是年岁不等待我。
朝搴阰之木兰兮，	清晨取山上的木兰自勉，
夕揽洲之宿莽[②]。	黄昏采江边的宿莽自策。
日月忽其不淹兮，	太阳和月亮在相互追赶，
春与秋其代序[③]。	春与秋在匆忙地交替轮换；
惟草木之零落兮，	想到草木的零落，
恐美人之迟暮[④]。	就担心美人迟暮。

| 注释 |

①汩（gǔ 古）水流急速貌。喻时光。不及：赶不上。

不吾与：即不与吾。与，等待。

②搴（qiān 千）：摘取。阰（pí 皮）：山坡。木兰：香木，俗称紫玉兰，相传这种树去皮不死。

揽：采。洲：水中的陆地。宿莽：香草，耐寒，经冬不死。

③忽：快貌。淹：停留。

代序：时序更相替换。

④惟：思。

美人：泛指有德才和有作为的人。一说，喻怀王。一说，屈原自指。迟暮：指年老。

不抚壮而弃秽兮，	何不把握壮年，弃绝污秽，
何不改此度[1]？	干吗不改弦易辙，开辟一条坦途？
乘骐骥以驰骋兮，	跨上骏马驰骋吧，
来吾道夫先路[2]。	来吧，我在前面带路！

| 注释 |

①不："何不"的省文。抚：持。秽：污秽。

度：指楚国不良的政治、法度等。

②骐骥：骏马。驰骋：奔驰。

来：来吧，招呼怀王之词。道：同"导"，引。夫：语助词。先路：前面的路。

昔三后之纯粹兮，	往昔那三位君王德行完美，
固众芳之所在[1]。	群芳就聚集在他们周围；
杂申椒与菌桂兮，	其间有花椒也有菌桂，
岂维纫夫蕙茝[2]？	岂止珍视那白芷和香蕙？
彼尧舜之耿介兮，	唐尧、虞舜多么正大光明，

既遵道而得路③。	他们遵循正道——道路宽又平；
何桀纣之猖披兮，	而狂妄放肆的桀纣，
夫唯捷径以窘步④。	因为爱走邪路，结果是寸步难行。
惟夫党人之偷乐兮，	想到结党营私者只管苟安享乐，
路幽昧以险隘⑤。	前途是那样黑暗险窄而危机四伏。
岂余身之惮殃兮？	难道我害怕自身遭到祸患吗？
恐皇舆之败绩⑥。	是担心君国会倾覆！

| 注释 |

①后：君王。三后：指夏禹、商汤、周文王。“三后”有多种解释，至今无定论。纯粹：指品德纯正。

众芳：喻群贤。在：指聚集之处。

②椒、桂、蕙、茝：都是香木香草，比喻各类人才。

维：通“唯”，只。纫：连接，联缀。夫：代词，那。茝（zhǐ 止）：同“芷”，即白芷。

③尧舜：传说中的上古圣君。耿介：光明正直。

道：正道。路：喻治国的大道。

④桀（jié 杰）纣（zhòu 宙）：夏桀、商纣，夏代末君和商代末君。猖披：猖狂放肆。

捷径：指邪路。窘（jiǒng 炯）步：难以举步。

⑤党人：指包围在楚怀王左右结党营私的小人。偷：苟且。

路：喻国家前途。幽昧：昏暗。险隘：危险狭隘。

⑥惮（dàn 但）：畏惧。殃：灾祸。

皇舆：国君的车子，这里喻楚王朝。败绩：翻车，指王朝倾危。

忽奔走以先后兮，	我不辞辛劳地在你左右效力，
及前王之踵武[①]。	一心希望你赶上前王的足迹。
荃不察余之中情兮，	可你一点不体察我的本心，
反信谗而齌怒[②]。	反而听信谗言，对我大发怒火。
余固知謇謇之为患兮，	我知道直言不讳要招灾惹祸，
忍而不能舍也[③]。	但我忍不住，不能丢开不说啊！
指九天以为正兮，	可以指苍天作证，
夫唯灵修之故也[④]。	只为你是一国之君的缘故！
初既与余成言兮，	当初同我约定的话，
后悔遁而有他[⑤]。	后来你反悔、回避，有了另外的打算和想法。
余既不难夫离别兮，	我并不难于跟你分离，
伤灵修之数化[⑥]。	伤心的是你反复无常，屡次变卦！

| 注释 |

①忽：急忙貌。奔走先后：跑前跑后。

及：赶上。踵（zhǒng 肿）：脚后跟。武：足迹。

②荃（quán 全）：香草名，喻指怀王。中情：内心的感情，本心。

齌（jì 记）怒：暴怒。

③謇謇（jiǎn 简）：直言貌。患：祸患。

舍：舍弃。

④九天：九重天，即上天。正：通“证”。

唯：只。灵修：神明，指楚怀王。按：此句下，一本有“曰黄昏以为期兮，羌中道而改路”两句衍文，应删。

⑤成言：约定，说定。

遁：回避，避开。有他：另生他意。

⑥离别：指离开楚王。

数化：数，屡次；化，变化。按：楚怀王的变心，最终逼出屈原一场激烈的心灵搏斗：“何离心之可同兮，吾将远逝以自疏。”

余既滋兰之九畹兮，	我栽种了九畹春兰，
又树蕙之百亩[①]。	又培植秋蕙百亩；
畦留夷与揭车兮，	一畦畦芍药与揭车种得整整齐齐，
杂杜衡与芳芷[②]。	中间还有马蹄香和芳芷。
冀枝叶之峻茂兮，	希望它们长得枝叶茂盛，
愿俟时乎吾将刈[③]。	一心期待着良好的收成。
虽萎绝其亦何伤兮，	唉，即使枯萎零落也无须悲伤，
哀众芳之芜秽[④]。	伤心这满园芳菲竟变成一片污秽！

| 注释 |

①滋：栽培。畹（wǎn 碗）：十二亩。九畹和百亩，表示数量多，喻人才。树：种。

②畦（qí 其）：作动词，分田块种植。留夷、揭车、杜衡、芳芷都是

香草，喻指所培植的各种人才。

③冀：希望。峻茂：高大茂盛。俟（sì 四）：等待。刈（yì 异）：收割。

④萎绝：枯死。众芳：指上述兰、蕙等各种芳草。芜秽：本指植物的荒芜，这里喻人才变质，与小人同流合污。这两句，即俗语所谓“烂尾巴不如绝尾巴”。

众皆竞进以贪婪兮，	一群人争着向上爬，贪婪无度，
凭不厌乎求索①。	追求财利而总不满足；
羌内恕己以量人兮，	再用自己的心肠去揣度别人，
各兴心而嫉妒②。	各个心生嫉妒。
忽驰骛以追逐兮，	奔走角逐，争权夺利，
非余心之所急③。	那不是我心里所热衷的；
老冉冉其将至兮，	衰老渐渐地就要到来，
恐修名之不立④。	只怕美好的声名不能树立。
朝饮木兰之坠露兮，	朝晨啜饮木兰花上的露水，
夕餐秋菊之落英⑤。	晚上食用秋菊的嫩瓣。
苟余情其信姱以练要兮，	只要我的情志美好而专一，
长颇颔亦何伤⑥？	形容憔悴又有何妨！

| 注释 |

①众：指群小。竞进：争相钻营，谋取权势利禄。凭：楚方言，满。厌：通“餍”，满足。求索：贪求索取。

②羌（qiāng 腔）：楚方言，发语词。内：指自己。恕己以量人：以己之心度量他人。兴：生。

③驰骛（wù 务）：奔走。

④冉冉（rǎn 染）：渐渐。修名：美名。

⑤落英：初生的花朵。落，始；英，花。

⑥信姱（kuā 夸）：确实美好。练要：精练要约，即思想感情专注于要事大节。长：常。顑颔（kǎn hàn 坎汗）：面黄肌瘦貌。

掔木根以结茝兮，	采用木兰的根丝系结白芷，
贯薜荔之落蕊[①]。	再穿上薜荔的花心；
矫菌桂以纫蕙兮，	芬芳的蕙花用菌桂贯串联缀，
索胡绳之纚纚[②]。	美丽的丝带是香草捻成。
謇吾法夫前修兮，	我这是效法前代的贤哲，
非世俗之所服[③]。	不是世俗流行的服饰；
虽不周于今之人兮，	尽管不投合时人的趣味，
愿依彭咸之遗则[④]。	愿依照彭咸的志行立身处世。

| 注释 |

①掔：同“揽”，采撷。木根：香木的根须。贯：串连。薜荔（bì lì 必利）：一种蔓生的香草。蕊（ruǐ）：花心。

②矫：举，取用。索胡绳：把胡绳搓成绳子。索，作动词。胡绳，香草名，蔓生。纚纚（xǐ 洗）：形容绳子长而美。上文说饮食的清洁，此处说佩饰的芬芳，比喻志行高洁。

③謇（jiǎn 简）：楚方言，发语词。法：效法。前修：前代贤人。服：用，佩。

④周：合。彭咸：传说是商代贤臣，谏君不听，投水自尽。遗则：留下的榜样。

长太息以掩涕兮，	拭着泪怆然长叹，
哀民生之多艰[①]。	哀叹人生啊多么艰难。
余虽好修姱以鞿羁兮，	我只是爱好美德约束自己，
謇朝谇而夕替[②]。	怎奈早上遭到谗毁，晚上就被废弃。
既替余以蕙纕兮，	废弃我，因为我佩带香蕙（驱除恶味），
又申之以揽茝[③]。	加上我采集白芷（抵御污秽）。
亦余心之所善兮，	这是我心中之喜好，
虽九死其犹未悔[④]。	即使死，死上几回也不会改悔！

| 注释 |

①长太息：长叹。掩涕：擦泪。民：人。民生：人生。

②虽：同“唯”，只。鞿：马缰绳。羁：马络头。鞿羁：喻自我约束。谇（suì 碎）：责骂，指遭谗。一说，谇，谏也。替：废弃。指罢职。

③以：因。纕（xiāng 箱）：佩饰。申：加上。

④亦：语助词。善：爱好。九：非实数，表示多。

怨灵修之浩荡兮，	怨恨君王太恣意任性，

终不察夫民心①。	总不考察考察人的内心。
众女嫉余之蛾眉兮，	情形就好比一群女人妒忌我的美貌，
谣诼谓余以善淫②。	造谣说我生性好淫。
固时俗之工巧兮，	时俗本来就工于机巧：
偭规矩而改错③；	背弃了规矩而改变路数，
背绳墨以追曲兮，	抛开了绳墨而随意邪曲；
竞周容以为度④。	竞相苟合取容，才是他们遵奉的金科玉律。

｜注释｜

①浩荡：原指水势浩大，此指楚王恣意任性，不辨善恶。夫：语助词。民心：人的内心。

②蛾眉：指美人。谣诼（zhuó 浊）：造谣诽谤。这两句，以“众女”嫉“蛾眉”而造谣生事，比喻群小嫉贤害能，诽谤屈原。

③固：本来。工巧：善于取巧。偭（miǎn 免）：背弃。规：定圆形的工具。矩：定方形的工具。规矩：喻法度。错：同“措”。

④绳墨：定直线的工具。这里指正直之道。周容：谄媚逢迎，取悦于人。度：常规，常态。

忳郁邑余侘傺兮，	心情是那样忧郁、苦闷、惆然，
吾独穷困乎此时也①。	我竟无路可走，竟碰上这样一个时世啊！
宁溘死以流亡兮，	宁愿死，宁愿让翻腾的江水把我冲走，

余不忍为此态也[②]！	也不愿做那种丑态啊！
鸷鸟之不群兮，	鸷鸟不与他鸟合群，
自前世而固然[③]。	自古以来就界线分明；
何方圜之能周兮，	方和圆怎么能配合呢，
夫孰异道而相安[④]？	志不同，道不合，又怎么能相容？
屈心而抑志兮，	委屈自己的心，压抑自己的意志，
忍尤而攘诟[⑤]？	忍受罪过？忍受耻辱？
伏清白以死直兮，	死——保持清白而死于正直，
固前圣之所厚[⑥]！	本是前代的圣贤所看重的！

| 注释 |

①忳（tún 屯）：忧伤苦闷。郁邑：郁结。侘傺（chà chì 诧翅）：失意而精神恍惚的样子。穷困：走投无路。

②溘（kè 克）：忽然。流亡：这里指死后形体随水流去。此态：指上述苟合求容之态。

③鸷（zhì 志）鸟：鹰类猛禽。固然：本来如此。

④圜：同“圆”。周：合。

⑤尤：罪过。攘（rǎng 壤）：取，指忍受。诟（gòu 构）：耻辱。

⑥伏：通“服”，犹言保持。死直：为正直而死。直，直道。厚：重，看重。

悔相道之不察兮，	悔恨自己选择道路时不加细察，

延伫乎吾将反[①]。	伫立彷徨，我打算折路回返。
回朕车以复路兮，	掉转我的车走上来时的路吧，
及行迷之未远[②]。	趁走入迷途还不算太远。
步余马于兰皋兮，	让马儿在兰草丛生的水边缓行，
驰椒丘且焉止息[③]。	驰到椒木茂盛的山丘休息片刻。
进不入以离尤兮，	进谏不被采纳反而招罹罪过，
退将复修吾初服[④]。	回去吧，回去修整我旧时的衣服。

| 注释 |

①相：看。道：道路。延伫（zhù 住）：长时间站立，迟疑的样子。反：同“返”。

②复路：回到旧路上。及：趁着。行迷：迷路。

③步：慢行。皋（gāo 高）：水边的地。丘：小山。焉：于此。

④离：通“罹”，遭遇。退：隐退。初服：当初未入仕时的服饰，喻原来的志趣。

制芰荷以为衣兮，	以菱荷之叶为衣，
集芙蓉以为裳[①]。	以洁白的莲花为裳。
不吾知其亦已兮，	不理解我也就算了，
苟余情其信芳[②]。	只要我的灵魂纯洁而芬芳！
高余冠之岌岌兮，	让我的高冠更加高昂，

长余佩之陆离[3]。	让长佩更加飞彩流光。
芳与泽其杂糅兮，	虽然芳洁和污浊曾经混杂在一起，
唯昭质其犹未亏[4]。	我清白的本质却丝毫没有损伤。

| 注释 |

①芰（jì 技）：菱，此指菱叶。荷：指荷叶。芙蓉：荷花。衣、裳：古代上身穿的叫衣，下身穿的叫裳。

②不吾知：即“不知吾”。已：罢了，算了。苟：只要。情：情实，指内心。信：确实。

③岌岌（jí 吉）：高耸貌。佩：佩带的饰物。陆离：光彩斑斓绚丽。

④泽：汗衣，贴身的内衣，引申为污垢。杂糅：混杂在一起。唯：发语词。昭质：明洁纯粹的品质。

忽反顾以游目兮，	忽然回过头放眼眺望，
将往观乎四荒[1]。	哦，我要去看看遥远的四方。
佩缤纷其繁饰兮，	佩饰是那样彩色缤纷，
芳菲菲其弥章[2]。	飘溢的花气越发馥郁芬芳。
民生各有所乐兮，	人人都有自己的爱好呀，
余独好修以为常[3]。	爱美爱善我已经习以为常。
虽体解吾犹未变兮，	即使形体遭受肢解也不会改变啊，
岂余心之可惩[4]？	难道惩罚可以叫我的心屈服吗？

| 注释 |

①反顾：回头看。游目：纵目四望。四荒：四方荒远之地。

②缤纷：盛多貌。繁饰：饰物多。菲菲：香气浓郁。弥：愈加。章：通“彰”，显著。

③民：人。民生：泛指人生。乐：乐意，喜欢。

④体解：古代酷刑，即肢解。惩：惩罚，戒惧。

以上为第一大段。自述其身世、品德、志趣和理想。他把改革的希望寄托于楚怀王，不想怀王变心，群小结党营私，培植的人才变质，自己遭到馋人诬陷。曾设想退隐，但最后仍不忘夙志，为下文“上下求索”作了铺垫。

女嬃之婵媛兮，	女嬃为我的处境牵萦在心，
申申其詈予[①]。	她责怪我，一遍一遍唠叨不停。
曰：“鲧婞直以亡身兮，	她说：“鲧因为刚直而不顾自身，
终然殀乎羽之野[②]。	最终过早地死在羽山的荒野。
汝何博謇而好修兮，	你干吗这样好说直话，这样喜欢芳洁，
纷独有此姱节[③]？	独独把美好的节操如此看重？
薋菉葹以盈室兮，	菉葹之类的恶草吃香得藏满屋子，
判独离而不服[④]。	你偏要明辨美恶，远离它们而不肯佩用！
众不可户说兮，	我们不可能挨家挨户去说明，
孰云察余之中情[⑤]？	怎么能指望别人理解我们的心？

世并举而好朋兮，	世俗喜欢相互吹捧，结党成群，
夫何茕独而不予听⑥？”	你到了这样孤单的地步，怎么我的话还是不肯听？”

| 注释 |

①女媭（xū 须）：旧说是屈原的姐姐。可能是诗人虚构的人物，与下文的灵氛、巫咸一样，用来表现错综复杂的思想感情的。婵媛（chán yuán 蝉元）：牵萦，牵挂。申申：反反复复。詈（lì 利）：责骂。予：我。

②鲧（gǔn 滚）：传说为夏禹的父亲。婞（xìng 幸）直：刚直。亡身：即忘身，忘记自身的安危。殀（yāo 妖）：早死。羽：羽山，神话中地名。

③博：广泛，多方面。謇：直言。姱节：美好的节操。

④薋（cí 瓷）：积聚。菉（lù 路）、葹（shī 失）：代表恶草。判：区别。服：佩用。

⑤户说：挨家挨户地去解说。余：女媭站在屈原一边说话的语气，作“我们”解。

⑥并举：相互推举。朋：朋党。茕（qióng 穷）独：孤独。不予听：即“不听予”。女媭这番话呢喃絮叨，只有爱护他的骨肉至亲才说得出来。但屈原并没有回答，却是去向重华陈词。裁剪之妙，无一闲笔。

依前圣以节中兮，	依前代圣贤之道来把是非判断，
喟凭心而历兹①。	不由喟然长叹，心中的愤懑已憋到今天！
济沅湘以南征兮，	我要渡过沅水和湘水向南进发，
就重华而陈词②：	我要向重华诉说我心里的话：

| 注释 |

①节中：折中，公正地判断是非曲直的意思。喟（kuì 愧）：叹息。凭：愤懑。历兹：至此，至今。

②济：渡。沅湘：沅水、湘水，湖南省境内流入洞庭湖的大河。征：行。重华：虞舜之名。陈词：陈述申诉之词。“济沅湘”二句，是想象，未可指为实事。

“启《九辩》与《九歌》兮，	“夏启沉溺于音乐歌舞，
夏康娱以自纵①。	寻欢作乐、骄奢放纵；
不顾难以图后兮，	不顾患难，也不为将来打算，
五子用失乎家巷②。	因而酿成了五个儿子的内讧。
羿淫游以佚畋兮，	后羿是个游乐打猎迷，
又好射夫封狐③。	一心一意只想着射得大狐；
固乱流其鲜终兮，	淫乱之徒本来就少有好结果，
浞又贪夫厥家④。	连妻子也成了寒浞的获物。
浇身被服强圉兮，	过浇仗恃自己的武力，
纵欲而不忍⑤。	放纵嗜欲而不能克制；
日康娱而自忘兮，	整日价吃喝玩乐，飘飘然忘乎所以，
厥首用夫颠陨⑥。	他的脑袋因此落地。
夏桀之常违兮，	夏桀行事爱违反常理，
乃遂焉而逢殃⑦。	终于招来了灭国亡身的祸殃；

后辛之菹醢兮，	纣王残暴到把人剁成肉酱，
殷宗用而不长[8]。	商王朝因而保不长。
汤禹俨而祗敬兮，	商汤和夏禹敬畏天理，
周论道而莫差[9]。	周初的君王讲究治道而不出差错；
举贤而授能兮，	他们举用贤才，选拔能人，
循绳墨而不颇[10]。	好比工匠遵守绳墨而不敢偏颇。

| 注释 |

①启：夏禹的儿子，继禹为君。《九辩》《九歌》：乐曲名，传说是夏启从天上偷来的。夏：大。康娱：安逸享乐。自纵：放纵自己。

②难：危难。图：谋，考虑。五子：指夏启的五个儿子。失：误增字，应删。用乎：因而。家巷：家庭内相互争斗。巷，通“讧”。夏启十年至十一年间，五个儿子叛乱；平乱后，小儿子武观被放逐到西河，至十五年，武观在西河又发动叛乱。“五子家巷”，指儿子叛乱而言。

③羿（yì 义）：夏代有穷国的君主，曾起兵推翻夏启之子太康。淫游：过度游乐。佚：放纵。畋（tián 田）：打猎。封狐：大狐，泛指野兽。

④乱流：淫乱之流。鲜：少。终：下场。浞（zhuó 浊）：寒浞，后羿的相，传说他贪恋羿妻，勾结逢蒙把羿杀死，占其妻为己有。厥：其。家：妻室。

⑤浇（ào 傲）：即过浇，寒浞与后羿妻所生之子。被服：即“披服”，引申为倚恃，依仗。强圉（yǔ 雨）：强暴有力。忍：克制。

⑥自忘：忘其身之危险。厥：其，指浇。用夫：因此。颠陨（yǔn 允）：掉落。指被少康所杀。

⑦常违：即违常，违反常规常理。遂焉：终于。

⑧后：君王。辛：商纣之名。菹醢（zū hǎi 租海）：古代酷刑之一，把人剁成肉酱。宗：宗祀。殷宗：指殷商王朝。

⑨俨（yǎn 掩）：庄重。祗：敬。周：指周初的文王、武王。论道：讲论治国之道。

⑩举贤：选拔贤人。授能：把职务交给有才能的人。循：遵守。绳墨：喻法度。

“皇天无私阿兮，	“老天爷是没有偏私的呀，
览民德焉错辅①。	总是看人的德行给予帮助；
夫维圣哲以茂行兮，	只有聪明智慧、茂德美行的人，
苟得用此下土②。	才能够享有这广袤的国土。
瞻前而顾后兮，	历览古往今来的兴亡，
相观民之计极③。	看看民众衡量是非的标准，
夫孰非义而可用兮，	哪有不义之事而可以做？
孰非善而可服④？	哪有不善之事而可以行？

| 注释 |

①阿：偏袒。民：人。错：同“措”，实施。辅：辅助。

②哲：智慧的人。茂行：盛德之行。苟得：才能够。用：享。下土：指天下。

③相观：观察。民：民众，百姓。计：计算，衡量。极：准则，标准。民之计极：民众的衡量（是非善恶的）标准。

④服：用，行。指行事而言。

“阽余身而危死兮，	“我知道危险和死亡在贴身相随，
览余初其犹未悔①。	回顾当初的心志还是无悔。
不量凿而正枘兮，	不按照凿孔去削成相配合的斧柄，
固前修以菹醢②。”	无怪乎前贤要遭到剁成肉酱的厄运！”

｜注释｜

①阽（diàn 电）：临近危险。初：初心，初志。

②凿：孔眼。如斧上插柄的孔眼。枘（ruì 锐）：榫头。如斧柄的前端，须量好孔眼的大小粗细来削正榫头，才能插入。

曾歔欷余郁邑兮，	抽噎不止，内心苦闷，
哀朕时之不当①。	哀怜此生没遇上好时世；
揽茹蕙以掩涕兮，	拿起柔软的蕙草拭泪，
沾余襟之浪浪②。	止不住的泪水已湿透衣襟。

｜注释｜

①曾：通“增”，更加。歔欷（xū xī 须西）：悲泣声。郁邑：郁闷。时：时世。

②茹：柔软。沾：浸湿。浪浪：泪流不断貌。

跪敷衽以陈辞兮，	跪在铺开的衣衽上诉罢衷情，
耿吾既得此中正①。	中正之道在心中更为分明；

驷玉虬以乘鹥兮，	鹥鸟为车，玉虬为马，
溘埃风余上征②。	趁着大风飘忽地向天上飞行。

| 注释 |

①敷：铺开。衽（rèn 任）：衣襟。此指长袍的下截。耿：明亮。中正：指止道。

②驷（sì 四）：同拉一辆车的四匹马。这里以虬代马。玉虬（qiú 求）：白色的龙。鹥（yī 一）：凤凰一类的鸟。溘：忽然。埃风：夹着尘埃的大风。

朝发轫于苍梧兮，	早上从苍梧启程，
夕余至乎县圃①。	傍晚降落在昆仑山上的悬圃；
欲少留此灵琐兮，	想在这仙山灵境稍作停留，
日忽忽其将暮②。	无奈日轮匆匆，眼看就要入暮。
吾令羲和弭节兮，	我叫太阳神停鞭慢行，
望崦嵫而勿迫③。	慢慢向她的老家崦嵫山靠近；
路曼曼其修远兮，	前面的路是那样漫长遥远，
吾将上下而求索④。	我将上天下地去找寻……

| 注释 |

①轫（rèn 刃）：刹车用的木块。发轫：发车，启程。苍梧：山名，即九疑山，在今湖南省境内。传说虞舜死于苍梧之野，葬在九疑山。县圃：

神话中地名，在昆仑山上。县，同“悬”。

②灵琐：神宫之门。琐，宫门上雕刻的花纹，这里指门。

③羲和：神话中为太阳驾车的人。弭（mǐ 米）：停止。节：指车行的速度。弭节，停车。崦嵫（yān zī 淹资）：神山名，日落处。

④曼曼：同“漫漫”。修：长。

饮余马于咸池兮，	让马儿在咸池饮水，
总余辔乎扶桑①。	把缰绳系在云霞缭绕的扶桑树上。
折若木以拂日兮，	折下若木的枝叶把太阳拂拭拂拭，
聊逍遥以相羊②。	暂且逍遥片刻，信步徜徉。
前望舒使先驱兮，	我派月神提着明灯在前头领路，
后飞廉使奔属③。	叫风神在后面奔走追随；
鸾皇为余先戒兮，	鸾鸟和凤凰先行警戒，
雷师告余以未具④。	雷神告诉我行装还没有齐备。
吾令凤鸟飞腾兮，	我立刻命令凤鸟展翅飞腾，
继之以日夜。	夜以继日，不要停。
飘风屯其相离兮，	回旋的风聚集拢来，
帅云霓而来御⑤。	率领着云霓来迎接；
纷总总其离合兮，	彩霞不停地聚拢又散开，
斑陆离其上下⑥。	五色缤纷，上下飘移。

| 注释 |

①咸池：神话中的池名，太阳洗澡的地方。总：系结。辔（pèi 配）：缰绳。扶桑：神话中的大树，长在日出之处。

②若木：神话中的大树，长在日落之处。拂日：拂拭太阳，使其明亮。相羊：同“徜徉”。

③望舒：给月亮驾车的神。飞廉：风神。属：跟随。

④鸾（luán 峦）：凤类神鸟。皇：通“凰”。先戒：先行戒备。雷师：雷神。未具：尚未齐备。

⑤飘风：旋风。屯：聚。离：通“丽”，附着。帅：通“率”。御（yà 讶）：通“迓”，迎接。

⑥纷总总：纷然杂聚貌。离合：忽离忽合。斑陆离：色彩斑斓，五光十色。上下：忽上忽下，流动变幻。

吾令帝阍开关兮，	我叫天帝的守门人开门啊，
倚阊阖而望予①。	他却靠着天门冷漠地看我。
时暧暧其将罢兮，	天色渐渐地昏暗起来，
结幽兰而延伫②。	空结幽兰，我在天门外久久徘徊。
世溷浊而不分兮，	世道混浊得善恶不分，
好蔽美而嫉妒③。	就喜欢遮蔽美而心生嫉妒。

| 注释 |

①阍（hūn 昏）：守门人。关：门闩之类。阊阖（chāng hé 昌合）：天门。

②暧暧（ài 爱）：昏暗貌。罢：完结，指一天将完。结：编结，打结。幽兰：兰草，多生于幽僻处，故名。以芳草束结寄意，赠给爱慕的人，是古代男女恋爱生活中一种社会风俗。

③溷（hùn 混）浊：混乱污浊。

朝吾将济于白水兮，	天亮我渡过白水，
登阆风而绁马①。	登上阆风山把马拴住；
忽反顾以流涕兮，	蓦然回首不由得悲从中来，
哀高丘之无女②。	哀叹这高丘上竟没有可求之女。
溘吾游此春宫兮，	一忽儿游到春神的宫中，
折琼枝以继佩③。	折取玉树的琼花来加上我的佩饰；
及荣华之未落兮，	趁着美丽的花朵还没有凋谢，
相下女之可诒④。	看看下界可有好女子值得赠予。

| 注释 |

①白水：神话中水名，传说源出昆仑山。阆（lǎng 朗）风：神话中地名，在昆仑山上。绁（xiè 泄）：系，拴。

②高丘：泛指天门外之高山。女：神女。

③春宫：春神所居的宫殿。琼枝：玉树的枝。

④荣、华：都是花。下女：下界女子。诒（yí 仪）：通“贻”，送。

吾令丰隆乘云兮，	我叫云神挂起白云的帆，

求宓妃之所在[①]。	去寻找洛水女神宓妃的住处；
解佩纕以结言兮，	解下佩饰打一个表示爱慕的结，
吾令蹇修以为理[②]。	派蹇修做求偶的使者。
纷总总其离合兮，	可她就像云霞一样灿烂却又不断变幻，
忽纬繣其难迁[③]。	顿觉双方抵触不合，禀性都难以改变。
夕归次于穷石兮，	晚上她到穷石去过夜，
朝濯发乎洧盘[④]。	清早在洧盘的水边洗头发；
保厥美以骄傲兮，	凭借着美貌而骄傲轻浮，
日康娱以淫游[⑤]。	一天到晚只知道玩乐嬉游；
虽信美而无礼兮，	虽然很漂亮却不讲礼法，
来违弃而改求[⑥]。	只好抛开她而另作追求。

| 注释 |

①丰隆：云神。宓（fú 伏）妃：洛水女神，相传是古帝伏羲氏之女。

②纕：佩饰。结言：在佩带上打个表情达意的结。蹇（jiǎn 简）修：人名。理：媒人。

③“纷总总”句：是说宓妃美如变幻的彩霞。纬繣（huà 画）：乖戾，即抵触，不一致。指双方而言，是说宓妃的美而多变与屈原求女的要求不合。难迁：难以改变。也是指双方的：宓妃多变的本性难改变，屈原反对“多变”的禀性也难改。下面几句就是“弃而改求”的原因。寓意是很耐人寻味的。

④次：止宿。穷石：神话中地名。相传为后羿所居之地。洧（wěi 委）

盘：神话中水名。

⑤保：恃，仗着。厥：其，指宓妃。

⑥来：乃。

览相观于四极兮，	看遍四远八荒，
周流乎天余乃下[①]。	周游了天上我就往下降落。
望瑶台之偃蹇兮，	望着高耸的白玉瑶台，
见有娀之佚女[②]。	看到有娀氏的美丽公主。
吾令鸩为媒兮，	我托鸩鸟去做媒，
鸩告余以不好[③]。	鸩鸟告诉我：那个女子不大好。
雄鸠之鸣逝兮，	雄鸠一边飞一边咕咕呱呱叫，
余犹恶其佻巧[④]。	我讨厌它花言巧语太轻佻。
心犹豫而狐疑兮，	心里是那样犹豫不定啊，
欲自适而不可[⑤]。	想自己去吧，礼节上又不许可。
凤皇既受诒兮，	再说，帝喾已经托凤凰致送聘礼，
恐高辛之先我[⑥]。	只怕高辛氏已经捷足先得。

| 注释 |

①览、相、观：都是看。四极：四方极远处。周流：周游。

②瑶台：玉砌的台。偃蹇：高耸貌。有娀（sōng 松）：传说中的古国名。佚女：美女。传说有娀氏之女名简狄，帝喾（kù 库）之妃，生子契，为商朝的始祖。

③鸩（zhèn 振）：传说羽毛有毒的鸟。

④鸠：鸟名。恶：厌恶。

⑤适：往。

⑥诒：通“贻”，指聘礼。“受诒”，是说凤凰已带了帝喾的聘礼前去做媒。高辛：帝喾即位后之称号。

欲远集而无所止兮，	想远行又没有可去的地方，
聊浮游以逍遥[①]。	只好漫无目的地任意游荡。
及少康之未家兮，	忽然想起夏少康尚未成家，
留有虞之二姚[②]。	有虞氏的两位女郎还留在闺房。
理弱而媒拙兮，	可我的媒人那样笨拙，
恐导言之不固[③]。	说合的希望恐怕靠不住。

|注释|

①集：本指鸟栖于树，即栖止之意。浮游：游荡。

②少康：夏后相之子。未家：未成家。有虞：古国名，姚姓。二姚：有虞国君的两个女儿。传说夏后相被浇杀死后，少康逃至有虞国，娶了国君的两个女儿。后来他借助有虞的力量杀死了浇，恢复夏朝。

③理、媒：都指媒人。导言：指媒人说合的言词。

世溷浊而嫉贤兮，	世道混浊而嫉贤，
好蔽美而称恶[①]。	喜欢障蔽美而称扬邪恶。
闺中既以邃远兮，	闺门是如此深邃难通哟，

哲王又不寤[2]。	明哲的君王又总是不醒悟。
怀朕情而不发兮，	满怀衷情而无处可倾诉，
余焉能忍与此终古[3]！	我怎能眼看这理想随着生命一同死去！

| 注释 |

①称：举。称恶：抬举恶人或称道恶行。

②闺中：上述美女的居室。邃：深远。哲王：指楚怀王。寤：通“悟”。

③此：指“不发”之情，即理想。终古：永远。

以上为第二大段。通过向重华陈词，就进入了“上下求索”的幻境。借“求女”来象征自己对理想的追求，进一步折射出他在现实中的遭遇与无奈。满腔热情，换来的只是失望和痛苦。

索藑茅以筳篿兮，	取出灵草和小竹片，
命灵氛为余占之[1]。	请灵氛为我的追求占卜。
曰：两美其必合兮，	他说：“双方美好必然能结合，
孰信修而慕之[2]？	（可此地）谁真正美好而（使你）爱慕？
思九州之博大兮，	想想吧：天下如此广大，
岂唯是其有女[3]？	难道只有这里才有美女？”
曰：勉远逝而无狐疑兮，	又说：“不要迟疑了，只管远走高飞！
孰求美而释女[4]？	哪一个寻求佳偶的人会放弃你？
何所独无芳草兮，	天涯何处无芳草，
尔何怀乎故宇[5]？	你对这故乡还有什么留恋呢？

世幽昧以昡曜兮，	世道这样昏暗，这样使人眼花缭乱，
孰云察余之善恶⑥？	有谁来明辨咱的是是非非？
民好恶其不同兮，	人们的爱好与厌恶诚然不一样，
惟此党人其独异⑦。	独有那帮结党营私者真是异乎寻常，
户服艾以盈要兮，	人人腰间挂满了难闻的蒿艾，
谓幽兰其不可佩⑧。	倒说馥郁的幽兰不可佩在身上！
览察草木其犹未得兮，	草木的香臭尚不能辨别，
岂珵美之能当⑨？	看待美玉又岂能得当？
苏粪壤以充帏兮，	把粪土装进香囊，
谓申椒其不芳⑩。	反而说花椒并不芬芳！”

| 注释 |

①索：取。藑（qióng 琼）茅：用来占卜的茅草。以：与。筳篿（tíng zhuān 廷专）：占卜用的竹片。灵氛：上古神巫名。

②曰：主语是灵氛，以下四句是灵氛的话（详拙作《浅谈“占卜”与“降神”》）。孰：谁。信修：真正美好。慕：爱慕。

③九州：泛指天下。是：此，此地，指楚国。

按：这四句具有指点迷津的作用，是“占卜”一节的主旨，下面的十四句话都是围绕这个中心的。

④勉：努力。释：放弃。女：通“汝”，你，指屈原。

⑤芳草：比喻所求之女。故宇：旧居。

⑥昡曜（xuàn yào 炫耀）：本指日光强烈，这里是目光迷乱的意思。

余：咱们，是灵氛站在屈原一边说话的语气。

⑦民：人们。惟：通“唯”，只。

⑧户：家家户户。服：佩带。艾：比喻恶草。盈：满。要：通“腰”。

⑨珵（chéng 呈）：美玉。当：得当。

⑩苏：取。粪壤：粪土。充：塞满。帏（wéi 维）：古人身上佩带的香袋。

欲从灵氛之吉占兮，	想听从灵氛的吉占，
心犹豫而狐疑。	心里犹豫不定，欲行又止；
巫咸将夕降兮，	巫咸将在晚上降神，
怀椒糈而要之[1]。	揣着香椒精米，去祈求神的启示。

| 注释 |

①巫咸：上古神巫。夕降：巫者常在夜间称有天神下降，附在他身上，借他的嘴说话。糈（xǔ 许）：精米，祭神用。要：通“邀”，迎候。

百神翳其备降兮，	百神像云霞般蔽空齐降，
九疑缤其并迎[1]。	九疑山众神纷纷上前迎接；
皇剡剡其扬灵兮，	光彩闪烁神明显灵，
告余以吉故[2]。	告诉我许多吉利的故事。
曰：勉升降以上下兮，	巫咸说：“要尽力做到能上能下，随高就低，
求榘矱之所同[3]。	寻求政治主张的相同之处；

汤禹严而求合兮，	汤和禹那样虔诚地寻贤求辅，
挚咎繇而能调[④]。	还必须伊尹和皋陶能够配合，君臣协调。
苟中情其好修兮，	只要衷心喜爱善与美，
又何必用夫行媒[⑤]？	又何必一定要借助媒介？
说操筑于傅岩兮，	傅说拿着木杵在傅岩夯土筑墙，
武丁用而不疑[⑥]。	武丁一见就重用他，毫不犹疑；
吕望之鼓刀兮，	吕望做过屠夫，在市朝用刀敲击着肉案，
遭周文而得举[⑦]。	一遇到文王终于得以施展抱负；
宁戚之讴歌兮，	宁戚一边喂牛一边唱着感伤的歌，
齐桓闻以该辅[⑧]。	齐桓公听了，就聘他为大夫。
及年岁之未晏兮，	你要趁着年纪未老，
时亦犹其未央[⑨]。	季节还没有到花落春尽的时光，
恐鹈鴂之先鸣兮，	怕只怕鹈鴂抢先鸣叫，
使夫百草为之不芳[⑩]。	使得百草千花不再芬芳。”

| 注释 |

①翳（yì 义）：遮蔽。备：齐。九疑：指九疑山之神。缤：盛多貌。

②皇剡剡（yǎn 演）：大放光芒貌。扬灵：显灵。

③曰：主语是巫咸。升降：指仕途的升降进退。“升降以上下”，即随升降而上下。这是劝他适应现实境遇的变化，“升”则能“上”，“降”则能“下”。榘矱（huò 获）：比喻法度、准则，即政治主张。第一句劝

他要能上能下，第二句劝他在政治主张上与怀王求同，这两句是巫咸这番话的主旨。

④严：恭敬，庄重。挚（zhì 志）：伊尹，商汤的贤相。咎繇（gāo yáo 高遥）：即皋陶，夏禹的贤臣。调：协调，和谐。这两句强调君臣之间一个“调”字。而且把“能调”放在臣子一方。针对屈原和怀王不协调而言。

⑤中情：内心。用：借助。这两句是对“理弱媒拙”“欲自适而不可”提出的意见，劝屈原可与怀王直接沟通。下面所举三例，均不借助媒介。

⑥说（yuè 悦）：傅说，殷高宗（名武丁）的贤相。操：拿着。筑：筑土墙用的工具。傅岩：地名，在今山西省境内。

⑦吕望：即姜太公，传说当过屠夫，宰牛为生。周文：周文王。

⑧宁戚：春秋时卫人，传说他喂牛时敲牛角而歌，齐桓公闻之，知其贤，用他为卿。该：备。该辅：以备辅佐。

按：上面所举傅说、吕望、宁戚三例，除了均不借助媒介外，他们都是能下能上的人，都没有经过上天入地的求合。巫咸所举事例是服务于“勉升降以上下”这个主旨的，可知“升降上下”非“上下求索”之意。

⑨晏：晚。时：季节（指春季）。央：尽。“时亦犹其未央”，隐喻楚国当时的情况还未到花落春尽的地步，是尚有可为的。

⑩鹈鴂（tí jué 提决）：鸟名。鹈鴂先鸣：隐喻在政治上可能占上风的亲秦势力，即下文点明的那伙“党人”。百草不芳：比喻大批人才失去芬芳之节。有下文为证：“兰芷变而不芳兮，荃蕙化而为茅。何昔日之芳草兮，今直为此萧艾也？”

按：巫咸的话至此结束。我们对这节诗的看法，请详拙作《浅谈“占卜”与“降神”》。

下面是屈原听了巫咸这番话之后的内心独白，也可以看作是在和巫咸“辩论”。

何琼佩之偃蹇兮，	为什么，这高洁的琼佩，
众薆然而蔽之[①]？	有重重阴影围上来将它翳蔽？
惟此党人之不谅兮，	朋比为奸的那帮人不讲信义，
恐嫉妒而折之[②]。	出于嫉妒，恐怕要把它毁弃。
时缤纷其变易兮，	时局变幻如白衣苍狗，
又何可以淹留[③]？	又哪能在此地久留？
兰芷变而不芳兮，	兰芷变得没有香气了，
荃蕙化而为茅。	荃、蕙化成了茅草。
何昔日之芳草兮，	为什么昔日的香草，
今直为此萧艾也[④]？	现在竟成了萧艾啊？
岂其有他故兮？	难道有别的缘故吗？
莫好修之害也[⑤]。	不爱惜美好品质的害处呀！
余以兰为可恃兮，	我本以为兰是可靠的，
羌无实而容长；	谁知它有名无实，只是外表漂亮；
委厥美以从俗兮，	抛弃了美质而从俗沉浮，
苟得列乎众芳[⑥]。	只求被列为做做摆设的“众芳”！
椒专佞以慢慆兮，	椒，对上专攻谄媚，对下倨傲无礼，
榝又欲充夫佩帏[⑦]。	榝则为挤进香囊煞费苦心；
既干进而务入兮，	既然一心向上爬，热衷于钻营，
又何芳之能祗[⑧]？	还能看重什么芳馨的德行？

固时俗之流从兮，	时俗本来就习惯于随波逐流啊，
又孰能无变化？	又有谁能够不发生变化？
览椒兰其若兹兮，	看看椒和兰尚且如此，
又况揭车与江离⑨？	更何况揭车与江离。
惟兹佩之可贵兮，	惟独这琼佩是可贵了：
委厥美而历兹。	它被人鄙弃糟蹋到这般地步，
芳菲菲而难亏兮，	芳菲依然难以亏损，
芬至今犹未沬⑩。	香气至今不淡。

| 注释 |

①琼佩：玉佩，喻美德。偃蹇：这里是高洁的意思。薆（ài 爱）然：被遮暗貌。

②谅：诚信。折：摧残。

③缤纷：纷乱。淹：久。“时缤纷其变易兮”这句话，是针对巫咸“时亦犹其未央”而发的。两个“时”字，表面都是讲季节，实际都是用来隐喻国事的。“又何可以淹留”，是对巫咸劝留的回答。

④茅：茅草，喻变质的人才。直：竟然。萧艾：代表贱草，指变质者。

⑤莫：不。修：指品德的修养。

⑥容：外表。长：指好看。委：弃。苟：苟且。

⑦椒：花椒。喻变节者。佞（nìng 宁）：谄谀。慢、慆（tāo 涛）：傲慢。榝（shā 杀）：椒类植物。帏：香囊。

⑧干进、务入：指钻营功名利禄。祗（zhī 枝）：敬。

⑨流从：有的版本作“从流”。若兹：如此。

按：从兰、芷、荃、蕙，到椒、椴、揭车、江离，都不再敬守芬芳之节，一一随波逐流了。屈原用事实回答巫咸说：鹈鴂早已先鸣，百草早已不芳。

⑩兹佩：此佩。指作者自己的佩饰。委：弃，这里是被人鄙弃的意思。历兹：至此。沬（mèi 妹）：通“昧”，微暗，暗淡。

按：这节诗，可用屈原回答巫咸的一句话来概括：“何可以淹留。”

和调度以自娱兮，	听玉佩随着步履发出和谐悦耳的音响，
聊浮游而求女[①]。	暂且漫游散心，再去追求我的理想；
及余饰之方壮兮，	趁我的佩饰正当盛美，
周流观乎上下。	我要四处寻求，寻遍那人间天上！

| 注释 |

①和：动词，使和谐。调：指身上佩玉发出的鸣响。度：指步伐的节奏。

灵氛既告余以吉占兮，	灵氛已告诉我吉祥的卜辞，
历吉日乎吾将行[①]。	选个好日子我将启行。
折琼枝以为羞兮，	折取玉树的花枝作为美肴琼浆，
精琼爢以为粻[②]。	精舂玉屑作为一路上的干粮。
为余驾飞龙兮，	飞龙，为我驾起车来吧！
杂瑶象以为车[③]。	车子那样漂亮，通身镶嵌着美玉和象牙。
何离心之可同兮？	不同心怎么能合作求同？

吾将远逝以自疏[4]。	我从此远走了，自动地远远离去。

| 注释 |

①历：选择。

②羞：肉干，这里指菜肴。精：捣细。琼靡（mí 谜）：玉屑。粻（zhāng 张）：食粮。

③杂：兼用。瑶：玉石。象：象牙。

④离心：不同心。同：指合作求同。按：《抽思》说“人之心不与吾心同”，“人”指怀王当无疑问。《抽思》与《离骚》的写作时间极为相近，两篇中的楚怀王，都被比喻为恋爱关系中变了心的一方，亦属事实。可见这里的“离心”，指的也是怀王。王逸说指“君”，没错。“何离心之可同”，是对巫咸“求榘矱之所同”的回答。在“远逝自疏”时回答，说明他已再三考虑，同时说明远逝自疏的原因，妙笔。

邅吾道夫昆仑兮，	我把路转向昆仑山，
路修远以周流[1]。	路途遥远而又盘旋曲折。
扬云霓之晻蔼兮，	扬起云霞的旌旗遮得日光阴翳，
鸣玉鸾之啾啾[2]。	车上的鸾铃鸣声不息。
朝发轫于天津兮，	清早从天河的渡口驱车疾走，
夕余至乎西极[3]。	向晚我要到达西方的尽头。
凤皇翼其承旂兮，	凤凰张开双翼托着舒展的云旗，
高翱翔之翼翼[4]。	高高地飞翔而从容自得。
忽吾行此流沙兮，	忽然间行经旋风席卷的流沙之地，

遵赤水而容与⑤。	沿着赤水徘徊不进；
麾蛟龙使梁津兮，	指挥蛟龙横卧在江上作为桥梁，
诏西皇使涉予⑥。	招呼西方之神带引我渡过险境。
路修远以多艰兮，	漫漫前路愈走愈崎岖艰难，
腾众车使径侍⑦。	传告车队要紧紧跟随。
路不周以左转兮，	路经不周山向左拐弯，
指西海以为期⑧。	行程直指目的地——西海。

| 注释 |

①邅（zhān 沾）：转弯。

②云霓：这里以云霓为旗。晻蔼（yǎn ǎi 掩矮）：（云旗）蔽日貌。玉鸾：玉制的铃，形似鸾鸟。啾（jiū 纠）啾：铃声。

③天津：天河。西极：西方尽头。“夕至西极”，预期之言。

④翼：双翅张开貌。承：接。旂：旗，指云旗，即上文的“云霓”。翼翼：从容有节貌。

⑤流沙：神话中的西方沙漠之地，沙随风流动，沙流如水。赤水：神话中水名。容与：徘徊不前。

⑥麾（huī 挥）：指挥。梁：桥，谓搭桥。津：渡口。诏：令，告。西皇：西方之神。涉：渡过。

⑦腾：传告。径侍：一直跟着。

⑧不周：神话中山名。西海：神话中西方之海。期：会，指目的地。

屯余车其千乘兮，	成千的车从聚集如云，

齐玉轪而并驰[1]。	白玉的轮子一字儿并进；
驾八龙之婉婉兮，	驾车的八龙在空中一伸一曲地飞行，
载云旗之委蛇[2]。	云彩的旗幡像波浪一样翻腾。
抑志而弭节兮，	抑制心中的激情哟放慢车速，
神高驰之邈邈[3]。	神思已在更高远的空间驰骋飞越！
奏《九歌》而舞《韶》兮，	奏起《九歌》哟舞起《九韶》，
聊假日以媮乐[4]。	啊！借此机会快乐快乐。

| 注释 |

①屯：聚集。乘（shèng 圣）：四匹马拉一车叫“一乘”。轪（dài 代）：车轮。

②婉婉：同“蜿蜿”，形容龙身屈伸前行之状。委蛇（yí 宜）：卷曲而延伸貌，形容云旗飘扬。

③神：神思，思绪。邈（miǎo 秒）邈：遥远貌。

④韶：即《九韶》，传说是虞舜时的乐舞。假：借。媮：通“愉”，与“乐”同义。

陟升皇之赫戏兮，	向着光明灿烂的高空升腾、飞翔，
忽临睨夫旧乡[1]。	俯瞰下界，忽然望见了我的故乡。
仆夫悲余马怀兮，	车夫悲伤，马儿显出怀旧之情，
蜷局顾而不行[2]。	弓起了身子凄然回顾，停止了前行。

| 注释 |

①陟（zhì 志）、升：都是上升的意思。皇：指天。赫戏：光明貌。临睨（nì 昵）：俯视。

②怀：怀恋，眷念。蜷（quán 拳）局：拳曲不伸。顾：回头。

乱曰[1]：	尾声：
已矣哉[2]！	算了吧！
国无人莫我知兮，	国内没有人、没有人了解我啊，
又何怀乎故都[3]？	又为何苦苦怀恋这故都？
既莫足与为美政兮，	既然不能求得合作实现美政，
吾将从彭咸之所居。	我将跟随彭咸，走向他的归宿。

| 注释 |

①乱：乐曲的尾声，全篇之结语。

②已矣哉：罢了。

③故都：指郢都（代表故国）。

④美政：屈原理想中的美好政治，如修明法度，举贤授能、联齐抗秦等。

⑤彭咸：王逸说：“彭咸，殷贤大夫，谏其君不听，自投水而死。”《九章·悲回风》：“凌大波而流风兮，托彭咸之所居！”《离骚》说“将从”，《悲回风》说“托”，并明确讲到投身大波随风而流。

以上为第三大段。上下求索失败后，灵氛劝走，巫咸劝留。思考后得出的结论是：“何可以淹留。”于是决定“远逝自疏”。然而，当诗人展开幻想的翅翼远离楚国黑暗的现实世界，陶醉在一片无比欢乐无比美妙的境界中时，作品出现了一个震撼千古人心的结尾：忽临睨夫旧乡。“奏九歌而舞韶”的幻境顿时破灭，诗人仿佛从光明灿烂的极乐世界一下子掉落下来，掉落在这片叫他绝望痛苦，却又恋恋不舍的现实土地上。乱词点出“莫足与为美政”，他在无可奈何的痛苦中，预见到自己的可悲结局。

陆天鹤 陆天华

1967——1976 年译

2013——2014 年修改

2018 年加上注释

浅谈『占卜』与『降神』

对《离骚》中“占卜”与“降神”的理解，历来颇有分歧。谨谈一己之见，以就教于方家和读者。先看灵氛占卜：

索藑茅以筳篿兮，命灵氛为余占之。
曰：“两美其必合兮，孰信修而慕之？
思九州之博大兮，岂唯是其有女？”
曰：“勉远逝而无狐疑兮，孰求美而释女？
何所独无芳草兮，尔何怀乎故宇？
世幽昧以昡曜兮，孰云察余之善恶？
民好恶其不同兮，惟此党人其独异：
户服艾以盈要兮，谓幽兰其不可佩！

览察草木其犹未得兮，岂珵美之能当？
苏粪壤以充帏兮，谓申椒其不芳！”

第二个“曰”下为灵氛说的话，诸家看法一致。第一个“曰”下四句，有人认为是屈原问卜之词，有人认为也是灵氛的话，有必要弄弄清楚。先把它译成现代语，看看这四句话是怎么说的：

双方美好必然能结合，
（可此地）谁真正美好而（使你）爱慕？
想想吧：天下如此广大，
难道只有这里才有美女？

古今对第二句原文“孰信修而慕之”的理解，分歧颇多。“孰（谁）”，据下文可知，被限制在“是（此）”的范围之内。“慕”，即《怀沙》“汤禹久远兮，邈不可慕也”之“慕”。译诗表明，语气似出灵氛之口。但若定为“问卜之词”，话就出于屈原之口，如马茂元先生《楚辞选》解释这四句说：

虽然社会上流行着“两美其必合”的话，但在楚国有谁真正的美好而值得去爱慕呢？想到天下这样广阔，难道除了这里就没有可以追求的女子吗？

有答必有问，两个“曰”字一问一答，亦颇合文理。但细细研读，疑点甚多。第一，首二句若出自屈原之口，与“上下求索”中“结幽兰而延伫”等语同看，有点“葡萄是酸的”怪味。诚然，屈原已看清楚国没有真正美好之人，但正因为有些话他自己不宜说才请出灵氛来，这是我们鉴定这四句时首先应该考虑到的。第二，三、四两句若出自屈原之口，则是屈原自己指出了自己的出路。还有，既然他明确表示天下之大岂唯楚国才有美女，为什么灵氛还要用“何所独无芳草”的话来开导他？既然他主动提出去国，灵氛何以再问：“尔何怀乎故宇？”四句中哪句话有“怀故宇”之意？这是上下文龃龉不合。第三，“问卜词”表明要走，并不犹豫，亦无疑虑，实为灵氛的“答”作了“提示”。等引出了灵氛的“吉占”，却说道：“心犹豫而狐疑。”这句“心犹豫而狐疑”是“巫咸降神”一大段的基础，本来真情实感的流露，竟变得虚假做作了。凡此种种，都因“曰”的主语本是一个不可更换的人，而我们却不慎将其更换了一下。有人会问，既是请灵氛占卜，怎么没有问卜之词呢？其实，“命灵氛为余占之”一语已尽括其意。“之”，代词，即指找不到对象这桩事（喻求政治上的合作者），因紧接“上下求索”的落空，文意十分清楚，不必多花笔墨的。

灵氛针对屈原找不到对象的痛苦，针对他“怀朕情而不发兮，余焉能忍与此（指美政理想）终古”的焦灼之情，头句话就指出：找对象是双方的事，“合”首先要具备“两美”的条件。“孰信修而慕之”句是问屈原，灵氛明知故问，正要问得屈原哑口无言。无“信修（真正美好）”之人，不具备“两美”条件，能合吗？故下两句劝他不要固执，把思想放开些：天下很大，难道只有此地才有美女？这就明确地指出了他的出路，提出了去国问题。这四句具有指点迷津的作用，是“占卜”一节的主旨，下面的十四句话都是围绕这个中心的。

那么，既然都是灵氛的话，为什么要用两个“曰”字隔成两段呢？这是因为，去国是一个新问题，对听取意见的一方来说，需要有一个理解和接受的过程；对发表意见的一方来说，需要观察一下对方的反应。在灵氛的话停顿的瞬间，读者不难想象屈原听后所现出的复杂表情。灵氛接下去说的第一句话就叫他不要“狐疑”，又问他：“尔何怀乎故宇？”都是针对他的无言，针对他疑虑和犹豫的表情而说的。我们试把第二个“曰”字删去，拼成一段，语气虽完全一致，但总觉得灵氛似在念预先背出的台词，情味完全两样了。灵氛与巫咸的严肃不同，从“孰云察余之善恶”等语中，可以看出他与作者的亲密关系，屈原是把这个人物作为知己好友来处理的。留在楚国没有出路，但离开楚国实在是一个使屈原深感痛苦的问题，于是就有了“巫咸降神”这一段文字：

> 欲从灵氛之吉占兮，心犹豫而狐疑。
> 巫咸将夕降兮，怀椒糈而要之。
> 百神翳其备降兮，九疑缤其并迎。
> 皇剡剡其扬灵兮，告余以吉故。
> 曰：“勉升降以上下兮，求榘矱之所同。
> 汤禹严而求合兮，挚、咎繇而能调。
> 苟中情其好修兮，又何必用夫行媒?
> 说操筑于傅岩兮，武丁用而不疑；
> 吕望之鼓刀兮，遭周文而得举；
> 宁戚之讴歌兮，齐桓闻以该辅。
> 及年岁之未晏兮，时亦犹其未央；
> 恐鹈鴂之先鸣兮，使夫百草为之不芳。”

巫咸这番话，古今大多数研究者认为与灵氛之意相同，也是劝屈原远逝去国。可是细味原诗，似不合作者本意。首句的“升降”，指仕途的升降进退。“升降以上下”，即随升降而上下。这是劝他适应现实境遇的变化，“升”则能“上”，“降”则能“下”。“榘”，同矩，画直角的曲尺；“矱”，量长短的直尺。“榘矱”，比喻法度、准则，即政治主张。第二句是劝屈原在政治主张上求其本质上的相同之处。若是劝其去而之他，求合异国之君，便不是“求同”问题了。因为屈原的夙志、初衷，他的“美政”理想，他所坚持的内政外交上的主张，都是为楚国的利益服务的，怎么能与别国的君主“求”得共同之处呢？“求同”问题是屈原降职见疏后最感痛苦也是最难解决的一个问题，楚王就像是恋爱关系中变了心的一方：“后悔遁而有他”，且反复无常到“数化（屡次变化）”；而屈原在有关楚国兴衰存亡的问题上偏又宁死不让步，“伏清白以死直兮，固前圣之所厚”“阽余身而危死兮，览余初其犹未悔”。双方关系如此，故《抽思》说：“人之心不与吾心同。”《离骚》说：“何离心之可同。”“离心”逼出他一场激烈的心灵搏斗：走，还是留？走，“孰求美而释女”（如灵氛所劝）；留，还是“求同”吧（如巫咸所劝）。足见“求同”是针对“离心”而言的。一个劝他“求同（求榘矱之所同）”，一个在“远逝自疏”时回答说：“离心无法求同（何离心之可同）”——与谁“求同”还不清楚吗？

三、四两句强调君臣之间一个“调”字。而且把“能调”放在臣子一方。调：协调，和谐。又，近人朱季海先生《楚辞解故》：“调当训适，此楚语也。《淮南·说林训》：‘梨、桔、枣、栗不同味，而皆调于口’……此调字与《淮南书》同，言汤禹求匹，而挚、咎繇能适也。”朱说用楚语释“调”为“适”，可备参考。这两句译成现代语是：商汤、夏禹虔诚地寻贤求辅，还得挚、咎繇能够配合，君臣协调。“挚”是商汤贤相伊尹的名字，传说他做过厨师，起初以烹调技术的适口为汤尝识，是一个能下能上适合辅佐君王的典型人物。“咎繇”，即皋陶，舜时贤臣，后又成为夏禹的贤臣，和两代君主的关系都十分和谐。从屈原留下的文字中，可以看出他一个致命伤：不能适合楚王的“口味”，君臣无法协调，即所谓“不量凿而正枘”。可见“能调”又是有针对性的，说白了就是劝他和楚王搞好关系。

“苟中情其好修兮，又何必用夫行媒”两句，是对前文“理弱而媒拙”“欲自适而不可”提出的意见。在屈原的同期作品中，“理”与“媒”的屡屡出现说明他的本心是想留以求合。他在《抽思》中有“无行媒”“无良媒”“理弱而媒不通”等语；《思美人》在“媒绝路阻”的情况下还描述了当时的心态：

令薜荔以为理兮，惮举趾而缘木；
因芙蓉而为煤兮，惮蹇裳而濡足。
登高吾不说兮，入下吾不能。

以上所说的“理弱”“无媒”，均指没有得力之人为他在楚王面前疏通。可见“何必用夫行媒”的劝告，正是针对屈原这种思想顾虑而发的。下面所举傅说、吕望、宁戚三例，除了均不借助媒介外，还有两个共同点值得注意：第一，三人一是奴隶，一是屠夫，一是小商贩，都长期身处逆境，但又都是怀抱大才大志、能下能上的人。第二，三人都是等待机遇的忍辱攘诟者，都没有经过上天入地的求合。巫咸所举事例都是服务于“勉升降以上下”这个中心意旨的，据此亦可证知“升降上下”非“上下求索”之意。

有人根据说、望、戚皆于他邦遇主，便认定巫咸是劝屈原去楚。我们认为看文应看“通体”，不能仅看“一眉”。《惜往日》：

闻百里之为虏兮，伊尹烹于庖厨。
吕望屠于朝歌兮，宁戚歌而饭牛。
不逢汤武与桓缪兮，世孰云而知之？

这里仅把傅说换了个百里奚（亦属他邦遇主）。这是称道历史上的君臣遇合呢，还是称道“他邦遇主”？

末四句，“百草为之不芳”讲的是一大批花草，联系前文“哀众芳之芜秽”，后文“何昔日之芳草兮，今直为此萧艾也”，其所指不能不是国内的事情。“时亦犹其未央”句亦非常重要，可惜同样被忽视。屈作中常用四时季节的变化来象征楚国不同时期的现实，“时”，季节。此句在“年岁未晏”的有利条件下进一步说：季节（指春季）也尚未消逝尽——这是隐喻楚国当时的情况还未到花落春尽的地步，是尚有可为的。下文“恐鹈鴂之先鸣兮，使夫百草为之不芳”，就是承“时亦犹其未央”而来的。“先鸣”是抢先鸣叫的意思，而且这“先鸣”非同小可，竟会使象征春天和美好的百草千花“不芳”，这显然是指一种可能在政治上占上风的邪恶势力。根据当时楚国的情况，这股势力便是和屈原对立的那伙“党人”，即亲秦势力。由此可知，这最后四句是勉励屈原要趁着“年岁未晏”，国事亦尚有可为之时，努力设法取得与怀王的合作；但只恐“党人”先声夺人，楚国的“春天”也就结束了。按：说到楚国的亲秦派，必须从秦国说起。秦国面对齐楚联合的力量，贯彻始终的策略是破坏齐楚联盟，从而各个击破。早在楚怀王时期，秦在楚国扶植的亲秦派已经扎根极深。著名的例子就是张仪以六百里商、於之地去骗怀王与齐国绝交，暗中接触的靳尚、郑袖，都是在楚国可以呼风唤雨的人物。屈原是反秦外交政策的中坚，但亲秦势力却能影响怀王的主意，这事关楚国命运的斗争，到怀王后期再次表现在外交决策上。屈原在写《离骚》最后这几节时，楚怀王二十四年“倍（背）齐而合秦”这段历史可能已经发生，巫咸是劝他留以求合的人，最后两句似乎也有点担心。

紧接着，就是“何可以淹留”一节。这是屈原听了巫咸这番话之后的内心独白，也可以看作是在和巫咸“辩论”——

何琼佩之偃蹇兮，众薆然而蔽之？
惟此党人之不谅兮，恐嫉妒而折之。
时缤纷其变易兮，又何可以淹留？
兰芷变而不芳兮，荃蕙化而为茅。
何昔日之芳草兮，今直为此萧艾也？
岂其有他故兮，莫好修之害也！

余以兰为可恃兮，羌无实而容长；
委厥美以从俗兮，苟得列乎“众芳”。
椒专佞以慢慆兮，榝又欲充夫佩帏；
既干进而务入兮，又何芳之能祗？
固时俗之流从兮，又孰能无变化？
览椒兰其若兹兮，又况揭车与江离！
惟兹佩之可贵兮，委厥美而历兹；
芳菲菲而难亏兮，芬至今犹未沫。
和调度以自娱兮，聊浮游而求女；
及余饰之方壮兮，周流观乎上下。

一开头就针对巫咸“鹈鴂先鸣”的忧虑，摆出“党人不谅”的事实。“时缤纷其变易兮”这句话，是对巫咸“时亦犹其未央”提出不同看法。楚国的情况已经大变，“鹈鴂”早已“先鸣”，邪气早已上升，“百草”早已不芳。诗中用了一连串“变”字写“昔日芳草”的变质，正透露出当时楚国在联齐抗秦等重大政治路线的改变下，本来和屈原政见相同的人也一一随波逐流的事实。屈原怀有远大的政治抱负，是以振兴楚国为己任的。他努力修养，勤勉积累使德才完美，希望辅佐楚怀王建立“三王五伯”的宏伟功业，并且认为只要踏踏实实地干，则“何极（目标）不至”（《抽思》）。然而怀王“离心”，“党人”更把他看作眼中钉；所有“昔日之芳草”又统统变成同流合污之辈。屈原在楚国已经彻底孤立，实现理想的条件已全部没有。“又何可以淹留”，便是对巫咸劝留的回答。故下文说：“灵氛既告余以吉占兮，历吉日乎吾将行。”不提巫咸，决定听从灵氛的劝告。

综上所述，可知“灵氛占卜”“巫咸降神”“何可以淹留”这三节，正反映了屈原去留楚国的错综复杂的心灵矛盾。我们可以把这三节概括为：

走——留——走。

然而，当诗人展开幻想的翅翼远离楚国黑暗的现实世界，陶醉在一片无比欢乐无比美妙的境界中时，作品出现了一个震撼千古人心的结尾：

陟升皇之赫戏兮，忽临睨夫旧乡；
仆夫悲余马怀兮，蜷局顾而不行。

“远逝自疏”这节诗共三十六句，其中三十三句写冲破了楚国的范围以后，海阔天高任飞翔的活跃和愉快。扬云霓，鸣玉鸾，驱龙凤，诏西皇，余车千乘，八龙婉婉，奏九歌而舞九韶，写得真是波澜壮阔，气象万千，心情的愉悦在屈原作品中是绝无仅有的。“九歌”是传说中的天帝之乐，“韶”传说是帝舜的舞乐，“奏九歌而舞韶”，正是屈原毕生追求的美好理想的象征。然而抽刀岂能断思？“忽临睨夫旧乡”之时，诗人只写“仆夫”“余马”的一“悲”一“怀”，“蜷局顾而不行”，生于斯养于斯歌于斯哭于斯的血脉相连的情感，使他从光明灿烂的极乐世界一下子掉落下来，掉落在这片叫他绝望痛苦、却又恋恋不舍的现实土地上。他的理想只能植根在楚国，这就是屈原对灵氛劝告的最终回答。

至此，我们可以把屈原“远逝”的过程归纳起来，把两种不同看法分别作一比较：

(A) 上下求索失败——灵氛劝去国——巫咸劝去国——何可以淹留——远逝自疏——临睨旧乡

(B) 求索失败——灵氛劝走
巫咸劝留
何可以淹留
——远逝——临睨旧乡

一从情节发展看，A 是一浪推一浪地直线进行的。B 则是往复萦纡，曲线递进的。二从表现主人公思想感情来看，A 是简单的，走吧，走走走走走，这不是屈原。B 则如剥茧抽丝，错综而复杂，和他当时真实心情是完全符合的。三从美学角度看，A 是平庸的，主人公仿佛在一路直奔“临睨旧乡”的既定构思，显然是在人为地制造高潮。B 则“对影成三”，你争我论；忽山重水复，忽柳暗花明；高潮到来时出人意料却又在情理之中，是天地间有此情方有此文的妙手佳构。

最后再补充几句。由于通过与巫咸的“辩论”已充分证明此地不可“淹留”，当“临睨旧乡”终于不忍离开楚国时，屈原的痛苦就更深沉，更具有悲剧美。因为他已看清远大的理想将埋葬在这块土地上，预见到自己的可悲结局。

陆天鹤 陆天华

原刊《云梦学刊》2004 年第 2 期

2018 年修改

说『二湘』

湘君是湘水男神，湘夫人是湘水女神。这对湘神的形象，历来不少研究者认为同虞舜的神话有关。传说舜到南方巡游，死于苍梧之野，葬在九嶷山（湘水的发源地）。当时，他的妻子娥皇、女英没有同行，后来她们追踪至洞庭湖滨，得悉丈夫已死，便南望痛哭，投湘水而死。洞庭湖上的君山成了她们的归宿之地。君山和九嶷山遥遥相隔，一条湘水诉说着她们的哀怨。湘地的竹上有紫褐色斑点，人们说，这是二女洒在竹上的泪痕。《湘君》和《湘夫人》在长期口耳相传的过程中，在屈原加工创作之时，都有可能吸收过这个故事的营养，从诗篇本身也可得到印证。

“二湘”名为祭歌，实是感情浓郁的恋歌，写的是这一对有情神深深相爱却无缘相会。作品重在抒情，所以只选取他俩约会不遇的一段情节。两篇的表现手法是相互映照的，结构上具有同树异枝、同枝异花之美，虽然各自成篇，实是珠联璧合的一个整体。

《湘君》（以下简称“上篇”）开篇，写湘夫人乘舟先到达约会地点北渚（洞庭湖北面的小洲岛），久候湘君未至。全篇都是湘夫人的独唱。

君不行兮夷犹？	湘君啊你没有启行？你在犹豫？
蹇谁留兮中洲？	还是有人把你留住在小洲？
美要眇兮宜修，	美丽灵秀，修饰得宜——
沛吾乘兮桂舟！	快！快快划动我的桂木小舟。

开头就写湘夫人的猜想，甚至怀疑有人把他留住了。这说明她到达北渚已经很久，赴约的人等久了是会产生种种揣测的，女性尤为敏感。她打量了一下自己映在水里的影子，对自己的美貌很自信，于是划动桂舟离开了约会之处。也许是想去接湘君，也许是想去寻找，一个“沛”字写出了心情的急切。

令沅湘兮无波，	沅湘的水呵不要掀起波涛，
使江水兮安流。	大江啊请安安静静地流。
望夫君兮未来，	望呀望呀不见你一点影子，
吹参差兮谁思？	是思念谁啊，我吹起了参差。

“令沅湘”二句点明水神的身份，同时表明她希望和湘君的会面能不受干扰，因为风浪太大影响远望。方圆数百里的洞庭湖，沅、湘、澧、资等水均汇流于此，在湖的北面入长江。涛声相应，烟波浩渺，湖中多洲渚

小山，其中的君山即湘夫人的居住之地。而湘君住在湘水的发源地九嶷山，一路从南向北到洞庭湖，路程遥远。

“望夫君”句特写湘夫人的“望”。可以设想，她在迎接落空、四处寻找的过程中，不知已“望”过多少回了。有约不来是叫人心焦的，于是她吹起了参差，以寄托幽思。“参差”即排箫，传说为舜所造，用竹管编排，上端平齐可吹，下端两旁长而中间短，形状参差不齐，故又名参差，吹起来声如洞箫。从创作和美学的角度看，诗人把江湖中风涛的呜咽之声想象为湘夫人“吹参差”，意境哀怨而悲凉，为全篇定下了基调。

驾飞龙兮北征？	你此刻正驾着龙船北行？
邅吾道兮洞庭！	让我掉转船头返回洞庭！
薜荔柏兮蕙绸，	哦，薜荔、蕙花装饰龙船，
荪桡兮兰旌。	香荪桡儿呀幽兰的旌。
望涔阳兮极浦，	遥望烟水微茫的涔阳一带，
横大江兮扬灵。	啊！有只船正横渡大江扬帆而来。

“驾飞龙兮北征”句，研究者解释有多种，一般都认为是湘夫人驾龙船北上去寻找湘君，“飞龙”即上文的“桂舟”。但问题是：一、湘夫人的“桂舟”是条小船，“桂棹兮兰枻，斫冰兮积雪”，是她和侍女奋力划船的情景。而“飞龙”是指龙形的或是由龙驾驶的船，“薜荔柏兮蕙绸，荪桡兮兰旌”，龙船上旌旗飘扬，仪仗盛美，行驶起来是翩翩如飞的。两者比较起来，船的大小和气派全然不同，“飞龙”的主人似更符合湘君的身份。二、湘夫人明知湘君从南面来，却北上去迎候，很悖情理。而湘君从九嶷沿湘水入洞庭，方向是朝北的，与“北征”相合。有的研究者显然

也看到这些问题，因而把这节诗作为湘君的唱词来解释，但这样一来，独白变成了“男女对唱”，一首完整的抒情诗就被分割得支离破碎，面目全非了。现把笔者对这节诗的看法陈述如下：

“飞龙”，指湘君所乘的龙船。“驾飞龙兮北征”是个疑问句，是湘夫人在寻找不见的情况下，对湘君行踪的揣测、估计——她估计他此刻可能正在北上的途中。“北征”，与开头的“不行”“夷犹”“谁留”一样，均属猜测之词。“邅吾道兮洞庭”，承上句对湘君行踪的估计，她赶紧回转——可见她找湘君走得很远，已经离开了洞庭湖。作者心细，这一句实为彼此错路埋下了伏笔。“薜荔柏兮蕙绸，荪桡兮兰旌”二句，不是实写，而是湘夫人在东瞧西望寻找的过程中所产生的想象——因为她十分盼望见到湘君的船，而飘扬的旌旗，芳洁盛美的仪仗是湘君的龙船的标志。“灵”，“舲”的假借字，有屋的船。“扬灵”，指扬帆前进。这里再次特写湘夫人的“望”。“横大江兮扬灵”，是“望涔阳兮极浦”之所见——她远远望见一只船横渡大江扬帆而来，以为是湘君从那边来了。我们可以想见湘夫人的眼睛久久地盯着那远处的帆，她的小舟欢快地向那边迎去。

就在湘夫人离开洞庭湖去找湘君之时，远道赶来赴约的湘君正好来到北渚，《湘夫人》篇（以下简称“下篇”）便从这里开始。下篇全部是湘君的独唱。

帝子降兮北渚？	公主啊可已来到这北渚？
目眇眇兮愁予。	举目四望啊，使我心中充满愁绪。
袅袅兮秋风，	拂面的秋风一阵接着一阵，
洞庭波兮木叶下。	洞庭湖泛起波澜呀，落叶纷纷。

“帝子”，和下文的“公子”“佳人”，都是指湘夫人。湘夫人的原型在神话传说中是帝尧的女儿，故称“帝子”“公子”（女儿在古代也可称“子”）。首句是个疑问句。湘君从遥远的湘水上游来到这约会之处，满以为离北渚很近的湘夫人早已到达了，谁知竟不见她在那儿，所以心中疑惑，断不定她是否已来在这岛上。下句“目眇眇兮愁予”，是说用尽目力在这小岛上寻找她的踪影，结果十分失望，心中不由充满愁思。“眇眇”，眯着眼远望的样子。

三、四两句，视线从岛上转移到湖面上，但湖面上更是空空荡荡，在秋风吹拂中，唯见洞庭湖的波澜和飘零的落叶。这两句写景之妙，为历代诗家所推崇。不仅情景交融，而且是静境中的动景，境界空寂凄清，表现湘君惆怅的心情，为全诗定下了基调。

此刻，湘夫人那边怎样呢？请继续看上篇：

扬灵兮未极，	扬帆而来呀，不是来到这里，
女婵媛兮为余太息。	侍女和我相依在一起，为我伤心叹息。
横流涕兮潺湲，	泪珠儿呀不由夺眶涌出，
隐思君兮陫恻。	内心思念啊，内心悲恻。

她的欢乐变成了失望：扬帆疾行的不是湘君的船，它没有往这里来。“极”，至。盼呀望呀依然落空。温庭筠的“过尽千帆皆不是”是否由此化出，我们不能武断；但“扬灵兮未极”具有同样的意境和深情而比温词单纯、自然、天真。“婵媛”，牵引相连的样子。这里不写湘夫人的悲叹，却写侍女为她悲叹。她在强忍着心中的泪水。这泪水终于在侍女叹息的触发下夺眶而出。

桂棹兮兰枻，	桂木的桨儿木兰的楫，
斫冰兮积雪。	溅起冰花哎卷起白雪。
采薜荔兮水中，	好比到水中找薜荔呀，
搴芙蓉兮木末！	好比到树上找荷花！
心不同兮媒劳，	心不同啊媒人徒劳，
恩不甚兮轻绝。	恩爱不深啊，轻易弃绝。
石濑兮浅浅，	水激石间呀急流溅溅，
飞龙兮翩翩。	你的快船就像飞龙翩翩。
交不忠兮怨长，	相交不忠诚啊怨恨绵绵，
期不信兮告余以不闲！	约会不守信呀告诉我没有空闲！

“斫”，砍。“积”，“击”的假借字。这是“袅袅兮秋风”的季节。“斫冰积雪”，指在清澈的水中打桨行船，激起的浪花如冰似雪。以喻体“冰”“雪”直接借代“浪花”本体，苏轼的名句“卷起千堆雪”亦属此例。“桂棹兮兰枻”二句是写湘夫人和侍女在继续划船寻找湘君，因为找不到，故有“采薜荔”“搴芙蓉”之喻。薜荔长在陆地，荷花生于水中；到水中找薜荔，到树上找荷花，是徒劳的。

“石濑兮浅浅”二句，写湘夫人想到湘君赴约的有利条件。与她自己奋力划船的艰辛恰成鲜明的对照：水流是那么急速，龙船飞行是那么轻快。这“飞龙兮翩翩”的弦外音很明白，是怪怨湘君理应很快来到而竟不来。上文的“心不同”“恩不甚”，下文的“交不忠”“期不信”，都是围绕着这个中心所发的怨词。若把这两句抽掉，上下四句怨词顿时黯然失色。若把这两句理解为湘夫人自己乘着“飞龙”在轻快飘行，则和上下四句怨词不谐调。于此也可看出“飞龙”和“桂舟”决不是二而一之物。事实上，作者正是从湘水和洞庭之水的流动中获取灵感，把洞庭湖冰花白雪似的波浪想象为湘夫人划动着“桂舟”在寻找，把湘江巨龙般翻腾而来的波涛想象成湘君所乘的“飞龙”，从而构成一种相互追踪、萦回往复的艺术境界。

以上写湘夫人找不到湘君，对湘君的怨恨。而湘君呢，此刻也正在到处寻找着她。请继续看下篇：

登白薠兮骋望，	登上白薠丛生的高处远望，
与佳期兮夕张！	计着这好日子呀，夜里也在布置新房。
鸟萃兮蘋中，	哦！鸟雀在水蘋中找窠？
罾何为兮木上？	渔网儿张在树梢上？

“登白薠”句特写湘君的“望”。他舍舟登上高处，纵目寻找湘夫人的行踪，焦急与盼望的心情，都在这“望”字之中。这里与湘夫人的“望”，相互映照了一下。

“与佳期兮夕张”句有多种解释，一般都认为是与佳人相约在黄昏时会面的意思。“夕”，多作约会的时间解。但细审文义，此刻湘君在向远方“骋望”，下文还在写他“远望”，可见这是在白天；若是相约在黄昏，则约会时间未到，不该有愿望落空的预感。再联系《湘君》篇来看，湘夫人到达北渚早得很，若约会是在黄昏，她说湘君迟迟不来就毫无道理，她离开约会地点去寻找是多此一举，她怨他“期不信”也还为时太早。由此可知“夕”字不是指约会时间。笔者对这句的理解是：

“与”，数，计算。“佳期”，指今天这个约会的日子。“张”，张挂，陈设，指布置新居。“夕张”，是说夜里也在忙着陈设布置。正因为盼望这个大喜的日子，唯恐不及时做好准备工作，所以常常扳指头计算日子，夜里也在忙着。“与佳期兮夕张”这一句，是后面“筑室水中”十四句的伏笔。“筑室水中”所写的新居，便是打算和湘夫人共同生活而建造起来的；今天他与湘夫人约会的目的，就是与她同往新居。然而好容易一切准备停当，盼到了今天这个“佳期”，却不见她来赴约，故有下面二语喻事之徒劳——鸟雀到水草中找归宿之窠，渔网张设在树梢上捕鱼，是不会有结果的。这与湘夫人的“采薜荔”“搴芙蓉”二句用意相同，彼此对应。

沅有芷兮澧有兰，	沅水有芳芷哎澧水有兰，
思公子兮未敢言。	思你念你哟，未敢明言。
荒忽兮远望，	向着渺茫的远方望呀望呀，
观流水兮潺湲。	只看见一片流水，缓流不断。

“沅有芷”二句，以沅水和澧水有芬芳的兰芷，比喻自己心里有一个如兰如芷的湘夫人，珍藏着一种深深爱她却又不敢说出口的纯洁的情愫。这两句写情之妙，与《越人歌》“山有木兮木有枝，心说（悦）君兮君不知”的民歌风味相似，都是传诵千古的佳句。一个是“思公子兮未敢言”，却不知那一个也在“隐思君兮陫恻”；一个在到处寻找她，却不知那一个也正在到处寻找他。“荒忽兮远望”句，再次特写湘君的“望”，与湘夫人二次“望”的镜头交相辉映，更显示出诗篇的悲剧美。下句“观流水兮潺湲”，仍是透过自然景物来写内心世界，较之“袅袅兮秋风，洞庭波兮木叶下”，意境更为空茫、寂寥、苍凉。

以上写湘君寻找湘夫人。作者为了与上篇的结构同中有异，将寻找的过程写得特别浓缩。现在我们再回到上篇，看看湘夫人此刻的心情：

朝骋骛兮江皋，	清早就在江边奔走，
夕弭节兮北渚。	晚来在北渚停泊小舟。
鸟次兮屋上，	只见屋上栖宿着鸟儿，
水周兮堂下。	一片流水环绕在堂屋四周。

“朝骋骛”和下篇的“朝驰余马”，是写早晨出发，双方的行程一开始就紧扣住江边的波涛。“骋骛（奔驰）”“驰余马”“弭节（停车）”，以及下篇的“腾驾（飞腾起车驾）”，其实都是指大小和形态不同的波涛，就像《河伯》篇中把奔腾的波涛描写成“驾两龙兮骖螭”的“水车”一样，故不宜拘泥于水陆舟车之分。

从“朝”到“夕”，整整一天，找到傍晚，湘夫人回到约会之地，湘君仍不在那里，只看到“鸟次屋上”“水周堂下”，一派荒凉无人的景象。至此，把湘夫人感情的发展推到了高潮：

捐余玦兮江中！	我把你送的玉玦丢到江中！
遗余佩兮澧浦！	我把你赠的玉佩扔到澧浦！
采芳洲兮杜若，	哎，一会儿却把芬芳的杜若采在手里，
将以遗兮下女。	要捎给你哟，表达我的情思。

“捐余玦”即“余捐玦”，与“邅吾道”“步余马”等为同一类句式。“捐玦遗佩”究竟表示什么意思？这首先得弄清丢弃之物的来历。下篇末的“捐袂遗褋”与此紧密相对，情节相同，句意相同。“袂”和“褋”是衣衫之类。湘君在误会和气愤中不掷弃别的却掷弃衣衫，显然这衣衫与爱情有关，与湘夫人有关。原来在古代爱情生活中有互赠纪念品的习惯，而

女子把自己的贴身之衣送给情人，是常有的事。足见“袂”和“褋”是湘夫人赠给湘君的信物，“玦”和“佩”则是湘君赠给她的。她在怨恨中把对方所赠的纪念品丢掉，可是，那苦苦的思念之情却不是这一丢能够丢掉的，所以一会儿又冷静下来，采了一束杜若要捎送给对方。这种纯真朴素的感情，大胆泼辣的表现方法，正是民歌的本色。掷佩饰和采芳草的感情变化，正说明了湘夫人剪不断的相思，磨不损的爱情。

时不可兮再得，	机缘啊不能一再得到，
聊逍遥兮容与。	姑且逍遥自在，随意走走。

末二句，湘夫人又离开了北渚（她的行动就像波涛一样归于平静，微微起伏流动）。她在孤独地徘徊，飘荡，她不知道，深深爱她的湘君也正在为找不到她而痛苦，请看下篇：

麋何食兮庭中？	呀！野鹿怎么在院子里吃草？
蛟何为兮水裔？	蛟龙怎么在水边嬉戏逐乐？
朝驰余马兮江皋，	清早我就在江边策马飞奔，
夕济兮西澨。	傍晚渡水回到西面的水滨。
闻佳人兮召予，	我仿佛听到你在唤我，
将腾驾兮偕逝。	我要偕同你呀，驱车驰往新的环境。

湘君也像湘夫人那样到处寻找，对方影踪全无。“麋食庭中”二句，是湘君回到约会地点时所见的景象。北渚是人迹不至之处，野麋跑到院子

里来吃草，蛟龙嬉戏逐乐在水边：这是写“无人”，与上篇“鸟次屋上”二句相对，用意相同。这说明那一天他们都曾两次到过北渚，而且都进入了约定的会面之所的庭院。从作者有意点明的时间和方向来看（“夕弭节兮北渚”和“夕济兮西澨”），真是阴错阳差，又是脚前脚后。这是十分典型的戏剧性情节，有助于我们了解《九歌》的演唱情况。这里不赘。

“朝驰余马兮江皋”四句，补叙一天的奔波劳累，以及回到北渚时的希望和打算。“西澨”，指北渚这个小洲岛的西岸。当他傍晚踏上这约会之地的西岸时，以为此刻湘夫人总该在那里了，他仿佛听到湘夫人在唤他（“闻佳人兮召予”）。这一句妙不可言，不仅写出他急切盼望和恋人见面的心态，并且充满希望。他打算立刻和她一道驱车远去（“偕逝”）——因为他已经安排好一个如诗如画的生活环境：

筑室兮水中，	新房子建在水中，
葺之兮荷盖。	用荷叶盖成屋顶。
荪壁兮紫坛，	荪草装饰墙壁，紫贝铺砌庭院，
播芳椒兮成堂。	花椒粉刷的堂屋散发芳馨。
桂栋兮兰橑，	木兰椽子呀，桂木的梁，
辛夷楣兮药房。	辛夷木门楣白芷房。
罔薜荔兮为帷，	薜荔花儿织成帐子，
擗蕙櫋兮既张。	蕙丝帐顶已张在床上。
白玉兮为镇，	白玉镇着坐席，
疏石兰兮为芳。	几丛石兰吐露芬芳。

芷葺兮荷屋，	荷叶的屋顶点缀着白芷，
缭之兮杜衡。	屋宇四周缭绕着杜衡。
合百草兮实庭，	采集百草充实庭院，
建芳馨兮庑门。	满门满屋哟，香气氤氲。
九嶷缤兮并迎，	啊！九嶷山诸神都来欢迎我们，
灵之来兮如云。	贵宾们呀纷集如云。

诗句把读者带进一个童话般的世界。你仿佛进入一座美丽的水中宫殿，处处花气袭人，整个建筑就像是一朵芳洁的花，弥漫着散发着幽香。这就是湘君为这次约会赶紧建造起来的新居，照应上文“与佳期兮夕张”。“筑室水中”一段共十四句，约占全部篇幅的三分之一。这是不是诗人不惜墨呢？不是。因为无论外形的设计、室内的陈设、环境的美化，都凝聚着湘君对湘夫人的爱，凝聚着他美好的理想。这实是在写他的心中之“情”。从艺术构思的角度看，这段文字正在酝酿着抒情主人公内心世界的巨浪狂涛。

接着是“九嶷”二句。“九嶷”，这里指九嶷山诸神。相传虞舜葬在九嶷山下，那里是湘水的发源地。诗人把那个地方处理为湘君的居住之地，不是偶然的巧合，因为作品从立意到情节都说明湘君这个形象确是以舜为原型的。“灵”，神灵，泛指包括九嶷诸神在内的来宾们。“九嶷缤兮并迎”二句，是湘君想象同湘夫人一起来到新居时的热闹欢乐场面——他所在地方的九嶷诸神都会纷纷前来迎接、祝贺。这两句是遥承前面“将腾驾兮偕逝”的，有前面的“偕逝”，才有后面的“并迎”，至此文意前后合拢。

本篇的写法与上篇不同。上篇是顺叙，详写湘夫人一天的奔波、寻找，最后出现约会之所的无人景象：“鸟次兮屋上，水周兮堂下。”本篇则略写湘君一天的奔波、寻找，当傍晚回到约会之所时，先推出荒凉无人的景象：呀，野鹿怎么在院子里吃草？这时他听到水边有声响，或许还以为湘夫人乘舟到了，急忙回头，水边看到的却是蛟龙在嬉戏逐乐。“麋何食兮庭中？蛟何为兮水裔？”这里主人公虽然只说了短短两句话，若用戏剧或电影来表现，会是非常精彩并且使人一目了然的。就是在这样的情景下，抒情主人公开始追述一天的奔波和自己原定的计划。从“朝驰余马兮江皋”至“灵之来兮如云”，都是倒叙，具体述说自己已经做了哪些准备工作；这次与湘夫人约会，是为了同她到九嶷山下的水中新居，去共同过美好的生活；他甚至已在想象着双双到达新居时的热闹情景。然而，现在他却站在约会之所的庭院门口，看着残照中的洞庭湖水波发愣。一切准备都是白费心，一切愿望都落了空，抒情主人公的情感波澜也因之推向了高潮：

捐余袂兮江中！	我把你的信物丢到江中！
遗余褋兮澧浦！	我把你的定情汗衣扔到澧浦！
搴汀洲兮杜若，	哎，一会儿却把芬芳的杜若采在手里，
将以遗兮远者。	要送给远方的你哟，表达我的情思！

“袂”，衣袖。“捐袂”，抛弃衣袖，难理解。笔者浅见：这衣袖上大概沾有她的相思之泪？两千年前的古人大概不用手绢，到宋朝我们还看到“泪湿春衫袖”，《红楼梦》里林黛玉写在手帕上的诗：“枕上袖边难拂拭，任他点点与斑斑。”讲的是泪，其实有了手帕仍会习惯地用袖子拭泪。从人的灵魂里流出的泪珠，其珍贵非珍珠可比，而且落在袖上就不见，发生的故事只有“两心知”。如果是这样，这衣袖作为纪念品就有意义了。“褋”是内衣，贴身之衣，释为湘夫人送给湘君的定情信物，没有疑问。

这四句，与上篇“捐玦遗佩”四句相对，句意相同，不赘。这里补充说明两点：一、“江中”“澧浦”，只是说扔得远，就像我们说“扔到东洋大海”一样，不能拘泥于实地。理由很简单：湘君此刻是在约会之地，并未离开北渚。二、“汀洲”和上篇的“芳洲”，均指约会地点北渚。变换名称是为了避免重复出现“北渚”的字样。把约会地点的杜若采来送给对方，既证明自己没有失约，还含有责备对方不守信的怨意，千言万语，尽在这一束杜若之中（它等同于最古老、最朴素真情的一封信）。这一情节，戏外有戏，真是妙到极点——我们可以想见双方接到这束“杜若”时，内心世界再次掀起的风暴。

时不可兮骤得，	机缘呀，不能屡屡得到，
聊逍遥兮容与。	姑且逍遥自在，随意走走。

结尾两句也与上篇同。这两句说明湘君又离开了约会之地。同湘夫人一样，他也在漫无目的地飘荡、徘徊。也许他们离得很近，也许他们正像流水一样萦回往复，彼来此去，此去彼来。这个结尾真是韵味无穷，并富有戏剧特征。

《湘君》和《湘夫人》的结构同中有异，异中有同，各臻妙境。它是中国诗史上异彩夺目的奇葩，是两朵美丽得令人心醉神迷的姐妹花。二“湘”不朽的艺术形象，是通过双方纯真的情愫和环境气氛的渲染，在情节发展中充实和鲜明起来的。作品经别出机轴的裁剪，略去赴约的过程，一开头就让主人公到达约会地点而不见恋人，使人物的内心世界立即为读者打开。在相互寻找的过程中，双方感情的起伏变化恰如江河之水：忽而急急奔驰，忽而萦回往复，忽而舒缓似梦，忽而幽咽如泣，忽而波澜迭起、巨浪直立，忽而又归于平静，而平静之中又酝酿着新的巨浪狂涛。爱情和追求是天长地久的；湘水和洞庭湖的水在永无休止地奔流着，回旋着，就像他俩在相互追踪，相互寻找。诗人从湘水和洞庭之水的流动中获取灵感，因此所塑造的这对湘神形象，不仅穷尽其心灵上的波卷澜翻，连他俩的行动也赋予流水的特点。

“二湘”是借神灵的形象来表现人世间爱情的一幕诗剧。构成这诗剧的灵魂来自现实生活中的憾事：机会舛错，无缘相遇。值得一提的是，湘君的原型舜，正是屈原常恨无缘遇上的古代贤君。《离骚》：“济沅湘以南征兮，就重华而陈词。”重华即舜名。满腔愤懑无处诉说，就去向重华倾吐，痛哭“朕时之不当”。《涉江》：“吾与重华游兮瑶之圃。”理想中的知音是重华，现实中的楚王却是个“腥臊并御”的宝货，“时不当兮！”《怀沙》：“重华不可遌（遇）兮，孰知余之从容？古固有不并（生不同时）兮，岂知其故也？”他的心与重华这样贴近，彼此却又隔得那样遥远。联系这一切来看“二湘”，尤觉别有一种弦外之音，韵外之致。

陆天鹤 陆天华

原刊《云梦学刊》1999年第1期

2012年修改，并加了译诗

2018年再作补充

一首赞美送子女神的歌

——屈原《九歌·少司命》之我见

少司命是职掌世人子嗣之有无，主管生育之神，类似后来的送子观音，与死神大司命相对。生与死，对于古人来说是充满神秘感的。在人们想象中，人的死亡是由大司命所决定，而新生命的降生——那些可爱的小天使则是由少司命从天上送下来的。女神怀抱婴儿手挺长剑的形象特征，清楚地表明了她的职守。

由于人们相信巫和神有交往，巫最了解神的情况，因此巫是歌唱和赞美少司命的最佳人选。这是一首赞美送子女神的歌。

全诗都是女巫的唱词。

秋兰兮麋芜，	秋兰与麋芜，

罗生兮堂下。	并生在堂下。
绿叶兮素华，	碧绿的叶子素白的花，
芳菲菲兮袭予。	芬芳的花气把我的心脾都沁透。
夫人自有兮美子，	哦，人们自会爱护小乖乖，
荪何以兮愁苦？	少司命呵！你为什么还在操心担忧？

前四句，女巫描述少司命神堂的环境。

据《左传·宣公三年》记载，春秋时郑文公有个叫燕姞的妾，梦见天使给她兰而怀孕生子。以后人们便以兰为生子之祥，有“兰梦”“兰兆”等美称。麋芜：通“蘼芜”。宋代罗愿《尔雅翼》说：“蘼芜之根主妇人无子，故《少司命》引之。”清代周拱辰《离骚草木史》也有类同的说法。可见秋兰、麋芜这两种芳草都与生育有关，它们正是少司命职司的象征。和写大司命不同，伴随那位死神的是乌云、飘风、暴雨；而少司命的神堂前却是一片明媚，把人带进了一个花气氤氲、生机盎然的境界。

“夫人自有兮美子”的“有”，亲爱的意思。《诗经·王风·葛藟》：“谓他人母（叫别人妈妈），亦莫我有（人家也不会亲我爱我）。”女巫对少司命说：得到了孩子的人们啊，自会爱护自己可爱的孩子的，神为何愁眉不展，还在担心些什么呢？这是写少司命在为新生儿的命运操心担忧。那些小宝贝都是从她手里送出去的呀，写她对孩子的不放心，正是写她对孩子的爱，同时为后文“抚彗星”伏笔。这里值得注意的是，一开始，作者就让女巫作为少司命的知心好友出现在观众面前的。少司命不但不会回避她，彼此还在一起知心知意地交谈。女巫看出少司命在“愁苦”，也知道她为什么而“愁苦”。妙笔，妙在两句话写出女巫与少司命的关系之不同寻常。

秋兰兮青青，	秋兰长得正茂盛，
绿叶兮紫茎。	绿色的叶子紫色的茎。
满堂兮美人，	满堂都是求子的美人儿，
忽独与余兮目成。	你只用眼睛向我表示友情。

这四句，女巫描述一个求子的场面。

少司命还在为新生儿操心的时候，络绎不绝地前来求子的妇女已挤满神堂了。作品先将绿叶紫茎的“秋兰”作一特写，随即引出了“满堂美人”的画面——秋兰和美人两相映照，就把她们的来意点得十分清楚。求子者当然看不见这位女神，只是向庙堂里的神像虔诚地祈求而已。但巫与众不同，这位女巫和神是好朋友，显然看到女神正在专注地倾听大家的祈求和愿望，很忙，所以只用眼睛和自己打了个招呼，表示了彼此间的默契和友情。神秘就神秘在这个“独与余”——这很符合巫的特点和身份，活脱是巫的口气。这里，作者又给女巫添加了一个与神亲密无间的细节，这样才能贯穿前后，借女巫之口把女神的一切活动描述得活灵活现。

入不言兮出不辞，	悄然送子进门，离去也不告辞，
乘回风兮载云旗。	乘着旋风，飘着云旗。
悲莫悲兮生别离，	你尝尽悲中之大悲：活生生的别离，
乐莫乐兮新相知。	也得到乐中之大乐：不断有新的知己。

这一节是女巫描述女神送子。

“入”“出”，指女神送子时出入人们的家里。故云“不言”“不辞”“乘回风”“载云旗”——人们只能感觉到一缕风，悄无影踪，只能看到天上的一片云而已。旧说把“入”“出”理解为女神出入祭祀现场，大误。“悲”“乐”二句，是写少司命的悲乐。胎儿降临世上时总是荡人心扉的一声啼哭，就像离开女神妈妈怀抱似的。人们想象女神是多么舍不得她的小天使啊。但是她得割爱，把一个又一个可爱的小家伙送到人间，这对她来说是一种生生的别离，是一种莫大的悲伤，所以说：“悲莫悲兮生别离。”从另一个方面说，送子女神给人们送去的是幸福和欢乐——给人快乐本身就是一种快乐。得子的人感激她，求子的人无断绝，少司命每天在结识着新的朋友，感受着新的快乐，所以说：“乐莫乐兮新相知。”旧说谓巫与神恋爱，但巫与女神根本谈不上“生别离”，更不是“新相知”（这从上二节就可证实）。把这大悲大乐移到巫的心中，十分圣洁而深沉的感情就变得轻浮不实，粗俗不堪。

荷衣兮蕙带，	荷花的衫子哎蕙香的丝带，
倏而来兮忽而逝。	倏然而至，飘忽而逝。
夕宿兮帝郊，	夜晚住在天国的郊野，
君谁须兮云之际？	你是等待谁呀，在那高高的云际？

头句是女巫所见的神的衣饰。“荷衣蕙带”，芳洁，轻柔，可知少司命确是女神。第二句“倏而来兮忽而逝”，是女巫描述少司命送子的忙碌。少司命“出”“入”千家万户，凡有新生命诞生的地方就会有她，所以和大司命一样具有往来如风的特点。这一句是为了使“入不言兮出不辞，乘回风兮载云旗”的形象再丰满一下，把女神送子的描写由点扩及面。精练之极，真是语到极致是平常。

“夕宿帝郊”，是女巫对少司命日夜操劳、无暇安歇的概括。这个“夕”字不是指今夕。诗不是流水账。“君谁须兮云之际”则故意设问，问得使人思路转向（与前面的“目成”用意相同，都是营造一种轻松欢乐气氛）。当然，女巫的目的是为了隆重推出下文，突出结尾。

与女游兮九河，	与你同游九曲黄河，
冲风至兮水扬波。	狂风骤起哟掀起大波。
与女沐兮咸池，	与你一起在咸池洗发，
晞女发兮阳之阿。	为你晾干长发，我们休憩在旸谷。
望美人兮未来，	盼呀望呀不见美人儿来。
临风怳兮浩歌。	我心神不宁，对着风大声唱歌。

这六句诗中，“与女游兮九河，冲风至兮水扬波”二句，洪兴祖认为是《河伯》篇错简窜入的文字，后人也同意，删去。马茂元先生在《楚辞选》中说：“连这四句也可能是《河伯》篇的脱简而误窜进来的。今本《河伯》篇开头是‘与女游兮九河，冲风起兮水扬波’，接着便说‘乘水车兮荷盖，驾两龙兮骖螭’。假如中间插进这四句，语意就更为完满。‘与女游兮九河’‘与女沐兮咸池’同一句法。每两句讲一件事，对举成文，都是河伯的幻想（笔者按：应是河伯的回忆）。所以接着说‘望美人兮未来’，点明现实的惆怅心情。后面‘乘水车’‘登昆仑’分承‘九河’‘咸池’，结构严谨，脉络分明。‘河’‘波’‘阿’‘歌’‘螭’（古音罗）叶韵，在音节上也是完全适合的。这四句放在本篇，虽然可以勉强说通，但和上下文的联系究竟不够自然（笔者按：马先生由于把中间几节理解为‘描写人神恋爱之情’，故认为‘可以勉强说通’）。把它删掉，通篇的内容更

显得集中而紧凑了。以上论点，仅仅从作品本文的体会出发，因为缺乏其他足资证明的确切依据，故仍其旧。”

我们同意马先生的看法。《少司命》全诗都是女巫的话，这一点是可以肯定的。作品把女巫与少司命处理成女性间的友谊关系，其目的只是为了便于介绍并赞美这位少司命。全诗二十六句，唯有这四句不合女巫的语气和身份。女巫忽称少司命为“女（汝）”，与前后尊称“荪”和“君”的无比崇敬之情大异，给人的感觉是突然换了一个人在说话。女巫又称少司命为“美人”，而前面“满堂”句的“美人”，却是指人间求子的妇女，一首短诗中不应有这种称呼上的混乱。曾经和“美人”一起在咸池洗发，一起在阳阿休憩晾发，并抒发不见“美人”来会的惆怅之情：写的分明是恋爱内容，而且分明是个男神的语气。有的研究者据此断少司命为男神，把这四句定为少司命男神的唱词，正说明了这四句对人们认识本篇时所起的巨大干扰作用。本篇歧说之多，可谓《九歌》中之最，无不与这四句有关。现在我们来个“澄清捉螺蛳”，可以看出这四句既与上文无联系，又和下文不搭界，证明这四句完全与本篇无关；而把它插进《河伯》篇却密丝合缝，又说明了其来历。原来这四句本是《河伯》篇的文字，它是和“与女游兮九河”二句一起窜入本篇的（顺便提一下，《河伯》篇缺了这四句也是读不通的，详拙作《〈河伯〉之我见》）。

孔盖兮翠旍，	孔雀翎的车盖翠羽的旌，
登九天兮抚彗星。	登上九天降服那害人的灾星。
竦长剑兮拥幼艾，	一手挺着长剑，一手抱着婴儿，
荪独宜兮为民正！	少司命呵！只有你适宜为万民主持公正！

这一节是承接“君谁须兮云之际”的。原来她在云际不是等待谁，而是乘车登上九天去“抚彗星”。“彗星”俗称扫帚星，古人认为彗星主除旧布新，其出现又为灾难或战乱的预兆。至此，读者对少司命的“愁苦（操心担忧）”恍然大悟：她之所以对那些孩子不放心，是因为光有妈妈的爱护是不够的，还必须除掉为害人类的灾难。她一手挺着长剑，一手抱着美丽的婴儿，形象是如此感人，所以女巫最后发出热情的赞美：“荪独宜兮为民正！”古人称官长（裁判者）为“正”。“为民正”，为民做主。这句赞语很耐人寻味。

诗人是通过女巫之口来塑造这位女神的。她是那样劳苦，既劳心，又劳力。她始终未说一句话，勤于职守，行而不言。“入不言兮出不辞”“倏而来兮忽而逝”，悄悄地给人们送去可爱的小天使，送去欢乐和幸福，自己则默默地忍受着“生别离”的莫大悲伤。她倾听着人们的祈求和愿望，以给予人们快乐为自己最大的快乐。她管理的是人世间一个最庄严的职责——人的生，所以她还日夜为那些新生儿操心担忧，“夕宿帝郊”，待于云际，密切注意着为害于人类的灾星，及时把灾难消除掉。女神在九天之上抱婴儿挺长剑的形象是光辉灿烂的。但是在九天之下，为民之主的是骑在百姓头上的帝王和封建官吏。战国后期的平民百姓求生不易，战乱更是时刻威胁着人们的家庭和儿童的平安成长。少司命的形象凝聚着古代人民的理想和愿望，也渗透着屈原亲民爱民的哲学思想。

陆天鹤 陆天华

原刊《云梦学刊》1993 年第 4 期

2018 年修改

更有情痴抱恨长

——《九歌·河伯》之我见

河伯是黄河之神。本篇写河伯失去爱侣的痛苦之情，是一支勾魂夺魄的抒情恋歌。

河伯的爱侣是谁？这是弄清本篇主题的一个关键问题。《九歌》多以优美的神话故事为题材，从本篇内容所透露的信息来看，我们首先想到的是有关河伯的一些神话传说以及黄河与洛水的关系。河、洛是有交往的。浩浩黄水西来东去，白色的洛水自西南而来，往北与黄河相汇。黄白二水一会合，由于两者比重不同而并不混淆，远远望去，宛如黄白两巨鱼在欢乐地戏逐。这一壮观的、神奇的、充满诗意的自然景象，颇能说明有关河神与洛水女神的种种神话故事，为什么多离不开恋爱的内容。《天问》："帝降夷羿，革孽夏民。胡（何以）射夫河伯，而妻彼雒嫔？""雒（洛）嫔"，即洛水女神。根据屈原自己所作的《天问》来印证，可知这位女神原是河伯的情人。屈原在《离骚》中写到这位洛神时，说她“夕归次（住宿）于穷石兮，朝濯发乎洧盘”，“穷石”是后羿所居之地，也是指她和后羿的暧昧关系。可见后羿的介入，是造成河伯失恋的一个原因。但这只是诗人写河伯失恋的神话依据，与表现本篇的主题关系不大。从本篇中河伯的回忆来看，他的恋人确实也是水神，有着水神所独有的特征，不是别的恋人可替代的。郭沫若先生《屈原赋今译》说：“河神所追求的大概是洛水之神，因为洛水是在黄河之南，下游系往北流，故说‘送美人兮南浦，波滔滔兮来迎’。”这看法是符合本篇实际内容的。

干扰人们正确认识本篇的，还有一个错简问题。《少司命》篇中“与女沐兮咸池，晞女发兮阳之阿。望美人兮未来，临风怳兮浩歌”四句，笔者确认是本篇的脱简文字，它是和“与女游兮九河，冲风起兮水扬波”一起窜入《少司命》篇的。我们曾摆事实证明，《少司命》多了这四句是读不通的（详见拙作《〈少司命〉之我见》）。本篇缺了这四句同样无法解读。请看今本《河伯》篇没有这四句的第一段：

与女游兮九河，	与你同游九曲黄河，
冲风起兮水扬波。	狂风骤起哟掀起大波。
乘水车兮荷盖，	乘上水行之车哟，撑起荷叶翠篷，
驾两龙兮骖螭。	驾着两龙两螭啊在波上飞奔。
登昆仑兮四望，	登上昆仑山纵目四望，
心飞扬兮浩荡。	这颗心不由自主地飞往远方。
日将暮兮怅忘归，	日色将暮啦怅然忘了回去，
惟极浦兮寤怀。	那遥远的水滨，叫我醒也思来睡也想。

我们只要细究一下，便会发现：一、头二句是写同游，但读下去却变成“独游”了。“登昆仑兮四望”有盼望、寻找之意，与《湘夫人》篇“登白薠兮骋望”用意相似。“心飞扬兮浩荡”是说心飘荡到远方，并无昂扬激奋、心神愉悦的意思。下面两句就说得更明白了：日色将暮竟然“怅忘归”，这哪是携着情侣欢游的感情？情侣若在身边，又怎会“惟极浦兮寤怀”——为那远浦之人日夜思念呢？这末二句清楚表明，他是因为思念情人，以致怅然若失，连回家都忘了。那位同游九河、同上昆仑的情人，消失得可谓莫名其妙。二、以整篇来考察，愈见前后矛盾抵牾。请看下文：那位使他日思夜想的情人又莫名其妙地出现了：他俩又一块儿骑着白鼋在“逐文鱼”，又在同游“河之渚”了。竟是毫无文理可言。于是注家只好用“对唱”来解释，把一首完整的抒情诗分割得支离破碎，人称杂乱，却又说不清与河伯“对唱”的究竟是谁。故游国恩先生在《楚辞论文集》里说：“今案《河伯》之文，从来释《楚辞》者，皆为模糊影响之谈，绝无明了确切之解。”

现在我们试把这四句插进去，看看情况如何。“与女游兮九河”“与女沐兮咸池”“与女游兮河之渚”，句法相同，“女（汝）”的称呼相同，内容变化而又统一，感情、格调完全一致；“望美人兮未来”“送美人兮南浦”，句法又同，“美人”之称呼又同，内容变化而又统一，感情，格调完全一致。在《少司命》篇中龃龉不入的四句诗，在这里榫头一拍就合，而且密丝合缝。特别是“望美人兮未来”这句，更是牵动全篇、不可缺少的一句话，其作用是：

一、对上文来说，它把“与女游兮九河”的语意界定了，表明这些都是回忆，一开头河伯就在深情地缅怀往事。

二、对下文来说，它使“乘水车”以下六句的意思明确起来，表明这是另一节诗行了。正因为美人不来，他才会驾起水上之车到处找，才会登上昆仑“四望”，他的心才会飘荡到远方；正因为美人不来，他才会“日将暮兮怅忘归”，才会日夜思念那远浦之人，才会如痴如醉地沉浸在回忆之中。这节诗的意思一明确，反过来又证明了首二句（“与女游兮九河，冲风起兮水扬波”）的下面，确是缺了文字的。

三、对全篇来说，它不仅使矛盾抵牾之处全都文从字顺，疑团冰释，而且，浓烈的抒情都是围绕着“望美人兮未来”这一中心的，“与女游兮”的主旋律贯串全诗，为整个作品定下了缠绵往复而又苍凉悲忼的基调。旧说把篇中回忆部分统统理解为现实，情调大变，就因为缺了这一句。

综上所述，可知“与女沐兮咸池”四句原是本篇的文字；《少司命》篇多了这四句读不通，本篇缺了这四句也读不通。自东汉王逸注《九歌》以来，人们对它们的认识过程不可谓不长，这两篇的歧说不可谓不多，但是却没有一说不存在着疑点，这一事实便是明证。

研究的目的在于欣赏。下面，我们一起来品鉴吧！前面论述的两个问题，再在整体中检验一下。错简四句特用括号标出。若仍有疑碍不通之处，敬请专家学者不吝教正。

全诗都是河伯的抒情独唱。

与女游兮九河，	与你同游九曲黄河，
冲风起兮水扬波。	狂风骤起哟掀起大波。
（与女沐兮咸池，	（与你一起在咸池洗发，
晞女发兮阳之阿。	为你晾干长发，我们休憩在旸谷。
望美人兮未来，	盼呀望呀不见美人儿来。
临风怳兮浩歌。）	我心神不宁，对着风大声唱歌。）

这一节开头四句是写河伯的回忆。“女（汝）”，和下文的“美人”“灵”“子”，都是指他的恋人洛水女神。抒情主人公一出场就如醉

如痴地沉浸在回忆之中，那么深情地在寻觅那失去的梦。作为水神的这一对情侣，风涛正象征着他俩情绪的激动和高涨；他们欢乐地出没在风波里，游戏在惊涛骇浪之中。接着是一个风和日丽的镜头：他俩在咸池洗沐后，一块儿在旸谷的艳阳下休憩晾发，那样安宁、静谧、温馨，那样情切切而意绵绵。一动一静两个镜头，都是与洛神热恋时的情景，确实使河伯刻骨铭心。

五六两句从回忆一下返回到断无消息的现实，仿佛突然从梦境中醒来似的。“浩歌”即引吭高歌，是河伯在不见美人来的情况下，为了抒发痛苦的思念之情，即所谓“长歌当哭”之意。“临风怳兮浩歌”使人如闻黄河中风涛汹涌之声，意境是苍凉而悲忼的。这一句绝对不能移于别人之口，我想任何一位懂诗的读者都会同意我这看法。

读者不妨翻开《少司命》篇，看看“与女沐兮咸池”四句在那里“安家落户”的情况。由于它把恋歌成分带进了《少司命》，产生了“巫神相爱”说；由于它明显是另外一个人的语气，便出现了“巫神对唱”说。然而，冬瓜缠在茄蔓里总是露出痕迹的。河伯的话在《少司命》里变成了“巫的唱词”，但无论称呼、语气、感情、身份、情调，均不合。于是有人把它改为“少司命的唱词”，但少司命作为神，难道会不知道凡人是不能到咸池的？明知其不能来，却道“望美人兮未来”，还为此“临风怳兮浩歌”，虚伪做作，只能损坏女神的形象。四句话只有回到它原来的位置，出于河伯之口，方能四平八稳，天趣盎然。

现在请看下一节：

乘水车兮荷盖，	乘上水行之车哟，撑起荷叶翠篷，
驾两龙兮骖螭。	驾着两龙两螭呵在波上飞奔。
登昆仑兮四望，	登上昆仑山纵目四望。

心飞扬兮浩荡。	这颗心不由自主地飞往远方。
日将暮兮怅忘归，	日色将暮啦怅然忘了回去，
惟极浦兮寤怀。	那遥远的水滨，叫我醒也思来睡也想。

这一节是写河伯对恋人的思念。九河之中，昆仑山上，处处都留下过他俩的欢声笑语。但河伯的抒情方式决非女性式的“寻寻觅觅”。他是粗犷不驯的黄河之神，心烦了，就叫四只龙拉着车在波涛上往来飞奔，以排遣苦闷。诗人紧紧抓住大河的特征来塑造河神的形象，把风涛的悲苍喑呜之声想象成他的“浩歌”，把奔腾的波涛想象为“驾龙骖螭”，那不平静的黄河正是河神不能平静的心境。他登上昆仑山“四望”，是在盼望恋人而并非欣赏风景。“心飞扬”是说心往恋人那儿飞去；“浩荡”，大水奔流的样子，这里用以比喻那种不可阻遏的思念之情。“日将暮兮怅忘归”是写河伯怅然若失的心态，末句点明对远浦之人的日夜思念。“寤怀”，寤寐怀思。“极浦”，指篇末的“南浦”，那是曾经送别恋人的地方，也是盼望她重来的地方。

下一节写得更痴情：

鱼鳞屋兮龙堂，	鱼鳞灿烂的房呀，龙鳞耀眼的堂，
紫贝阙兮珠宫。	紫贝镶嵌的楼阙哎珍珠宫。
灵何为兮水中？	此刻你在做什么啊？在水底的宫中？

这节诗，旧说以为是写河伯之居，是另一个人在问河伯。那个人，有的认为是河伯的爱人，有的认为是巫者，有的认为是诗人屈原，说法不一。但综观全诗，上下文全是河伯的唱词，怎么中间突然会窜出一个人来问他？

河伯为何毫无反映，只管唱着自己的恋歌？如果问者是他爱人，爱人在他面前，他为何依然如痴如醉地在缅怀着她？足见根本就没有什么别的人出场，也没有什么人问他。“鱼鳞屋兮”三句当属于河伯自己的唱词，是他全部抒情独唱中一个不可分割的组成部分。笔者的具体看法如下：

这节诗是写河伯在设想着对方的情况。

“鱼鳞屋兮龙堂，紫贝阙兮珠宫”，从宫殿装饰看，闺房气很浓，当是指洛水女神所居的玲珑美丽的水底宫殿——当然，这“珠宫”是在洛水，远得很，是河伯魂牵梦绕之所在。河伯问道：你在水底宫殿之中，此刻在做什么呢？言外之意是说：我正在苦苦思念着你，你会不会想到我呢？这句问话十分传神地写出了河伯一往情深呆呆地琢磨着对方的神情。在诗的结构上，上下文都是陈述语气，这一节从悬想对方着笔并设问，使全诗显得更灵动多姿。

下一节更精彩：

乘白鼋兮逐文鱼，	骑着白鼋追逐着五彩斑斓的鱼，
与女游兮河之渚。	与你同游河中的洲渚。
流澌纷兮将来下。	嗨，再让奔泻的急流把我们送回来！

这一节再次写河伯的回忆。又是一个多么欢乐的镜头：水中游动着花纹美丽的鱼群，他们就像两个天真顽皮的孩子一块儿骑在白鼋的背上追逐着它们——我们可以在水花飞溅中听到他俩的欢叫声。第二句映出这对情侣在河中小岛上游览的画面，第三句写他俩兴高采烈地顺着流水返回的情景，可以想象水急人欢，笑声随着飞流而哗哗直下。“将”，送行之意。三句诗三个不同的诗境，新鲜，奇特，非河神莫属。这是从无数欢乐难忘的情景中挑选出来的三个镜头。然而，这一切都已经成了惝恍迷离的梦影。

于是河伯又沉入了痛苦之中，想起了那一次离别：

子交手兮东行，	那一天你告别我往东走，
送美人兮南浦。	送你呀一程程送到南浦。
波滔滔兮来迎，	波浪滔滔把你迎了去，
鱼鳞鳞兮媵予。	只剩下一群群鱼儿伴随着我。

弄清这节诗，我们先得了解河、洛的地理位置：黄河自西而东，洛水自西南而来，相汇之处在黄河中下游的南岸。结合全诗来考察，可知：第一，“子交手兮东行”的“子”，是指洛水女神。她从洛水到黄河与河伯相会，她是客，应该是她向河伯告别，绝无河伯（主）向她告别之理。由于他俩的漫游是溯河水而上行，她回去时先得顺流东下，故云“东行”。第二，送这位美人到“南浦”的是河伯。“南浦”，南面的水边，即黄河南岸。告别“东行”的洛神必须到河洛交汇之处的南浦，方能溯洛水返回她的“珠宫”；河伯一程又一程地直送她到南浦，他是如此难舍难分。从此，“南浦”一词，后人常用为送别之地，如江淹《别赋》：“送君南浦，伤如之何？”第三，“波滔滔”是指洛水之波，迎之而去的是洛水女神。第四，剩下的是河伯独个儿，只有鱼群陪伴着他，怅惘之情如见。四句诗组成最后一节，都是河伯的回忆。这节诗特意点明送别之地“南浦”，与上文“惟极浦兮寤怀”遥相映照，文意显豁；河伯之所以日夜思念那远浦之人，是因为“南浦”一别，想不到竟从此音容两渺茫了。

《九歌·河伯》是一首抒写心灵的绝妙好诗。诗在回忆中开始，在回忆中结束。反复吟咏，竟有首尾相衔回环不绝的感觉。诗人是通过“回忆——现实——悬想、设问——回忆”这样的意识流动过程来结构作品的，与西方现代派诗歌的一些表现手法有惊人的相合之处。回忆与现实交错，时空交错，既适宜于抒写内心意识的跳跃变幻，又为驰骋想象和塑造人物提供了广阔天地。黄河之水咆哮奔腾的气势，回旋往复的动态，苍凉呜咽的旋律，都交融在河神的形象和情感之中。而洛神的形象则是在河伯的回忆中跃然浮现出来的。她活泼浪漫，犷野而不失温柔，正是洛水的化身。由于她具有活活的“水”的特征，所以在恋爱故事中被塑造成“水性”女子，《离骚》写她“夕次穷石”，说她“日康娱以淫游”，本篇中写她抛弃河伯，是一以贯之的。把本篇和《山鬼》篇联系起来看，一写女性山神失恋的痛苦，一写男性水神失恋的痛苦，异曲同工，真是“漫言红袖啼痕重，更有情痴抱恨长”。如果我们再联系《九章·抽思》等篇来看，则作者一而再地交融在诗中的情感，似也不难会心于精神实质的相通之处了。

陆天鹤 陆天华

原刊《贵州教育学院学报》1995 年第 1 期

中国人民大学《中国古代、近代文学研究》1995 年第 6 期全文转载

2018 年略作修改

《九歌·大司命》之我见

本篇的实际内容表明，大司命是主寿夭之神，即死神，与掌管生育的女神少司命相对。对于死亡，古人自有他们的看法和想法。同样是人，为什么有的长寿，有的短命？每个人一生下来就注定要死亡的，可是谁能知道自己将在何年何月何日何时死去？欢欢喜喜聚合在一起，何以转眼成为生死永别？这人间的悲欢离合，究竟是由谁在主宰着，掌握着？在人生之路上，每条路通向不可知的前方，千变万化的命运和千差万别的寿限，又是根据什么来决定的呢？这位大司命（死神），就是楚人在对人生和死亡问题的思索中产生的。作为由屈原加以再创造的抒情诗，无疑也融入了诗人自己的情感。

通篇都是大司命的唱词，由扮演大司命的男巫独唱。朱熹所谓“盖身则巫，而心则神也”（《楚辞集注》）。

广开兮天门，	大开天宫的门，
纷吾乘兮玄云。	我跨上奔马似的黑云。
令飘风兮先驱，	叫旋风在前面开路，
使涷雨兮洒尘。	使暴雨洒扫灰尘。

大风前导，暴雨洒扫尘土，是清除秽恶之意。这四句是大司命自述。古今看法一致，不赘。请看接下去的四句：

君回翔兮来下，	当您盘旋着降生到人世，
逾空桑兮从女。	我就越过空桑之山跟随着您。
纷总总兮九州，	这熙熙攘攘的九州，
何寿夭兮在予。	谁寿谁夭都由我管理。

这四句，后两句语意明白，历来都确认是大司命之言，没有问题。问题是在前两句上。旧说谓前两句为女巫的唱词，是说大司命降临人间，我（巫）越过空桑追随着你（大司命）。这种读法疑点很多。一、“空桑”是神话中的山名。《九叹·远游》：“考玄冥于空桑。”朱季海《楚辞解故》说：“司命主禄命，于此山从之；玄冥主刑杀，于此山考之；大抵明神所以佑善诛恶，为万民平正者，胥出于是。”可知这“空桑”非女巫所能逾越，正像《少司命》篇中的“咸池”，不是巫所能去的。又，称尊者为“女（汝）”，讲究礼仪的古代绝无此例。二、既是对唱，彼此的唱词应该蝉联相承，前唱后应。但是，这里却毫无互相酬答对唱的语气，大司命完全撇开女巫之词在自说自话。足见这四句本是一个人的唱词，硬是被分割成“对唱”的。三、这种“分割”还扩散到全篇，以致文意支离破碎，

一个完整的艺术品变得面目全非。现把笔者的看法阐明如下：

这四句全是大司命的话。作为死神，他的话是面向芸芸众生，面向每一个人的。“君”，泛指所有的人（不仅仅指现场的观众），是大司命对世人的敬称。下句称“女（汝）”，便不再客套。

“来下”，指人降生到世上。《少司命》篇与本篇相对，从中可知，新生命的降生，在古人的想象中是由那位美丽的女神从天上送下来的（详拙作《〈九歌·少司命〉之我见》）。她的形象特征是怀抱婴儿手挺长剑，“乘回风”“载云旗”。可爱的小天使们既来自天上，所以说：“君回翔兮来下。”

这两句是说：诸君从一出生开始，我（死神）就跟着你了。

每个人从出生那一刻起，还有一样跟随在身边的东西：那就是时间。深受屈骚影响的唐代诗人李贺，其《官街鼓》有句云：“从君翠发芦花色。”这个“君”字也是泛指世人，包括诗中提及的飞燕、孝武（即汉武帝）、秦皇。“从君翠发芦花色”这句话，可以看作时间老人对古往今来的世人所说的一句发人深省之言。孝武、秦皇都曾妄图长生不死，然而他们枉费心机，死神没有多给一点时间。死神大司命所管的“寿夭”，就是给每个人多少时间。把李贺这首诗与本篇放在一起看，有助于我们弄清本篇的原貌。

高飞兮安翔，	高高地飞行，安稳地翱翔。
乘清气兮御阴阳。	乘着清明之气，驾着日月之光忽来忽往。
吾与君兮齐速，	我与您结伴同行，
导帝之兮九坑。	为把天帝的旨意带到世上。

这四句，旧说以为又是女巫的唱词。误解的根源仍由于认定第三句的“君”是指大司命。但我们只要细心琢磨一下，不难看出存在的问题。一、开头“纷吾乘兮玄云”的“吾”，是大司命自称。这里“吾与君兮齐速”的“吾”，若变成了女巫自称，那么二十八句的一首小诗，便会出现第一人称代词“吾”的混乱使用，而且使文理大乱，问题就明摆着了。二、朱熹曾分析《涉江》中对“余”“吾”的用法：“此篇多以‘余’‘吾’并称，详其文意，‘余’平而‘吾’倨也”（《楚辞集注》）。这种用法并不限于《涉江》。“吾与君兮齐速，导帝之兮九坑”二语，若真是女巫的话，她的身份起码与大司命相等。她也必须同样具有“高飞安翔”“乘清气”“御阴阳”的神通，方能与大司命“齐速（同速并行）”。更何况，把上帝旨意带到世上的，只能是上帝的使者大司命，而绝不是女巫能插一脚的。三、双方的唱词依然毫无相因相承、前递后接的关系。大司命仍只管自己说自己的：“众莫知兮余所为！”——这位神独来独往行藏十分神秘，根本就没有什么人与他同速并行作引导。

还原吧，这四句仍然是大司命的话。上两句写神往来如风，乃是为第三句服务的。第三句“吾与君兮齐速”，是“逾空桑兮从女”的深化，仍是在写“从”。请注意“从（跟随）”这个字。人不仅一出生大司命就跟随着你，而且他和时间老人一样，自始至终跟随着你。“齐速”，速度相同，快慢一致，有如影之随形。“吾与君兮齐速”是说：诸君在人生道路上无论走到何处，我总是跟随着你，在你的身边。可以设想，此刻，祭祀现场顿时会肃静得鸦雀无声。为什么大司命要与你影形不离呢？因为他要观察人们的所作所为，辅天行化，诛恶护善。所以下句说：“导帝之兮九坑。”“帝”，是指天帝的意旨、威灵。“坑”，一作“冈”。前人谓“九坑”即指九州大地，可信；因上文已有“纷总总兮九州”之语，这里用词就得变化一点。这四句无疑是劝人积德行善，莫作坏事。俗语所谓“人在做，天在看”“人不见天见”，似可作“吾与君兮齐速”的注脚。古代人民在现实世界里得不到公正，所以多相信头上还有一个“天”，所谓“头顶三尺有神明”。大司命管的是人世间一个最严肃的职责——人的死，所以他日夜飞行于天空，不仅明察秋毫、洞悉幽微，而且无论富贵贫贱，他都一律对待。大司命的话是针对九州众生而发的，对于统治者来说当然也同样适用。《离骚》“就重华而陈词”一大段，便是写历代君主的所作所为及其得到的结果，最后的结论是：“夫孰非义而可用（做）兮，孰非善而可服（行）？”

现在我们再来看下面四句：

灵衣兮被被，	云衣在风中飘动，
玉佩兮陆离。	玉佩的光彩闪闪烁烁。
一阴兮一阳，	月亮落下太阳升起，
众莫知兮余所为。	谁也不知道我在做些什么。

这四句大家都公认是大司命的话，没有问题。前两句表面看是写大司命的服饰，其实是在进一步写他夜以继日地飞行，故云衣是飘动的，玉佩闪耀着斑斓的光彩。他无所不至，无所不在，但谁也看不见这位来无影去无踪的神——天上只有彩云在飘飞，星月之光在闪烁。大司命的服饰，实际上正是诗人从夜空中“彩云追月”般的瑰异景象中想象出来的。意境是那样空灵而缥渺，充满神奇和神秘的色彩。大司命的“所为”是在冥冥之中观察人们的行为，决定人们的命运变化和寿命长短，当然谁也不可能知道。人们所能看到的，只是一个黑夜接着一个白天，太阳和月亮在不停地运转而已。

这节诗居全篇之正中。通过巫者代表大司命对世人的说话，人们对这位神的职守已相当了解，大司命的形象已逐渐清晰。作品为了从不同的角度塑造并丰满这个形象，下面的谈话对象转向了已进入老年的人们：

折疏麻兮瑶华，	采一束疏麻玉白色的花，
将以遗兮离居。	给那离居的人儿送去。
老冉冉兮既极，	衰老已渐渐地来到，
不寖近兮愈疏。	再不亲近便会愈远愈疏。

这四句旧说又把它看作女巫的唱词，认为是女巫送花给大司命。要澄清这一误解比较容易，我们只要把第二句中的“离居”弄个明白就行。“离居”一词经后两句的补充，双方的关系十分清楚：本是相好的，但长期以来是分离疏远着的——以致彼此的年龄都渐渐地老了。女巫与大司命显然不符合这种关系。笔者的看法是：

送花给“离居”，必须弄清“离居”双方的关系。王逸注：“离居，谓隐者也。”朱熹无异词。近现代学者大多认为“离居”双方乃是巫与大司命。郭沫若干脆另创新说，把本篇释为大司命追求云中君，可见他已看出旧说未妥。我们不妨先研究一下古人对“离居”这个词的使用情况。《尚书·盘庚下》：“今我民用荡析（动荡离散）离居，罔有定极（无安定之极）。”《诗·小雅·雨无正》：“正大夫离居。”《古诗·涉江采芙蓉》：“采之欲遗谁？所思在远道……同心而离居，忧伤以终老。”晋张协《杂诗》：“君子从远役，佳人守茕独。离居几何时？钻燧忽改木。”南齐谢朓《落日怅望》：“已伤归暮客，复思离居者。”北齐萧悫《秋思》：“相思阻音息，结梦感离居。”唐李商隐《寄令狐郎中》：“嵩云秦树久离居。”

谢灵运《从斤竹涧越岭溪行》“折麻心莫展”，骆宾王《思家》诗“离恨折疏麻”，都用《大司命》篇“折麻”句意。特别值得一提的是曹植《赠白马王彪》这首诗。黄初四年五月，曹植、曹彪（曹植的异母弟）和任城王曹彰（曹植的同母兄），同到京师朝会。到洛阳后曹彰暴病而死。七月，曹植和曹彪回藩国时，欲同路以叙隔阔之思，而监国使者不听。而且，这时朝廷已定出藩国不得交往的制度。曹植知道与其弟已永无会期，愤而写成此诗，其与胞兄曹彰的死别之痛，与弟曹彪的生离之悲，流贯全诗，诗中就有“亲爱在离居”“离别永无会”之言。足见“离居”二字的沉重。

综上所述，可知“离居”双方的关系包括恋人、好友、夫妻、兄弟骨肉以及君臣等，以双方为至爱至亲的关系较多见。每个离居者都有一段难忘的故事，只是我们大多已无法知道了。屈原所处的时代，七雄兼并日趋剧烈，战乱、兵役、苛政、徭役、天灾等，是造成“离居”的主要原因。另外，人世间还有许多东西能使人性扭曲人情反复，更有许多东西能使有情人无法走到一起，本来相亲相爱和睦友好的双方，由于种种原因而分离疏远者确实不乏其人。故笔者认为，本篇“离居”双方的那种关系，是人世间普遍存在的一种令人遗憾、令人痛苦无奈乃至令人抱恨终生的关系。这四句仍是大司命的话，是这位死神对一些老年人的劝告。人进入老年，离死期已经不远，人为的鸿沟即将被一条生死的鸿沟所代替。所以大司命劝这些老人主动给分离远居之人送去麻花表示友好，使中断了的记忆连接起来，或者是历尽万劫真情在，或者是相逢一笑泯恩仇，使人间多一点和谐，少一点憾恨。疏麻的花色白如玉，故美称“瑶华”。洪兴祖说：“此花香，服食可致长寿。”所以用麻花相赠极为恰当，既祝愿对方健康长寿，还含有愿彼此珍惜余年之意。

然而点题归旨的话还在后面：

乘龙兮辚辚，	有人乘上龙车匆匆走了，
高驼兮冲天。	灵魂飞上了高高的天空。
结桂枝兮延伫，	生者手结桂枝伫立思念，
羌愈思兮愁人。	愈思愈想啊，愈愁苦哀痛。

这四句，旧说认为是女巫的话，前二句写大司命回天宫，后二句写女巫的依恋之情。但细审文意，“结桂枝兮延伫”和《离骚》“结幽兰而延伫”语意同，是写一种不可逾越的阻隔。一个是上了“天”，无法阻挡，也无法挽留；一个则无可奈何地留在人间。由人天之隔而产生的是“愈思”，是“愁（悲哀）”。这种情感加在女巫身上显然是张冠李戴。作品本身表明，“结桂枝延伫”的人决非女巫，而分明是一个悲哀的、失去亲人者的形象，她（或他）与乘龙归天者的关系非同一般。由此及彼，可知乘龙归天的也决非大司命。原来，这四句仍然是大司命的话，他是在劝慰那些失去亲人的观众。

关于乘龙归天者乃是指死人，这里有一些资料供读者参考：一、楚人敬鬼信神，以为死后当魂归天国，而龙是沟通天地的媒介，可以驮人上天。楚地丧葬习俗中有“祭龙”的仪式。棺材叫“龙床宝匣”，抬棺材的木杠叫“龙杠”；两根长龙杠的末端还各拴一匹白色土布，形同两条长在棺材上的长尾。这显然象征着一条龙驮着死者归天（见《楚俗研究》）。二、楚故都江陵附近出土的棺椁中，以悬底弧棺数量为多，时代也较早。据考古界人士说，弧棺代表龙船，出土的帛画，都是以人、龙或加上凤为内容，都以引导墓主升天为主题。1973 年长沙子弹库楚墓出土的帛画《人物御龙升天图》，时代属战国中期，与屈原时代相近，画中的死者（墓主人）高冠长剑，正是站在龙形的舟上升天的。它是当时丧葬风俗的写照，正好作为“乘龙兮辚辚，高驼兮冲天”这两句诗的注脚。

弄清了这个问题，我们对这节诗就能得到较可靠的认识了。大司命是死神，所以必然不能回避这个死亡问题；他在劝谕老年人之后谈到人的死亡，正是顺理成章的。死者已乘上龙车走了，他已魂归离恨之天；但死人是生者的痛苦，因为生者却在相思之地。真是不思量，自难忘！对于一个死了的人，生者有多少话要对他说呀！想把心里的话捎给对方（“结桂枝”寄意也，这类似后来的烧香，手里捧着点燃的香），可是天上人间，生死路隔，从此是永无相见之日了！故云：“羌愈思兮愁人。”——这是人人经历过或迟早总要经历的事，所以大司命接下去说：

愁人兮奈何，	愁苦哀痛啊又无可奈何，
愿若今兮无亏。	但愿你珍惜今天，无亏无憾。
固人命兮有当，	人的寿命本有限度，
孰离合兮可为?	谁又能掌握自己的离合悲欢?

这四句结束全篇。最后面向生者，安慰活着的人。若：人称代词，汝，你。“愿若”，即但愿你，希望你。这个“若（汝）”，仍泛指世人。“亏”，亏损，指心理上和道德上的亏损。还是苦口婆心，劝人行善，不做缺德之事，做到心地“无亏”。“愁人兮奈何”两句，劝导失去亲人者如何面对“今”。

“当”，底也。《晏子春秋·谏下一》：“寸之管无当，天下不能足之以粟。”“人命有当”，是说人的生命是有一定限度的，“乘龙”归天是难免的。这节诗，首句用的是“顶针”格，重复“愁人”二字，承接上文。“固人命兮有当”两句也是针对上文的死者而发，这就从上下节的文字逻辑上证明了“乘龙兮辚辚”两句的原意。

本篇塑造的是一位死神的艺术形象。故其特征是神通广大，神秘莫测。“神”的形象，其实正是“人”的意识的反映。世间伤害人的东西太多了，人祸天灾、战乱奴役、洪水猛兽、饥寒疾病，死亡随时在威胁着人的生命，因此人们觉得死神随时随地都在人的身边。按常理说，死神在人们的想象中总是非常冷酷，令人敬而远之的。但是使读者感到意外的是，这位死神不但不使人恐惧战怵，相反是那样值得信赖，那样和蔼可亲，既铁面无私，又富有浓郁的人情味。他日夜奔忙，亲自考察每个人的所作所为，从而决定其寿夭和命运，绝不滥用权力，草菅人命。他对作恶的人来说是一种无形的威慑，而对善良的人来说却是一种暗中佑护的力量。他坦率地向大家作自我介绍，一片菩萨心肠，对任何人都一样尊重；他和老年人聊天，知心知意，就像好友一样诚恳地劝告他们去寻求心灵的安宁；又去劝慰死者的家属，有如一位慈祥的长者对失去亲人的人们谆谆开导，言真而意切。特别是最后一句话，好像他自己也只是人群中的一员，充满着无可奈何之情，和大家一起感受着人世间生离死别的悲哀，气氛融和，简直和观众们亲密无间。生活在战国后期的平民百姓是多灾多难的，楚人想象甚至希望冥冥之中有这样一位可亲可近、公正无私的“死神”，真是意味深长。屈原在进行《九歌》的加工再创作之时，对此显然“心有灵犀”，故作品的底蕴骚动着的是诗人深沉的人生感喟，句句话引人遐思。同时，全篇借巫者之口唱出来，气氛神秘，把人们带进了一个“曲终人不见”的美学境界。

陆天鹤 陆天华

原刊《云梦学刊》1995 年第 4 期　2012 年修改补充

2018 年修改

《九歌·山鬼》之我见

《九歌·山鬼》是一首缠绵悱恻的抒情诗。诗中所写的山鬼，历来众说纷纭，直到清初顾成天把“通篇辞意”与巫山神女一联系起来，才为人们认识本诗拨开了云雾。关于这位巫山神女，据《山海经》《高唐赋》《文选·江淹〈别赋〉》李善注等资料，综合起来情况大致如下：她本是天帝之女，名瑶姬。未嫁而亡，葬于巫山之阳。精魂为草，实为灵芝［《山海经》里说“化为䔄（通‘瑶’）草”］。楚怀王游高唐，昼寝，梦与这位神女相遇，双方产生了爱情，故事凄美动人。《山鬼》篇取材于这一神话故事当是没有疑问的，但在表现主题和塑造神女的形象时，诗人却突破了巫山神女的传说，把诗中的女主人公写得那样空灵缥缈，仪态万方，既是山林自然之美的化身，又有一颗人世间痴情女子的心。在中国文学史上，这是一个具有永恒之美的艺术形象。

诗中写神女满怀着欣喜之情去会恋人，对方却没有来，更杳无音讯，使她从无限幸福的向往落入一片痛苦怅惘。作品通过自述，刻画出神女缠绵缱绻、千回百折的心理活动，抒发了这位多情女子企求爱情而不得的悲哀。写情的语言天真本色，写景则紧扣住巫山的特征，并处处与女主人公变化着的感情交融为一体。心灵描写艺术达到的境界是冠绝古今的。

全诗都是山鬼的独唱。

若有人兮山之阿，	深山深处呀有个人儿哎，
被薜荔兮带女萝。	薜荔为衣哟，女萝的飘带。
既含睇兮又宜笑，	含情的眼睛呀多好看的微笑——
子慕予兮善窈窕？	你呀你爱慕我，是喜欢我美丽苗条？

首四句是她梳妆打扮时的唱词。

“若（语气词）有人”，山鬼自称。“子”，和下文的“灵修”“公子”“君”，都是指她的恋人。读者看到：在幽深的山中，一个美丽芬芳的女子出现了。薜荔的衣裳，女萝的飘带，道出了这位主人公不寻常的身份：她不是人间的女性，而是山中草木的精灵。诗一开头就弥漫着一种飘忽的神话意境和梦幻般的空灵奇异之美。

“既含睇兮又宜笑”出于她本人之口，可知她此刻正对着明洁如镜的泉水在梳妆。她想着和恋人相见时的欢乐，看着自己含情微笑的面影，戏问恋人：你呀你爱慕我，是喜欢我美丽苗条？——仿佛意中人就在身边似的。这是一个一纵即逝却令人百看不厌的镜头：既表现出她沉浸在爱情中的喜悦，又活画出她的天真和妩媚，同时写出了神女独处深山的特定环境。

值得注意的是，“子慕予兮善窈窕？”这句问话，文前有文。显然，这位神女与她的恋人曾经有过一段两情相谐、甜蜜欢乐的时光。下文写折了鲜花去送给“所思”，为他而痴痴地等候，并且反复琢磨对方是否也在想念她，而对对方的情况却一点不作交待，可见作者采用的是一个家喻户晓的传说，无须多说，而且也不宜挑明指实。

乘赤豹兮从文狸，	套上赤色的豹，跟着花斑的狸，
辛夷车兮结桂旗。	辛夷木香车哎飘桂旗。
被石兰兮带杜衡，	换上石兰衫子呀系上杜衡，
折芳馨兮遗所思！	采一束鲜花要去送给心上人。

赤豹拉车，花狸跟随，神女自述去会所思，歌声充满喜悦。“被石兰”句，当是指她出发时换了服饰。作者抓住女子特有的爱美心理，用选换服饰这一细节写出神女对待这次相会的认真态度：她要以最美的风采出现在情人面前。

余处幽篁兮终不见天，	我在幽翳的竹林里见不到天光，
路险难兮，独后来？	山路又险阻啊，莫非我来迟了？
表独立兮山之上，	独个儿伫立在山顶望呀望呀，
云容容兮而在下。	只看见白云在底下缭绕。

这一节写女主人公来到会面地点，却不见所思。她从居处赶到会面之地，十分不易。《高唐赋》里神女自述住在“巫山之阳，高丘之阻（阻碍、险要之处）”，与本篇“路险难”相合。《高唐赋》所写的那座缭绕着绮丽传说的“高唐之观（台馆）”，是在“赫其无畴”的巫山顶上；山顶观侧繁花似锦，一派鸟语花香的奇景——这是楚怀王当年遨游、祭祀、出猎

的地方，也是神女来作客的地方。本篇的会面地点虽未点明，但女主人公呆呆地伫立之处、久久地等候之地，却同样是在隔绝人世的“山之上”，敻高幽远，底下浮动着一片云海。

“终不见天”的幽翳，“路险难”，云海之上的山峰，下文还写到云雨变幻，猿啼狖鸣。从本诗所描写的地理环境来看，与巫山的景象是吻合的。巫山在今鄂西、川东接连之处，长江横切巫山山脉而过，形成西起四川奉节白帝城，东至湖北宜昌的长江三峡。在瞿塘峡和西陵峡之间的巫峡，以秀丽闻名，著名的巫山十二峰屹立在南北两岸，峻高幽美，千姿百态。《水经注》描写三峡“重岩叠嶂，隐天蔽日，自非停午夜分，不见曦月”。又说：“绝巘多生怪柏，悬泉瀑布飞漱其间”“常有高猿长啸，属引凄异，空谷传响，哀转久绝”。由于山高谷深，湿气蒸郁不散，极易成云致雨，故山中还有一个颇为突出的特点：云雨变幻。《高唐赋》写巫山之云“须臾之间，变化无穷”“晰兮若姣姬，扬袂鄣日，而望所思”“忽兮改容，偈兮若驾驷马，建羽旗。湫兮如风，凄兮如雨”，云烟缥缈中交织着美丽动人的神女传说，意境与本篇极为相似。屈原对这巫山景象及其传说自然是熟悉的，因为三峡邻近楚故都江陵，传说中的屈原故乡秭归正在三峡境内，何况他又是喜欢观察山水喜欢采集神话传说的有心人。《山鬼》一诗中所描写的山可谓得巫山之神髓，再加诗中女主人公凄美的爱情故事，使人读时只能与巫山联系起来，而不能移之于他山。杜甫《虎牙行》：“巫峡阴岑朔漠气，峰峦窈窕溪谷黑。杜鹃不来猿狖寒，山鬼幽忧雪霜逼。”可知这位“读书破万卷”的诗人在读《九歌·山鬼》篇时，就确认了诗中的女主人公与巫山的关系。唐代于濆《巫山高》有句：“峨峨十二峰，永作妖鬼乡。”“妖鬼”即指神女。大概是耽于想象的缘故，笔者每次读到“表独立兮山之上，云容容兮而在下”两句时，不知怎么总会想起十二峰中的神女峰——它在群峰中最为峻拔秀丽，峰间兀立的石柱，远望宛如伫立的神女，缭绕的游云像是她的轻纱，她仿佛正在那里“扬袂鄣日，而望所思”。

杳冥冥兮羌昼晦，	天色沉沉哟白日昏昏，
东风飘兮神灵雨。	东风飘飘哟雨丝纷纷，
留灵修兮憺忘归，	等你盼你呀，痴痴地忘了回去，
岁既晏兮孰华予？	青春的花朵快要凋谢，有谁怜惜？

这一节写神女久久等候，意中人依然影踪全无。这时变幻的天气正如她的心情：突然阴沉幽暗，白昼如晦，东风一阵紧似一阵，夹着雨点打到她的脸上。我们可以看到她在风雨中呆呆地立在山巅，手里还拿着那束准备送给情人的鲜花。

第三句的“留”，等候的意思。第四句的“华”，同花。“华予”，把我当作花朵一样来看待，来怜惜。这里是意动用法。研究者对“华予”有多种解释，一般都认为是“使我重新开花”“使我再美”之意，作使动用法理解。但寻绎文义，神女在风雨中呆呆地等候着恋人，在盼望变失望的过程中，在预感到意中人并不可靠的情况下，她却说“谁能使我再美”，恐未妥。因为即便是年轻美丽的人，也会有失恋的痛苦。我们的看法是，这位神女已是大龄了，她真心诚意赶来与那位“所思”之人会面，对方却没有来，在这样的刺激下，她不免在风吹雨打之中感叹自己的身世：年岁大了，花朵似的青春快消逝了（岁既晏），但有谁把她视同花朵一样来爱护，谁会有这种惜花之情呢（孰华予）？“岁既晏兮孰华予”，既有美人迟暮的悲哀，也有知音难遇的感叹，同时透露出一种对于恋人的深长的怨望，与“红消香断有谁怜”之意相似。

采三秀兮於山间，	采撷灵芝呀，在这巫山之间，
石磊磊兮葛蔓蔓。	怪石嶙峋哎藤缠葛牵。

怨公子兮怅忘归，	怨你恨你哟，怅然忘了回家，
君思我兮，不得闲？	啊！你也思念着我，只因为没有空闲？

“三秀”，即灵芝草。灵芝一年开花三次，故称“三秀”。“於山”：“於”古音“巫”，郭沫若认为“於山”即“巫山”，为“巫山神女”说增加了一个力证。

“采三秀”二句与下文“山中人”二句，是神女自述其生涯。进一步丰满抒情主人公的形象。由于瑶姬“精魂为草，实为灵芝”，她是草木的精灵，所以说“饮石泉”“荫松柏”、芳如“杜若”；由于灵芝代表着她的生命和灵魂，她的生涯是不能离开“灵芝”的，所以用寻采灵芝隐喻神女生生不已的寻求——她日日与之打交道的是“石磊磊”“葛蔓蔓”，这不正象征着她终古不化的心态和牵萦纠结的情思吗？她本是“未嫁而亡”的少女，所谓“已死春蚕，遗丝未尽”（《聊斋志异·莲香》），故作品塑造的既是一位美丽芳洁的花草之神，同时又赋予其缠绵痴情的个性。旧说忽略了“采三秀”和“饮石泉”等意象的象征意蕴，认为是写神女在等待恋人的过程中去采芝、喝水和休息，恐不合诗人本意。

从“留灵修兮憺忘归”至“怨公子兮怅忘归”，是一个等候盼望的过程，也是一个心理递进变化的过程。前者的“忘归”是因痴痴地等候，后者的“忘归”则因失望而心中迷惘。“君思我兮不得闲”陡然一转，她猜想对方可能同样在思念她，其所以不来，大概因为抽不出空吧？那绵绵的情思正像藤缠葛牵，折而复回：失望中又萌起了希望。

山中人兮芳杜若，	山中的人儿呀芳如杜若，
饮石泉兮荫松柏。	喝的是清泉，居住在松柏的浓荫下。
君思我兮？然疑作……	你想我？我一会儿相信，一会儿疑惑。

如果说《高唐赋》里的神女是一片云，其姐妹篇《神女赋》则让她从缥缈的云里走了出来，细腻地描绘了那位神女的形象。她秀丽文静，就像云霞一样“须臾之间，美貌横生”；“晔兮如华”，散发出杜若的芳香（“含若芳”）；本质素洁，内心多情善感（“素质干之醲实兮”）；并特别强调她的坚贞坦诚，清洁无瑕（“怀贞亮之洁清兮”）。尽管宋玉笔下的神女已带有贵族女子的特点，其品格与本诗女主人公仍有不少相同之处。而从高唐神女的感情变化看，她似乎还带着不尽的怀思在寻觅着昔日的情人，“意似近而既远兮，若将来而复旋”，最后在失望中遽然而去，其心理特征与《高唐赋》里的那片“云”是一致的。

但本诗中的女主人公此刻尚处在热恋状态。上节诗写她在猜想对方不来的原因，这一节仅多了一点“疑”。第三句的“然疑作”，是说她一会儿揣度对方也在思念她，是爱她的，一会儿又觉得很怀疑。这是写她反复琢磨着对方的那种乱丝一样的情思。前两句自述饮食之洁，居处之幽，似乎荡开了，这一句突然又折回到对方身上，折回到她剪不断的苦苦相思之中。对于这场爱情，她是用全部生命和所有梦想去拥抱的。

雷填填兮雨冥冥，	一阵阵雷声哎暮雨冥冥，
猿啾啾兮狖夜鸣，	猩猩凄啼呀，猿猴夜鸣。
风飒飒兮木萧萧，	风声飒飒哟木叶萧萧，
思公子兮徒离忧！	思念你，思念你呀空自伤心！

“狖夜鸣”一个“夜”字，点明她等候到夜的时间程序。写景即写人。一阵阵雷声、雨声、猿狖的啼声、风声以及满山翻波涌浪似的树木所发出的萧萧声，象征着女主人公内心世界的动荡与纷乱。她明知相思只是徒增忧伤，但陷入这样的境地却仍然在“思公子”。正如春蚕吐丝自缚，她已

不能自拔。诗就在这一片风雷云雨、木鸣猿啼声中结束，给人留下了无穷的想象和思忆。综观全诗，这是一段难解难释的未了情，悲剧美是这首诗美的核心。

在《高唐赋》里，那悄然出现在巫山之巅、高唐观之上的“云气”，乃是神女寻寻觅觅、徘徊不去的身影。她曾在这里与楚怀王欢会，种下了绵绵无尽的相思。她“旦为朝云，暮为行雨”，凄然而去，又幽然而来，与巫山永远结下了不解之缘。值得注意的是，本诗女主人公来会恋人的地点，不但同样是在敻高出尘的“山之上”，而且象征着她情绪的也同样是“云”和“雨”。当她不见所思，独个儿伫立在山巅时，脚下是一片“容容”的云气；随着她心情的变化，突然浓云暗日，东风阵阵，雨丝纷纷地飘洒起来；诗的结尾写她心灵世界的这场风暴，更是风云突变，雷雨交加。把本诗与《高唐赋》作一番比较，可以看出它们确实取材于同一神话传说。

当然，在形象塑造方面，本诗与《高唐》《神女》之赋是大不相同的。在《九歌》所塑造的诸多不朽的艺术形象中，这位山中神女可与“二湘”媲美，屈原留下的个性印记也最为鲜明。如果我们把本诗与《离骚》联系起来看，求其神而不拘泥于形迹，则从两篇的抒情主人公身上，可以发现不少相似之处：一个是“被薜荔兮带女萝”，一个是“扈（披）江离与辟芷”；一个是“饮石泉兮荫松柏”，一个是“朝饮木兰之坠露兮，夕餐秋菊之落英”；一个是“芳杜若”，一个是“苟余情其信芳”“芳菲菲而难亏”；一个是“岁既晏兮孰华予”，一个是“恐美人之迟暮”；一个是“采三秀兮於山间，石磊磊兮葛蔓蔓”，一个是“路曼曼其修远兮，吾将上下而求索”；一个是“折芳馨兮遗所思”落空，一个同样是“结幽兰而延伫”。他们的结局也一样：一个是被人遗忘，一个是被人抛弃；一个陷入了“国无人莫我知兮”的孤独境地，一个则处于无人的空山，有的只是风雨交加木鸣猿哀，倍觉孤独凄凉。这一切绝非偶然的巧合，它说明两篇的体制虽不同，但情感的素质是相同的；《山鬼》一诗，确确实实贯注着屈原浓烈的主观情感。这里既没有年轻得意时的愉快，也未见垂暮之年的绝望，弥漫在诗里的恰是《离骚》中那种追求落空的痛苦和忧伤。神话里“未嫁而亡”的少女对幸福的无限憧憬和对爱情的一片痴心，与《离骚》主人公“怀朕情而不发兮，余焉能忍与此终古”的心态在精神上的共同之处，是诗人对这一神话题材特别偏爱的原因。

那么他是怎样处理这题材的呢？在有关巫山神女的故事中，她的爱情原是一场迷离恍惚的幽梦。但本诗分明不是写梦。读者已经看到，自始至终牵动着女主人公感情悲喜的，是她的“所思”之人，而这位恋人自始至终并没有露面。从她的独白中称其为“公子”“灵修”“君”等称呼看，其身份之高贵正与传说中的男主角——楚怀王的地位完全相合。可见本诗所写的，乃是神女与楚君“梦会”以后的思恋之情。“子慕予兮善窈窕？”诗一开头就从“对面”著笔，正是紧接那幽梦而言的。他俩分别时显然有重会之约（这也是双方相爱时必有之情），所以诗中有“折芳馨兮遗所思”“留（等候）灵修兮憺忘归”等情节。诗人捕住一个最能表现人物情感的片断——“梦后”，这是他的独创，也是他用意之所在。《高唐》《神女》二赋虽也是写别后之情，但时间已经久远，重在忆往昔，故高唐神女的形象宛似一个倏来忽去的幽灵；本诗的情节则是紧接着“梦会”的，重在写当前，故诗中的神女是一个悲喜千般、希望和失望交织的活生生的人。本诗至今仍意见纷纭，就因为注家的思路还没有和诗人一致。其实只要仔细寻找一下女主人公情感发展的前因后果和来龙去脉，便会发现本诗包含的这桩爱情故事很单纯也很动人：一个是人间的君王，一个是山中的神女，仙凡路隔，他俩的相识相爱是在缥渺的七色彩光的梦境中。但悲剧的凄美就在这里：她之所爱是一种得不到的爱，这爱情不过是水中之月，镜中之花，而她动的却是真感情，追求得认真，痴恋得令人心碎肠断。这多么富含提示，多么引人深思！她的痴心，她的凄凉、孤独和痛苦使人联想到人世间的苦恋，乃至联想到那种执著于理想、为之生也为之死的情操。屈原是用自己的泪水浇灌了这株“瑶草”，用自己滴着血的心灵来塑造神女的艺术生命的。诗人同声一哭之意尽在不言中。

最后谈谈本诗语言表现上的特点。诗中颇多描述的语句，特别是开头三句，语气活像有另外一个人在描述这位神女的打扮和情态。古今学人对此看法不一，有人认为诗中有男女二人对唱；有人认为诗中既有山鬼的唱词，又有巫者的叙述。但细绎文意，贯串全诗的实是一个完整的抒情形象，并不存在另一个人的叙述或对唱。诗中的“若有人”“山中人”，都是抒情主人公对自己的代称。杜甫有《同谷七歌》：“有客有客字子美，白头乱发垂过耳。岁拾橡栗随狙公，天寒日暮山谷里。中原无书归不得，手脚冻皴皮肉死。呜呼一歌兮歌已哀，悲风为我从天来！”诗中从“有客有客”开始对自己作了从头到脚的客观描绘，最后一转而出现“我”，其表现方法与本诗显然具有渊源关系。采用这样的艺术手段，目的是为了更丰满更真实地塑造抒情主人公的形象，如本诗中仅用了“山中人兮芳杜若，饮石泉兮荫松柏”两句话，一个形象就出现了——就像是出现在清泉之旁、松柏浓荫之下的一个花神；这里若不用“山中人”的代称而直接用“我”，效果就完全两样。明乎此，再来看篇首四句，显然前三句是神女对自己的客观描绘，第四句（子慕予兮善窈窕？）则陡然一转而戏问恋人，由于她此刻正在欣赏着自己美丽的面影，这问话又显得那样自然，那样得天趣。其他如“君思我兮，不得闲？”“君思我兮？然疑作……”等句，也都是对恋人说的或问的，而恋人实际上并不在身边，这些话就更具有强化抒情效果的功能。

陆天鹤 陆天华

原刊《杭州大学学报》1995 年第 4 期

中国人民大学《中国古代、近代文学研究》1996 年第 4 期全文转载

《九歌·东君》译注

本篇是祭祀太阳神（东君）的乐歌。这位日神被作者想象为太阳的驾车人，每天驾着太阳车奔驰在天上，为人间驱走黑暗，送来光明和温暖。地面上悦耳的音乐和美妙的歌舞使他多么眷恋，但是他却不能停留，只好在空中一边赶路一边回过头去欣赏一番。他陶醉于人间欢乐，珍惜、爱护这人间的欢乐，因而力射天狼，为人们除掉制造灾难的恶星。从这里，我们可以看到楚国人民求福除祸的愿望。

诗中太阳神的艺术形象，既被赋予人的丰富的情感，同时又是根据太阳本身的形象和特征来塑造的，想象奇特，构思巧妙。

本篇全部是太阳神东君的语气，篇中的“吾”“余”，都是东君白称。

暾将出兮东方[①]，	太阳的圆脸即将探出东方，

照吾槛兮扶桑②。	晨曦照亮我的栏杆，扶桑树缭绕着云彩霞光。
抚余马兮安驱③，	我驾起太阳车拍马徐行，
夜皎皎兮既明④。	黑夜顿时变成一片光明。

| 注释 |

①暾（tūn 吞）：初升的太阳。

②槛（jiàn 见）：栏杆。扶桑：神话中的树名。传说太阳每天是从这棵大树下出来的。实际上是日出时的云霞现象，远望就像一棵烟霞氤氲、异彩缤纷的大树，足见古人想象之富有诗意。

③抚：轻拍。安驱：安稳地、徐徐地驱驰。“抚余马兮安驱”，是写东君驾起太阳车出发时的情形，比喻太阳缓缓升起。

④皎皎：同“皎皎”，明亮貌。

驾龙辀兮乘雷①，	驾御着龙车呀车声如雷，
载云旗兮委蛇②。	云彩的旌旗飘扬在周围。
长太息兮将上③，	唉！我将驰向高空，
心低佪兮顾怀④。	心里却流连徘徊，舍不得离开——
羌声色兮娱人⑤，	多美的歌舞哟多么欢乐热闹，
观者憺兮忘归⑥。	观众忘了回家，大伙儿如痴如醉。

| 注释 |

①辀（zhōu 舟）：车辕，这里指车子。 龙辀：指载着太阳的龙形的

车子。 雷：形容车轮滚动的声音。

②云旗：围绕太阳的云彩，诗人想象它是太阳车上的旗。委蛇（yí移）：飘动舒展的样子。“载云旗兮委蛇”，此时太阳早已升起，已经是云霞满天了。

③太息：叹息。

④低佪：恋恋不舍的样子。佪，同“徊”。顾怀：回头看，舍不得离开。

按：东君在空中看到人间祭神活动的乐舞之盛，因不能停下车来尽情观赏，很遗憾，所以说：“长太息兮将上。”但心里又舍不得离开，一边赶车一边还在回头看，所以说：“心低佪兮顾怀。”这两句是对太阳的拟人化描写，正是太阳在上空又像停留、但又始终是在前进着的形象。

⑤羌（qiāng 枪）：发语词。楚地方言。声色：指祭神活动中悦耳的音乐和彩色缤纷的歌舞。

⑥憺（dàn 旦）：安乐。这里指人群看得着了迷，围定在那里不散。这两句先总写一笔，下面是“声色娱人”的具体描绘，都是东君在空中所看到和听到的。

絙瑟兮交鼓①，	琴瑟急急弹哟，铜鼓相对敲，
箫钟兮瑶簴②。	撞钟撞得钟架儿摇。
鸣篪兮吹竽③，	吹篪的吹篪呀，吹竽的吹竽，
思灵保兮贤姱④。	难忘那扮演者的善良美好。
翾飞兮翠曾⑤，	宛如一群翠鸟展翅翻飞，
展诗兮会舞⑥。	一齐放声歌唱，翩跹舞蹈。
应律兮合节⑦，	轻盈的舞步随着乐声回旋，

灵之来兮蔽日⑧。　　　　　　呀！纷纷降临的众神把阳光都遮住了。

| 注释 |

①縆（gēng 根）：紧。縆瑟，瑟上的弦绷得紧；弦紧是为了音色高亢，气氛热烈，故采用意译。交鼓：相对击鼓。

②箫："捎"的同音假借字，敲击。瑶："摇"的假借字。簴（jù 句）：悬挂钟磬的木架。

③篪（chí 持）：古代一种竹制管乐器，像笛。竽：古代竹制簧管乐器，像笙。

④灵保：扮神的巫。姱：美好。"思灵保兮贤姱"，是说扮演者的美好动人老是使人想起，给东君留下了难以忘却的印象。

⑤翾（xuān 宣）：飘飘轻飞的样子。翠：指翡翠鸟。曾："翻"（zēng 增）的假借字，展开翅膀。这句是形容曼妙的舞姿。

⑥展诗：展声唱歌。诗，这里指歌词。会舞：合舞。

⑦律：乐曲的旋律。节：乐曲的节拍。

⑧灵：神灵，这里泛指临坛受祭的众神。蔽日：把阳光都遮住了。"蔽"字甚妙，东君的目光被这"蔽"字所隔断，从而自然地过渡到下文的"射天狼"。

青云衣兮白霓裳①，　　　　　青云为衣哟白霓为裳，

举长矢兮射天狼②。　　　　　举起长箭，射落那制造灾难的天狼。

操余弧兮反沦降③，　　　　　手持着天弓转身降下日轮，

援北斗兮酌桂浆④。　　　　　高举北斗哟，斟满了桂花琼浆。

撰余辔兮高驼翔⑤，	抓紧缰绳高高飞驰吧，
杳冥冥兮以东行⑥。	我得在深深的黑暗中赶回东方。

| 注释 |

①青云衣：以青云为衣。霓：副虹。白霓裳：以白霓为下装。

②矢：箭。下句的“弧”（hú 胡），是木弓。“弧矢”是天上的星名，由九颗星组成弓箭形，又名天弓。这里是把弧矢星想象为东君用来除害的武器。

天狼：星名，古人认为它是“主侵掠”的恶星。天狼星的分野在秦地，秦当时被称为“虎狼之国”，故不少学者认为屈原是以“天狼”喻秦。我们同意这一看法。屈原是联齐抗秦的代表人物，对秦的本性看得最清楚。“射天狼”有所影射是可以肯定的，但不会是指一般的小盗小贼，只有对“平乐州土”构成威胁的秦国，才够得上“天狼”的资格。

③操：拿着。反：回身，返回。沦降：指太阳西沉。

④援：拿起。北斗：星名，由七颗星组成，形似古代舀酒的酒斗。桂浆：桂花酒。这句是写射掉天狼以后的欢快心情，把北斗星想象为东君所用的酒斗，举起它痛饮美酒。

⑤撰（zhuàn 啭）：抓住。辔（pèi 配）：马缰绳。驼：同“驰”。翔：飞翔。

⑥杳（yǎo 咬）：深远貌。冥冥：黑暗。东行：向东行。

《九歌·国殇》译注

“国殇”，是指死于国事的人。这是一首追悼阵亡将士的祭歌。

楚国从怀王后期开始，就曾经与秦国频繁交战，但都以战败和失地而告终。作品描绘了一场激战，从指挥战争的主将到广大战士全部战死沙场，生动地刻画出卫国将士们宁死不屈的英雄形象，歌颂了他们刚强的意志和壮烈献身的精神。全诗都是主祭者的唱词。一、二两节用白描的手法叙述战争经过，情景逼真，就像在两千多年前的古战场上拍摄下来的录像，既摄下了短兵相接的实况和惨烈的战斗场面，也摄下了激战中的特写镜头。第三节由凭吊的悲哀一转而为热烈的礼赞。歌声慷慨悲壮，风格庄严刚健，洋溢着诗人深厚的爱国情感。

操吴戈兮被犀甲[①]，	手挥吴戈哟身披犀甲，
车错毂兮短兵接[②]。	敌我战车咬在一起，短兵相接。
旌蔽日兮敌若云[③]，	旌旗遮日哟敌军如云涌，
矢交坠兮士争先[④]。	乱箭交坠哟，战士争先冲锋。

| 注释 |

①戈：古代一种兵器，横刃长柄，作战时可击可勾。吴戈，吴地制造的戈，以锋利著名。被：同“披”。犀（xī 西）甲：犀牛皮制的铠甲，指甲的坚韧。

②错：交错。毂（gǔ 古）：车轮的中心部分，有圆孔，可以插轴。车错毂，是说敌我战车靠近到一块，轮子相互交错。短兵：刀、剑之类的短兵器。短兵接，双方用短兵器交战。

③旌：用羽毛装饰杆头的旗。蔽日、若云：都是形容多的样子。

④矢：箭。交坠：双方对射，流矢交相坠落。

凌余阵兮躐余行[①]，	敌军攻破我们的阵地横冲直撞，
左骖殪兮右刃伤[②]。	（我们的指挥车上）左骖死去右边的伤。
霾两轮兮絷四马[③]，	两个车轮陷泥中，四匹马儿被绊住，
援玉枹兮击鸣鼓[④]！	（将军呀！）你拿起玉槌擂得战鼓震天响！
天时怼兮威灵怒[⑤]，	天为之含恨哟，鬼神为之怒号，
严杀尽兮弃原野[⑥]。	血战到最后一个也倒下，尸体遗弃在旷野。

| 注释 |

①凌：侵犯。余：指我们，我方。这是主祭者在叙述战争经过时站在楚国方面说话的语气。躐（liè 猎）：践踏。行（háng 航）：军队的行列。这句写敌军攻破阵地。

②骖（cān 餐）：古代用四匹马驾战车，中间两匹叫“服”，两旁的两匹叫“骖”。左骖，左旁的边马。殪（yì 意）：死。右刃伤：右骖为兵刃所伤。“右刃伤”说明敌人已围攻到面前。按：从下文看，四马一死一伤的这辆车，是主将的指挥车。镜头已经移到指挥这场战争的主将身上了。

③霾（mái 埋）：通“埋”。这里指两轮陷入泥中。絷（zhí 执）：绊住。絷四马，四匹马像被缚住一样不能动弹。

④援：拿过来。枹（fú 扶）：一作“桴”，鼓槌。玉枹，用玉装饰的鼓槌。按：在古代战争中，由主将击鼓指挥。以上四句写激战中的主将：当敌人已经冲到他面前，把驾车的马砍死砍伤的时刻，他猛击战鼓，视死如归。

⑤天时，这里指天象。怼（duì 队）：怨恨。一本作“坠”。天时怼，是把弥漫着愁云惨雾的天空加以人格化的描写。威灵：神灵。威灵怒，是把旷野里悲风呼啸的自然现象加以人格化的描写。这句是形容战争的激烈惊天地而动鬼神。

⑥严杀尽：意思是这场战争严酷地杀尽全部战士。

出不入兮往不反①，	壮士出征哟，一去不返，
平原忽兮路超远②。	荒原茫茫呀路遥远。
带长剑兮挟秦弓③，	硬弓长剑不离身，
首身离兮心不惩④！	断了的是头哟，不可屈服的是心！

诚既勇兮又以武[5]，	真是勇敢又威武，
终刚强兮不可凌[6]。	刚强到底哟，不可欺凌。
身既死兮神以灵[7]，	身子虽死，精神凛然如生，
魂魄毅兮为鬼雄[8]！	刚毅的魂魄呵，鬼中的英雄！

| 注释 |

①反：同“返”。

②忽：渺渺茫茫、无边无际的样子，形容旷野萧索辽阔。这两句境界悲壮，使人联想起“风萧萧兮易水寒，壮士一去兮不复还”。

③秦弓：秦地制造的弓。

④惩：戒惧。心不惩，心不屈服。即《离骚》“岂余心之可惩”的“惩”。

⑤诚：诚然，确实。勇：指勇气、胆量。武：指武力。

⑥凌：侵犯，欺侮。

⑦神：指精神。“神”是对“身”而言的。灵：指灵魂。“灵”是对“死”而言的。神以灵，精神有灵，意指精神不死。

⑧“魂魄毅”，一本作“子魂魄”。

《抽思》译注

本篇是屈原在楚怀王后期流放汉北时所作。恳切希望怀王醒悟，实现振兴楚国的理想；求合之意明显，归郢之心迫切，当作于《离骚》之前。诗题《抽思》取自篇中“与美人之抽思（一作‘抽怨’）兮”句。“抽思”就是抽绎所思，把心中乱丝一样的愁绪怨思抽绎出来，向怀王陈述。

心郁郁之忧思兮[1]，	心里郁结着忧愁，
独永叹乎增伤[2]。	独自长叹，也只是增添悲伤。
思蹇产之不释兮[3]，	乱丝一样的愁绪难解难释，
曼遭夜之方长[4]。	夜，偏是那样漫长。

悲秋风之动容兮[⑤]，	悲叹秋风使大地容颜惨然，
何回极之浮浮[⑥]？	为何整个天宇动荡不安？
数惟荪之多怒兮[⑦]，	每当想到你的多怒，
伤余心之忧忧[⑧]！	使我的心伤透伤透。
愿摇起而横奔兮[⑨]，	我想狂奔远走，把一切甩开，
览民尤以自镇[⑩]。	看到民众的苦难又镇静下来。
结微情以陈词兮[⑪]，	我要把心里的话写出来，
娇以遗夫美人[⑫]。	奉献给你，向你详细表白。

| 注释 |

①郁郁：忧思郁结。

②永叹：长叹。增伤：增加忧伤。

③蹇（jiǎn 简）产：曲折纠缠。释：解开。

④曼：长。方：正。

⑤动容：指改变自然界的容颜。

⑥回极：指天宇。浮浮：动荡不定貌。

⑦数惟：多次想起。惟，思。荪（sūn 孙）：香草名，指楚怀王。

⑧忧忧：忧愁貌。

⑨摇起：疾起。横奔：狂奔。“摇起横奔”，犹言不顾一切远走高飞。

⑩览：看到。尤：罪，苦难。自镇：强自镇静。

⑪微情：微末之情，自谦之词，指心里的话。陈：陈述。

⑫娇（jiǎo 狡）：举。遗（wèi 卫）：赠给。美人：喻楚怀王。

第一节，回忆初到汉北时的情况。秋夜不寐，思绪万端。每次想起楚怀王的“多怒”，伤透他的心。与《离骚》“反信谗而齌怒”一节，心情相同。据《史记·屈原列传》载：造成屈原被疏的原因，是怀王听了谗言发“怒”；招致丹阳、兰田大败，也是因为怀王的一“怒”（正是秦国有意激怒他的）。

“愿摇起而横奔兮，览民尤以自镇”，与《离骚》“何离心之可同兮，吾将远逝以自疏”同看，当是诉说作者去留楚国的心灵矛盾。后者在“远逝”中止步，是因为望见了“旧乡”；前者没有“摇起横奔”，是因为看到民众的多灾多难。

昔君与我成言兮①，	当初你明明和我约定了，
曰黄昏以为期②。	说：咱们不离不弃，白头偕老。
羌中道而回畔兮③，	谁知你中途违背前言，
反既有此他志④。	心里有了另外的打算。
憍吾以其美好兮⑤，	你得意洋洋地向我矜示美貌，
览余以其修姱⑥。	一再在我面前炫耀你的姣好。
与余言而不信兮⑦，	同我商量好的话不算数，
盖为余而造怒⑧。	还有意找我的岔子，对我光火。

|注释|

①昔：从前。君：指楚怀王。成言：定言，约定。

②黄昏：古代婚礼在黄昏时举行。期：婚期，结婚的时光。一说：黄昏，

喻人之晚年。此句是说相守到老不变。

③羌：楚方言，发语词。中道：半路上。回畔：背叛，翻悔。回：返回。畔：通“叛”。

④既：已经。他志：别的打算。

⑤㤭（jiāo 交）：同“骄”，骄矜。

⑥览：显示，炫示。修姱（kuā 夸）：美好。

⑦信：诚实，不欺。不信：不诚实。

⑧盖（hé 合）：通“盍”，何以。造怒：故意找岔子发火。

“昔君与我成言兮”四句，与《离骚》“初既与余成言兮”数语类同。政治关系很抽象，不易写，作者以男女婚约比喻君臣合作，责怀王改变初心，言而无信。

“㤭吾以其美好兮”二句，指怀王骄矜得意，自以为是。

愿承间而自察兮①，	想找个机会向你表白心迹，
心震悼而不敢②；	这受了伤的心实在鼓不起勇气；
悲夷犹而冀进兮③，	在悲哀和犹豫中想接近你，
心怛伤之憺憺④。	心情那样不宁，内心伤痛不已。
历兹情以陈辞兮⑤，	我列举了事实向你陈述详情，
荪详聋而不闻⑥。	你却装聋不肯听。
固切人之不媚兮⑦，	本来，切直的人不会谄媚，
众果以我为患⑧。	有一伙人果然把我看成祸患！

| 注释 |

①承间：找个机会。 间，空隙。 自察：自我表白。察，明。

②震悼：惊悸悲痛（指受了伤的心）。

③夷犹：犹豫。 进：就其所处之地向上、向前移动，都称进。与“退”相对。 翼进：希望接近的意思。

④怛（dá 达）伤：伤痛。 憺憺（dàn 旦）：动荡不宁。

⑤历：列举。 兹：此。 情：情况，实情。

⑥荪（sūn 孙）：香草名，指怀王。 详：通“佯”，假装。

⑦固：本来。 切人：切直的人。 不媚：不屑于奉承讨好。

⑧众：指亲秦派，即党人。

探讨一下“众果以我为患”。

问题要从秦楚斗争说起。秦为了击破楚国，一是不让齐、楚联合起来，二是在楚国扶植亲秦势力，这个策略贯彻怀、襄二代。这里举三例：一、张仪去骗怀王与齐国绝交，暗中接触的靳尚、郑袖（怀王宠姬），是能让怀王改变主意的人；二、武关之会怀王去送了命，劝他去的是怀王稚子子兰，劝他的话是“奈何绝秦之欢心？”三、屈原在《哀郢》中揭示灭都之祸的原因，是顷襄王朝外媚强秦（“外承欢之汋约”）。证以史实，顷襄七年（前 292 年）后确实外交国策大变，一头倒进了秦的怀抱。秦的厉害之处就是让楚国葬送在自家人手里对方还不知道。

秦在楚国扶植的都是权势人物，一呼百应而成“众”。屈原把这伙人称为“党人”“众”。《离骚》写到“党人”和“众”的次数最多，《怀沙》悲痛地回忆到“夫惟党人之鄙固兮”，《哀郢》更伤心地回忆到“众踥蹀而日进”。本篇说“众果以我为患”，就因为屈原是坚持联齐抗秦的灵魂人物，与这帮人是对立的。

初吾所陈之耿著兮①，	唉，当初我明明白白向你说过的话，
岂至今其庸亡②？	难道，难道到现在就会忘记吗？
何独乐斯之謇謇兮③？	为什么我老是这样苦心苦口？
愿荪美之可光④。	是希望你的美德发扬光大。
望三五以为像兮⑤，	愿你以三王五霸作典范，
指彭咸以为仪⑥。	辅助你的人以彭咸为榜样。
夫何极而不至兮⑦，	什么样的目标不能达到啊，
故远闻而难亏⑧。	要有所建树才能美名远扬。
善不由外来兮⑨，	美德善行不是靠外部得来的，
名不可以虚作⑩。	名声，不可凭虚假造就。
孰无施而有报兮⑪？	不给予哪能指望回报？
孰不实而有获⑫？	秀而不实，怎么会有收获？

| 注释 |

①耿著：明白清楚。

②庸：乃，就。亡：通“忘”。

③乐（yào 耀）：喜欢。斯：此，这。謇謇（jiǎn 简）：直言貌。

④荪：喻怀王。美：美德。光：发扬光大。

⑤三五：三王五霸。三王指夏禹、商汤、周文王；五霸指春秋时期的齐桓公、晋文公、秦穆公、宋襄公、楚庄王。像：榜样。

⑥彭咸：传说是商代的贤臣。仪：模范。

⑦极：终极，目的地。至：到达。

⑧闻：名声。远闻：名声远播。亏：亏损。

⑨善：指好的品德、行为。

⑩虚作：假造。

⑪施：给予。报：回报。

⑫实：这里用作动词，指结实。《论语·子罕》：“苗而不秀者有矣夫，秀（开花）而不实者有矣夫。”秀而不实，吐穗开花而不结实。比喻外表好看，内容空虚。

以上为第一部分，回忆痛心的往事。秋夜难明，作者乱丝一样的愁绪难解难释。怀王的多怒、变心、言而无信，伤透屈原的心。他曾对怀王充满希望，希望君明臣贤，同心协力创造“三王五伯”的宏伟功业。“何极不至”，足见屈原的抱负和期望。从他劝怀王的话里，可以看出怀王的德性。

少歌曰①：	吟道：
与美人抽怨兮②，	与美人倾吐心中的积怨，
并日夜而无正③。	白天说到黑夜，是是非非无人判断。
憍吾以其美好兮④，	向我炫耀着自己的美好娉婷，
敖朕辞而不听⑤。	我的话你听也不要听。

| 注释 |

①少歌：从诗的结构看，当是对上文的小结。“少”一作“小”。

②美人：指楚怀王。抽怨：朱熹《楚辞集注》作“抽思”。

③并：兼，合。正：古人称裁判者为“正”。无正：无人评断。

④憍：同“骄”。

⑤敖：通“傲”，傲慢。朕：人称代词，我。自秦始皇起专用作皇帝的自称。

“少歌”四句，结束上文。但意犹未尽，所以接着就展开了新的抒情层次——

倡曰[①]：	唱道：
有鸟自南兮[②]，	有只鸟儿呀从南方飞来，
来集汉北[③]。	停落在汉水之北。
好姱佳丽兮[④]，	这么美丽漂亮，
牉独处此异域[⑤]。	离开了情侣独处在异乡。
既惸独而不群兮[⑥]，	既孤独不合群，
又无良媒在其侧[⑦]。	又没有良媒在身旁。
道卓远而日忘兮[⑧]，	路远山高一天天被对方淡忘，
愿自申而不得[⑨]。	要想辩白，见面无望。
望北山而流涕兮[⑩]，	望着北山不禁坠泪，
临流水而太息[⑪]。	面对着流水感叹生悲。

| 注释 |

①倡：同“唱”。从诗的结构来看，是另起一段的意思。

②鸟：作者自喻。南：指郢都。

③集：鸟停栖于树上称集。汉北：汉水之北。当时，屈原自郢都被放逐于此，具体地点不详。

④好、姱、佳、丽：同义词连用，都是美好的意思。

⑤牉（pàn 判）：半，分裂。即一物中分为二。此谓分离。异域：异乡（这里指汉北）。

⑥惸（qióng 穷）：本指无兄弟的人，或孤苦无依的人。这里指孤独无依靠。不群：不合群。

⑦良媒：指能在怀王面前替自己疏通的人。

⑧卓：通“逴（chuò 绰）”，远。日忘：一天一天地渐渐被对方淡忘。

⑨自申：自己去申诉、辩白。

⑩北山：疑指郢都附近的山。一说即郢都北面十里的纪山。

⑪临：面对着。 太息：长叹。

“倡曰”十句，以鸟自喻，回忆来到汉北的孤苦无依。双方关系仍与前文一脉相承，既承上，又启下。“道卓远而日忘”两句是这一节的关键，这种忧心如焚之情，为下文做好了铺垫。

望孟夏之短夜兮①，	短短的夏夜辗转不眠，
何晦明之若岁②。	一夜悠长得好比一年。
惟郢路之辽远兮③，	郢都，隔着重重山来重重水，
魂一夕而九逝④。	梦魂儿一夜去九回。
曾不知路之曲直兮⑤，	怎么不知道路途曲折又曲折哪，
南指月与列星⑥。	只认定它在南方的星月下。
愿径逝而未得兮⑦，	径直向它奔去，这儿挡住，那儿拦阻，
魂识路之营营⑧。	梦魂儿老是在忙忙碌碌地寻路。

何灵魂之信直兮[⑨]，	唉，灵魂为什么这样痴情，
人之心不与吾心同[⑩]。	人家不是同我一条心！
理弱而媒不通兮[⑪]，	月老无力，媒路不通，
尚不知余之从容[⑫]。	还不知道我“从容”背后的苦痛。

| 注释 |

①望：睁着眼睛，指失眠。孟夏：初夏，农历四月。

②晦（huì 惠）明：从天暗到天亮，指一夜。“晦明若岁”，极言作者心情忧苦，失眠。

③惟：思。郢路：去郢都的路。辽：遥远。

④九：虚数，表示多。逝：往，去。

⑤曾：怎。路：去郢都的路。

⑥南指月与列星：郢都在汉北之南，梦魂指着南方的月亮、星星来辨别方向。

⑦径逝：径直走去，不绕道。

⑧识路：辨认、寻找道路。营营：忙忙碌碌、往来寻求的样子。

⑨信：诚实，不欺。信直：直心眼。

⑩人：指怀王。

⑪理：媒人。媒：这里作动词，说合，疏通。

⑫从容：舒缓安逸，不慌不忙的样子。

开头写秋夜漫长，现在写初夏短夜，构思甚巧。岁月在流逝，季节在变化，作者的忧苦却没变，反而在加深：长夜难明，短夜更难熬。为什么？媒路不通，无法“自申”，相隔辽远，随着时光不断地把人抛，会被对方日渐遗忘的。“魂一夕而九逝”——诗人心灵深处的痛苦，就是在“晦明若岁”的煎熬下流泻出来的。

关于“从容”，笔者浅见：曾与怀王关系如此密切的重臣，被放到汉北，是很引人注目的。屈原讲究修养，看起来依然举止从容，神态自若。但这个“从容”要加引号的。他的痛苦不会向人表露。下文“狂顾南行”，才是他内心痛苦的流露。

乱曰[①]：	尾声：
长濑湍流[②]，	长滩急流，
泝江潭兮[③]。	逆水奔向江潭哟；
狂顾南行[④]，	狂乱地四顾，往南直走，
聊以娱心兮[⑤]。	暂且让这颗心快乐快乐！
轸石崴嵬[⑥]，	怪石迎面耸立，
蹇吾愿兮[⑦]。	哦，阻挡我的愿望吗？
超回志度[⑧]，	走走停停，忽进忽退，
行隐进兮[⑨]。	慢慢走呗！
低佪夷犹[⑩]，	徘徊不定，犹豫不前，
宿北姑兮[⑪]。	在北姑止宿？
烦冤瞀容[⑫]，	郁闷冤屈，心烦意乱哟，
实沛徂兮[⑬]。	又一个劲儿往前急走！
愁叹苦神[⑭]，	愁苦叹息，伤心劳神，

灵遥思兮[15]。	灵魂思念着远方；
路远处幽[16]，	路途遥远，地处偏僻，
又无行媒兮[17]。	又没人代诉衷肠。
道思作颂[18]，	说说怨思，写下这篇文字，
聊以自救兮[19]。	聊以解解忧啊；
忧心不遂[20]，	忧心不能寄达，
斯言谁告兮[21]。	这些话去向谁、向谁诉说呐。

| 注释 |

①乱：乐曲的尾声，全篇之结语。但《抽思》和《怀沙》的“乱曰”不同，其中部分内容是正文的延续，实际是补充正文之不足。为什么？因为正文必须那样结束（如《怀沙》：含忧虞哀兮，限之以大故），其他的话是加不进去的。无法融入正文却又必不可缺，把它放到乱辞里则恰到好处。

②濑（lài 赖）：湍急之水。水激石间为濑。湍：急流。

③泝（sù 诉）：同“溯”，逆流而上。潭：深渊，深水，楚方言。

④狂：狂乱，急促。顾：看。

⑤聊：姑且。娱：欢乐。

⑥轸（zhěn 诊）石：怪石。轸：通“紾”，扭曲，奇形怪状。崴嵬（wēi wéi 威违）：高耸貌。

⑦謇（jiǎn 简）：跛，行走艰难，引申作阻碍。

⑧超回：徘徊不定之意。志度：“踸踱”之假借，忽进忽退。

⑨隐进：走得很慢。隐：隐微。

⑩低佪（huái 怀）：徘徊。夷犹：犹豫。

⑪北姑：地名，不详所在，当在南行途中。“宿北姑”，从下文看，只是打算，并未止宿。

⑫烦冤：烦闷冤屈。瞀（mào 冒）：昏乱。容：容貌。瞀容：朱熹说：“瞀乱之意，见于容貌也。”

⑬沛：水流迅疾貌。沛徂（cú）：急行。笔者认为与“汩徂”义同，“汩”，也是水流迅疾貌。

⑭苦神：劳心，伤神。

⑮灵：心灵，灵魂。遥思：思念遥远的地方，指郢都。

⑯处幽：身居偏僻之地。

⑰行媒：媒介，比喻可向怀王说情的人。

⑱道：说。道思：说出忧思、怨思。即“抽思”之意。作颂：写这首诗。颂：指这篇文字。

⑲自救：自己解救自己。救：解。

⑳遂：达。正因为忧心不能寄达，所以有下句“斯言谁告”。

㉑斯言：这些话。指本篇所说的话。谁告：即“告谁”，告诉谁。

《抽思》的结构很特别，其实是屈原常用的一种谋篇布局艺术，即时空转换，现实和回忆相交织，从与怀王“成言”时一直写到当前。全诗可分三部分。第一部分主要是回忆。

秋夜漫长，作者在长叹声中，想起同怀王相处的往事。想起他的多怒、善变、矜夸、自以为是。“初吾所陈”一段是回想自己对怀王说过的话，非常恳切感人。“望三五以为像”“何极不至”几句，是屈原对怀王的期望。他把一生的怀抱和理想寄托在怀王身上，希望怀王醒悟，才说出这样的话。“少歌”对上文作一小结。

“倡曰”可称第二部分。前十句以鸟自喻，回忆到汉北的孤独、焦虑。点出了放地“汉北”。可知篇首“曼遭夜之方长”，作者当在汉北。后面一段头句是“望孟夏之短夜”，时令秋流到夏，时空由昔而今，思绪已从回忆转向现实。这部分极写思念郢都的心境，梦魂“一夕九逝”。

“乱曰”不妨称第三部分。前十二句写“狂顾南行”，全部是当前心境，是“魂一夕而九逝”的延续——“九逝”是写夜有所梦，“南行”是写日有所思。两相映照，作者的精神状态如见。乱词有特色，详见本篇“乱曰”注。

赏诗如赏花。此诗构思奇特，它是三蒂并开的奇花。

1967 — 1976 年译

2019 年 3 月修改，并加上注释

探《涉江》《哀郢》之作时、作地与作因

清人蒋骥定《涉江》作于《哀郢》后，这一看法颇具代表性，为近现代多数研究者所认同。《九章》中九篇作品，现在能确定作于顷襄王朝屈原被放逐江南之后的有五篇，即《哀郢》《涉江》《悲回风》《怀沙》《惜往日》。照蒋氏的说法，这五篇中《哀郢》最先写出，写于被放“九年”之后。使人感到奇怪的是，在被放的“九年”之内，屈原毫无一点反映，在《九章》中竟是一段空白。诗缘于情，情生于事，“九年”之内的这段空白是一大疑点。另外，《涉江》的西迁至今原因不明，人们对《哀郢》《怀沙》《悲回风》《惜往日》的看法至今歧说纷纭（甚至每一篇都被认为是“绝命词”），这也是不能不正视的事实。所以，对上述五篇的作时、作地、作因，有必要重新进行探索。《涉江》与《哀郢》既被紧紧打了个死结，我们先得把这个“结”解开。

蒋氏定《涉江》作于《哀郢》后的主要理由，是认为诗中所记的行程，与《哀郢》所记是衔接的。他以为《哀郢》是写顷襄初年屈原被放逐，当时由郢都出发，经今武汉地区，东行至迁所陵阳；《涉江》则是流放到陵阳九年之后，再被迁谪到湘西，于是循原路重到武汉地区，然后折向西南，渡湘入沅，至于辰阳和溆浦。两篇都有起点，都有终点。两次行程正好接成一条完整的放逐路线：郢都——陵阳——溆浦。如果这一切都符合实际，则屈原的晚年经历已大致弄清了。可惜事实并非如此。这里且不说蒋氏对这两篇作品的整体理解大有问题，也不说从陵阳"再谪辰阳"的毫无根据，便是他对于"陵阳"一词的解释，也未免过于自信。陵阳在今安徽省青阳县境内，距大江南约百里，屈原根本就没有被放逐到那个地方。把"陵阳"说成屈原的放逐地，是由于误解了《哀郢》中"当陵阳之焉至兮"这句话。关于这个问题，当今不少学者辩驳甚详，证据确凿，此不赘述。蒋氏给《哀郢》添了个终点，给《涉江》加了个起点，把两篇作于不同时期、反映不同经历的作品，硬是"焊接"起来了。

《涉江》的"江"，古代专指长江。一条滚滚东逝、切断南北的大江，江阔浪高，风波险恶，它正是一道不可逾越的政治屏障的象征。《涉江》是写放逐，从何处弃逐出来不必赘述，故略掉起点，着重写渡江后的行程：步马山皋，邸车方林，经湘江流域，穿洞庭，溯沅水，入辰、溆。有多少大山大水横断他的归路，楚国的政治中心对他来说，真是"更隔蓬山一万重"。《哀郢》中曾回忆这段经历说："惟郢路之辽远兮，江与夏之不可涉。"可见，写放逐用"涉江"名篇，更觉全诗意蕴无穷。但是写放逐而以"哀郢"名篇，可就文不对题了。"郢"者，郢都也。若不是郢都出了可哀之事，"闭心自慎"的屈原怎会在国都的名称前头落下这个"哀"字？诗题是探求全诗底蕴的一把钥匙，《哀郢》这标题首先暗示出郢都发生了大事故。旧说多认为是"回忆"当年的流放经历，这"回忆"二字就不合事实。因为开篇以下四十句正文中没有一句是"回忆"，句句都是抒情写实，抒写的是一桩作者正在经历着的非常事件。诗中只有“心不怡之长久兮”至“美超远而逾迈”二十句属于穿插的回忆。全诗的结构是今——昔——今，以写今为主。作品开头就是一声悲叹：“皇天之不纯命（天命无常）兮！”抒情主人公是在“民离散而相失”的大动乱中离开郢都的，一出国门心中悲痛如绞，呜咽徘徊，步步回首，极写对郢都的哀恋和牵挂之情。随着小船的移行，离郢愈远而对它的悬虑愈深，感情也愈加动荡不止，这究竟是为什么？直到在夏浦附近（今武汉地区）南渡时，诗人惨痛地设想宫殿大厦变成废墟，国都的城门野草丛生（“曾不知夏之为丘兮，孰两东门之可芜”），读者才恍然大悟，原来作者写的是郢都的一场大劫难。综观顷襄王朝的历史，这场劫难只有白起拔郢才对得上号。至此，我们再回过头去看前面的描写，则百姓逃离郢都的原因，诗人望长楸而“涕淫淫”的原因，为平乐州土江介遗风而“哀”“悲”的原因，以及一路上“心絓结”等的原因，统统都不言而喻了。接下去，“心不怡之长久兮”二十句，诗人痛苦地回想起“九年”前遭谗被放的事，揭示了郢都沦亡的因由：外媚强秦，忠言受到围堵；最后归结到楚王昏庸，与开头“皇天不纯命”之叹遥相呼应。“乱曰”六句，诗人从沉思中又回到现实，在郢都沦亡的悲痛中结束全诗。《哀郢》的行程仅写到“淼南渡之焉如”，只点出行程的最后一个转折方向——“南渡”。其所以略掉终点，一是去往江南已经点明，无须赘述；二是所哀者是郢都，故重点放在“南渡”之前的这段行程，才好充分抒写诀别的爱恋哀悼之情——连所乘小船也赋予“忽翱翔之焉薄”的情感，就像一只覆巢之鸟在徘徊飞翔。如果《哀郢》详记终点，《涉江》详记起点，也就不成其为艺术作品了。

现在请看《涉江》所写的内容：

余幼好此奇服兮，	我从小就喜欢奇伟的服饰，

年既老而不衰。	年纪老了，这爱好仍不衰减。
带长铗之陆离兮，	带着光彩斑斓的长剑，
冠切云之崔嵬。	戴着崔嵬的切云高冠；
被明月兮珮宝璐。	佩着美玉，披着月光似的夜明之珠。
世混浊而莫余知兮，	世道昏乱没有人理解我，
吾方高驰而不顾！	我自昂首高驰不回顾：
驾青虬兮骖白螭，	驾着青虬和白龙，
吾与重华游兮瑶之圃。	我与重华同游在光华交灿的瑶圃；
登昆仑兮食玉英，	登上昆仑采食玉树的花朵，
与天地兮同寿，	（追求的理想）与天地同存，
与日月兮齐光。	与日月一样永放光芒。
哀南夷之莫吾知兮，	哀哉！化外之人不懂我啊，
旦余济乎江湘！	早上我渡过长江还得去渡湘江！

一开头，诗人就画了一幅自画像：伟岸而高洁。驾虬螭而高驰，与重华同游于美玉璀璨的瑶圃，象征对理想的追求。“重华”，舜名，是屈原常恨无缘遇上的古代贤君。联系他宁愿以死来殉的“美政”理想，在这闪烁着奇光异彩的象征性意象中，可知诗人追求的是一种不朽的境界，他希望与重华那样有作为的明君共同创造千秋不灭的业绩，“与天地同寿，与日月齐光”。然而现实却是：

哀南夷之莫吾知兮，旦余济乎江湘！

劈头就写切断他归路的两条大江：长江和湘江。诗人一下子从高远理想中跌落到被放逐的现实。放逐得极远极远，不是过这两条大江就了事的。“南夷”，或以为作者所要去的是蛮荒地区，是指南方未开化的人。未妥。屈原的最大痛苦是无人理解，《离骚》有“国无人莫我知兮”之叹，《怀沙》对“知”的感慨之多可为屈作中之最。都是针对楚国统治集团说的，是叹其不理解他的理想，无法实行“美政”。这里的“哀南夷之莫吾知”是上文“世混浊而莫余知”句的强化。一个在朝堂之内无人理解尚且“高驰而不顾”的人，却哀叹未开化之人不是他的知音，是讲不通的。其实，诗人只是用“南夷”代表愚昧，骨子里当然是有所指的，因为这种愚昧竟会使他“哀”，使他感到可悲，这愚昧之人也就不言自明了。乱词里他给顷襄王勾勒的那个“腥臊并御”的肖像，便可作“南夷”注脚。这里，理想中睿智贤明的重华与现实中的庸愚之君，是一个对照。

篇首提到“年既老”，可知他这时已五十多岁了。值得注意的是，其志趣爱好，依然与少小时一样浓厚，并不衰减，这说明他的心理还是健康良好的，尚未经受过长期流放的摧残。否则的话，不可能还陶醉在“吾与重华游兮瑶之圃”的境界中，因为幻境毕竟植根于现实，“九年不复”“重华不可遌（遇）”的现实早该使他的头脑清醒了。从精神面貌看，诗人的形象在晚期五篇作品中是最年轻的：高冠长剑，披明月而佩宝璐，“世混浊而莫余知兮，吾方高驰而不顾！”抱负雄伟，不改初志；高视阔步，傲岸一世。但是《哀郢》中的屈原已大不相同，其伟岸高傲之气已荡然无存。既不再有“莫吾知”的慨叹，也不再提及毕生为之奋斗的理想，似乎这些已不值一提。笼盖全诗、充塞诗人心胸的是哀痛，而这哀痛是围绕着郢都而发的。离开郢都时的第一个“哀”，是“哀见君而不再得”，连这个“好”“憎”颠倒之君也再不能见到了；最后的一个愿望是“一反（返）”，然而连这一可怜可叹的愿望也没有指望了；于是他想到了生命的归宿——“狐死必首丘”。若《涉江》作于其后，这样一个心如死灰临近死亡的老人，一下子又变成一个心雄志壮欲“与日月齐光”的形象，真个时光倒流了。

《涉江》：

乘鄂渚而反顾兮，	登上鄂渚回头望望，
欸秋冬之绪风。	唉，秋冬残余的风扑面不停。
步余马兮山皋，	让我的马在山边散步，
邸余车兮方林。	把我的车停住，前面是树林。
乘舲船余上沅兮，	乘着蓬船，我逆沅水而上，
齐吴榜以击汰。	船桨齐齐划击着翻涌的波浪；
船容与而不进兮，	船缓慢难行，
淹回水而凝滞。	在回旋的急流中停滞不进。
朝发枉渚兮，	早晨从枉渚出发，
夕宿辰阳。	夜晚落宿在辰阳。
苟余心其端直兮，	只要我的心是正直的，
虽僻远之何伤！	偏僻荒远之域又怎能将它损伤！

这次放逐，当然是从郢都出发的，但是为什么不从郢都一路写来，而把这段行程全部略掉？因为没有必要写，诗不是流水账。作者之所以选择从渡江开始，是为了突出放逐主题，着重写渡江后的经历。这就叫裁剪。以长江为界，《涉江》这段行程截取在南渡后，为什么《哀郢》这段行程截取在南渡前？而且就在南渡中结束全篇？弄明白这些问题，有助于理解这两篇的作意。

这一节记述放逐的行程经历。

渡江时他登上鄂渚“反顾”。“反顾”的目光所向不言而喻，自然是被弃逐出来的地方。可见他一路行来连头也没回过一下，对那个地方提也不愿一提；直到面对着茫茫江水南渡时，那片故土就要与他完全隔绝了，他的感情才在这一“反顾”中流露了一下。秋冬残余的风扑面而来，一片凄凉，对楚国前途的忧虑，痛苦，鸟离故林之悲，歌哭生养之恋，尽在无言中。这就是屈原“乘鄂渚而反顾”的复杂心理。“鄂渚”是洲名，在今湖北武昌西面江中。可知屈原被放时是在今武汉地区向南渡江的。前面提到过，《哀郢》的行程仅写到“淼南渡之焉如”，“南渡”是《哀郢》所记录的行程中最后一个转折方向。“南渡”前屈原曾在夏浦（今汉口）附近“登大坟以远望”，说明那次也是在今武汉地区向南渡江的。信从蒋说的研究者认为屈原不可能活到白起破郢之时，并断言屈原在顷襄王朝被放逐江南后至死没有回过郢都。我们这里先摆一个事实：屈原在《涉江》中向南渡江一次，这次是流放，可以称为第一次。在《哀郢》中他又向南渡江一次，这不妨称为第二次。第二次写明是从郢都出发的，时间已隔“九年”，证明郢都陷落前屈原确确实实曾回到郢都。又，《哀郢》在回忆中说到“惟郢路之辽远兮，江与夏之不可涉”，证明“九年”是在江南度过的，白起破郢前他是从江南回到郢都的。这都是屈原自己写下的文字，应该可靠。

从鄂渚到辰阳（今湖南辰溪县附近），若按《哀郢》的徘徊依恋之情写起来，话可多了，但诗人把一路奔波写得疾如风驰，倒像要快快远离那个是非颠倒之地。先是两个陆行镜头：马在山湾里行进；车子因树林的阻挡而停下了。接着是一串迅速变换的舟行镜头：溯沅水；滞回流；朝发枉渚；夕宿辰阳。如果我们结合地图看这节诗，计算一下行程，你会为屈原在当时的交通条件下流放到如此僻远的地方而吃惊。然而诗人除了南渡时无言地“反顾”一下，一路上浩然直去，更不回头，依然不提郢都一字，“苟余心其端直兮，虽僻远之何伤！”这就是他对待放逐的态度，与“九死未悔”

的精神是一脉相通的。而《哀郢》与此相反。“出国门”“发郢都”“过夏首”“背夏浦”“登大坟”，直至在浩淼大水中“南渡”，程程呜咽徘徊，步步欲行又止。从“望长楸”“顾龙门”到“登大坟以远望”，他的眼睛自始至终没有离开郢都，最后在南渡的船上还在“曼余目以流观”。在望不见郢都的城门以后，从“心婵媛（牵萦）”到“心絓结”“思蹇产”，到“背夏浦而西思”，他的心自始至终牵挂在郢都，直到南渡时惨痛地设想“夏为丘”“东门芜”。一路上他的灵魂与肉体处于分离状态，灵魂只想挣脱肉体往回飞，以至“何须臾而忘反”。这会是放逐的感情吗？旧说断定是在“回忆”当年被放逐的情形，那么请与《涉江》对照一下，请看看当年被放逐的真实情形是怎样的。真假“放逐”，扑朔迷离，但毕竟不是不可分辨的。

入溆浦余儃佪兮，	进入溆浦我徘徊不前，
迷不知吾所如。	心中迷惑，不知该走往何处。
深林杳以冥冥兮，	密林深邃得暗不可测，
乃猿狖之所居。	这是猿猴的栖居之地。
山峻高以蔽日兮，	山岭高峻遮天蔽日，
下幽晦以多雨。	山下幽深阴晦，翻云覆雨；
霰雪纷其无垠兮，	一忽儿雪珠雪花纷落无垠，
云霏霏而承宇。	弥漫的云气连接着屋宇。
哀吾生之无乐兮，	可怜我此生没有快乐，
幽独处乎山中。	独个儿置身在深山之中。

吾不能变心而从俗兮，	我不能改变本心去随波逐流，
固将愁苦而终穷！	本来就将一辈子愁苦困穷！

这一节写进入溆浦。杳冥幽邃的山水景物具有一种独特的狰狞之美。诗人置身在如此摄魂动魄的境地之中，不由自哀自怜此生之无乐。“吾不能变心而从俗兮，固将愁苦而终穷！”——这是诗人行走在深山中的心灵独白。一个“固”字能见屈原个性。他对“不能变心”的后果看得很清楚，但他还是昂然走向痛苦。杳冥的林木、蔽日的高山、无垠的霰雪，衬托出诗人倔强而孤独的形象。但是请看《哀郢》中的“放逐”：左一个“哀”，右一个“悲”；又是“太息”，又是“伤怀”，又是“涕淫淫”；恋恋不舍地“发郢”，凄凄戚戚地“去闾”，无可奈何地“去终古之所居”。如果这是因为“放逐”，真不能想象在“千古艰难”的“一死”面前他又将如何？屈骚中所有感人的话岂不都变成了豪言壮语？ 请看他被“弃逐”出郢都以后：“怊荒忽其焉极”“眇不知其所蹠”“忽翱翔之焉薄”“当陵阳之焉至”“淼南渡之焉如”——刚刚开始南渡，已经像丢了魂掉了魄。可是在被认为“紧接”着写出的《涉江》中，他又铁骨铮铮了：“固将愁苦而终穷”“固将重昏而终身”！昨天他分明说：“哀故都之日远！”今天他却说道：“虽僻远之何伤！”

写到这里笔者不由深深叹息：我们的辩论是出于不得已。蒋骥前辈无疑是敬重屈原的，但他或许没有想到，一个草率的结论会造成怎样的后果。

接舆髡首兮，	难怪接舆要剃发佯狂，
桑扈裸行。	难怪桑扈要裸体而行；
忠不必用兮，	忠诚未必适用，

贤不必以；	贤能未必派用场——
伍子逢殃兮，	伍子胥惨遭祸殃，
比干菹醢！	比干被剁成肉酱！
与前世而皆然兮，	数起来历代都是如此，
吾又何怨乎今之人；	我又何必怨恨今天的人！
余将董道而不豫兮，	我奉行正道而不变，
固将重昏而终身！	原将再遭蔑视，废弃终身！

“接舆”，春秋时楚人。“髡”即剃掉头发，是古代一种刑罚。接舆自己剃光头发，貌似疯癫，实是不愿与统治者合作。“桑扈”是古代隐士，他裸体而行，是对行为鄙劣的衣冠楚楚者的嘲讽和蔑视。屈原一贯主张用世，这时他对这两位避世之士深深理解了。“忠不必用兮，贤不必以！”他终于得到这样一个悲痛的认识：忠诚也罢，贤能也罢，对一个庸君来说，未必适用，正如“不量凿而正枘”那样格格不入。“伍子逢殃”二句是忠贤不适用的实例，也是屈原愤怒心情的发泄。“与前世而皆然兮，吾又何怨乎今之人！”这话说得更明白，实际上他自己正碰上了这样的厄运。他在晚期作品中曾三次以伍子胥的遭遇自比，这里是首次。

“余将董道而不豫兮，固将重昏而终身”是上节末二句的深化。“将”，奉行，秉承。“董”，正。“不豫”，犹不变。招致“重昏”的原因是“将董道（行正道）”“不能变心从俗（改变本心随波逐流）”，说明他在某个重大问题上固执之极，明知后果如何，不肯随波逐流，坚守正道不改变。“重昏”有多种解释。笔者认为是一再被蔑视、抛弃的意思。“昏”，昏弃。《尚书·牧誓》：“今商王受惟妇言是用，昏弃厥肆祀弗答。”清代王引之《经义述闻·尚书上》：“昏，蔑也。读曰泯。……（受）蔑弃其遗王父母弟不用也。”

屈原是楚王朝宗室，在怀王时遭到过抛弃，顷襄又再，故曰“重”。

这节诗是写被放逐的原因。由于事情刚刚发生，涉及外交决策上的秘密，故说得比较含蓄。但随着局势的发展变化，我们发现作者在《怀沙》中用大量篇幅回忆到当年被放之事，关键问题开始详细披露。时至郢都沦亡，他的“情冤”已“见之日明，如列宿之错置”(《惜往日》)——明摆着了，便在《哀郢》中吐出了当年遭谗被放的真相：

外承欢之汋约兮，	讨秦国的欢心，做出一副媚态，
谌荏弱而难持！	其实是怯弱，根本靠不住！
忠湛湛而愿进兮，	忠贞之士愿为此竭尽忠诚，
妒被离而鄣之！	谗妒却群起阻拦，设置障碍！
尧舜之抗行兮，	尧舜传贤不传子的行为如此高尚，
瞭杳杳而薄天；	其眼光穿透幽暗高远及天，
众谗人之嫉妒兮，	可是谗人们心怀忌妒，
被以“不慈”之伪名！	居然被加上个“不慈”的伪名！

这里明白说出顷襄王朝外媚强秦，忠“愿进”而妒“鄣之”。怀王死后楚国倒向秦的怀抱，是从顷襄七年（前 292 年）“迎妇于秦”开始的。上一年，即顷襄六年（前 293 年），白起大破韩，斩首二十四万，秦遗书楚王，威胁要“率诸侯伐楚”，顷襄王患之，乃谋复与秦平。屈原说的“荏弱（懦怯、软弱）”，这仅是一例，窝囊的事还在后面。讨秦国的欢心，屈原认为是 “难持（靠不住）”的。他对亲秦的后果看得非常清楚。《怀沙》说“离娄微睇兮，瞽以为无明”，指的也是秦的图谋。然而他的忠心

不合时宜，“妒被离而鄣之”，正是他当时遭到亲秦派围阻的真实记录。“妒被离”，表明围阻他的人众多，《怀沙》说的“邑犬群吠”，可以与此相互印证。“鄣”，同障，阻隔，这里是指在屈原与顷襄王之间造成障碍，把他阻隔起来，即放逐。制造“障”的具体手段是进谗，故有谗人横加“伪名”之叹。这一切都说明“外承欢”时屈原分明在朝中。他被放逐是突然的，而且不得自白，长达“九年”不复用，不召回（《哀郢》“忽若去不信兮，至今九年而不复”）。他说顷襄王“非俊疑杰，固庸态也”（《怀沙》），正是针对其听信谗言而说的，可见他受到顷襄王的责难和怀疑；他又说顷襄王“憎愠惀之修美”（《哀郢》），可见他面折廷争，为顷襄王所憎。请注意“非”“疑”“憎”这三个字，有助于我们了解顷襄王在“外承欢”事件中扮演的角色。

弄清了屈原的放逐与“外承欢”这件事的关系，现在我们再来看《涉江》的“将董道（行正道）”“忠不必用”“伍子逢殃”“与前世而皆然”等语，对于那些当时不便具体道出的事实，便很清楚了。当时，外交决策是决定楚国生死存亡的一着棋。由于屈原之看清秦国，正如伍子胥之看清越国，两人的预见、遭遇均十分相似，两国的国运也十分相似，这是屈原一再以伍子胥自比的原因。郢都沦亡后作的《悲回风》是告别人世的悲歌，其乱词说：“吾怨往昔之所冀兮，悼来者之愁愁！”一个“怨”字表明毕生希望和理想已尽付东流，一个“悼”字表明秦楚斗争胜负已成定局。他愿自己的尸体“浮江淮而入海兮，从子胥而自适！”这里同样有着一股奔马似的怒气，把自己的死与伍子胥相提并论。《惜往日》重申此意：“吴信谗而弗味兮，子胥死而后忧！”这都是屈原因何遭谗被放的证据，都是他自己所写，应该比史书简略含糊的记载可靠。

综上所述，可知屈原被放不会早于顷襄七年，因为顷襄一年至六年（前298—前293年）还没有发生“外承欢”之事。由于反对“外承欢”而被弃逐到溆浦，在《哀郢》中已经成了“九年”前的往事，但这件事在写《涉江》时还只刚刚发生，被放逐的经历和心情真实地记录在《涉江》中，连“乘鄂渚而反顾兮，欸秋冬之绪风”这样的细节都记得清清楚楚。

现在请看《涉江》的乱词，这个结尾十分明确地总括了全诗主旨：

乱曰：	尾声：
鸾鸟凤皇，	鸾鸟、凤凰，
日以远兮；	离得一天远一天；
燕雀乌鹊，	燕雀、乌鹊，
巢堂坛兮！	窝儿筑上殿堂、祭坛！
露申辛夷，	暴露着树根的玉兰，
死林薄兮；	枯死在丛林草莽间；
腥臊并御，	腥的臊的当活宝，
芳不得薄兮！	芳香的不得近前！
阴阳易位，	阴阳颠倒，
时不当兮；	生不逢时啊！
怀信侘傺，	怀抱着一片诚实，却换来一片迷惘，
忽乎吾将行兮。	前路茫茫，我得走了。

十二句话，句句针对这次放逐而发。“鸾鸟”四句喻贤士远离、小人居高位。“露申”四句指出了造成这种现状的根源——楚王喜好腥臊（喻邪佞之人）而厌恶芳洁（喻耿直之人），与《哀郢》指责顷襄王“憎愠惀之修美，好夫人之忼慨”之语相合。“露申”，不详。下面的看法仅供参考：

“申”，舒，展，通“伸”，疑指伸展的根。连根拔弃的辛夷树死于林薄，正是作者被弃逐到溆浦之遭遇的缩影。故诗人慨叹：“时不当兮！”——他遇上的就是这么一个“时”，这么一个君王，与篇首“吾与重华游兮瑶之圃”的理想最后再作一次映照。一片真诚换来一片迷惘，“忽乎吾将行兮”，展现在面前的是一片荒忽渺远，诗就在这里戛然而止。诗人在茫然地踽踽独行，纷落的霰雪渐渐模糊了他的身影。

说一说末句“忽乎吾将行兮”。“忽”，与《国殇》“平原忽兮路超远”的“忽”字义同，荒忽渺茫的样子。“吾将行兮”，途中休息后继续行路之意。《涉江》《怀沙》《哀郢》，这三篇有一个共同的特点：作者自始至终奔波在路途中（《怀沙》结束于急行途中，《哀郢》结束在南渡中）。三次长途跋涉是因为楚国发生了三件大事，《涉江》写的是最早发生的一件。作者被迫渡长江，渡湘江，溯沅水，入辰、溆，之所以选择在尚未安顿下来的时候结束全诗，乃是为了剪去落脚栖身之类的赘述。

综观全诗，诗人写这次流放，有原因，有感想，有牢骚，有态度，有理想与现实的冲突，有放逐行程的详细记录，全诗没有一句不围绕着“放逐”二字。诗中所写都是新鲜的感受，根本不是流放“九年”之后的情势。“鸾鸟凤皇，日以远兮”，远以“日”计，正是初离朝廷、日行日远的实录，与《哀郢》“至今九年而不复”大异。从诗中所反映的楚国现实情况来看，还仅仅说到小人占据高位（“燕雀乌鹊巢堂坛”），君王昏聩（“腥臊并御，芳不得薄”），忠贤之士不合时宜，不适用（“忠不必用兮贤不必以”），这正是郢都未亡前楚国朝政腐败的真实反映。白起发动战争前曾经对楚国做过一番研究，其中就说到“谄谀用事，良臣疏斥”（《战国策·中山策》），与《涉江》所述情况相合。

但是在《哀郢》中我们看到，楚国朝政的腐败已结出了恶果：郢都沦亡。这个结论我们同样是从《哀郢》全诗得出的。此诗的乱词曾长期令人困惑，有必要再说说清楚。请看原文：

乱曰：	尾声：
曼余目以流观兮，	放开我的目光四面观望，
冀壹反之何时？	希望一返要到何时？
鸟飞反故乡兮	飞散的鸟儿会返回故乡，
狐死必首丘。	行将死去的狐，头朝向生它养它的山丘。
信非吾罪而弃逐兮，	确实不是我有罪而被弃逐，
何日夜而忘之……	我哪日哪夜，把这故都忘记……

不少研究者之所以倾向“放逐”说，与对这六句诗的误解大有关系。这里首先必须弄清楚本诗“今——昔——今”的结构（杜甫《哀江头》的结构与本诗具有渊源）。“乱曰”把上文穿插的回忆一间断，诗人的意识已拨回现实，回到了眼前郢都陷敌的悲痛之中。此刻船在南渡，四面都是茫茫江水，方向都辨不清了，故云“流观（四望）”。“曼余目以流观”，是继“望长楸”“顾龙门”“登大坟以远望”之后的最后一望。望不见，还是要望，因为他的心挂在郢都，他知道这个古城此刻正在敌人的铁蹄之下。郢都是他的故乡，从《离骚》“临睨旧乡”所爆发的感情中，可看到它在屈原心中的分量。一路上他是“何须臾而忘反”，灵魂要挣脱肉体飞回去，但理性最终告诉他：“冀一反”不知要到何时，实在是无时可期。“鸟飞”“狐死”二句是说鸟恋旧巢、狐向故丘而死，用小动物的眷恋故土之情来作比喻，与开头“民离散而相失”“去故乡而就远”的逃难首尾呼应。这个比喻流露了作者对郢都的生死之恋，同时也是对弃郢东迁的顷襄王一伙的鞭挞：鸟兽尚且不忘所生之地啊！末二句补出弃逐以后的长时期中对郢都的思念，真是“中心藏之，何日忘之”。句中有对横遭迫害的愤懑，有对郢都魂牵梦萦的痴情，更有自己不得不离开它、无法爱护它捍卫它的

痛苦。“何日夜而忘之”一语仿佛一个游子在悲哭恋人的死亡，呜咽之声可闻。这个结尾，前四句总结正文的纪实——郢都沦陷，后两句总结正文的回忆——被弃逐到溆浦。层次分明又与全诗浑然一体，余韵悠远无穷。

《哀郢》全诗六十六句，从开篇首句到“乱曰”末句，句句在深化和点明“哀郢”的主题。值得一提的是，屈作的特点乃是含蓄深蕴，不喜径直显露。《哀郢》的乱词并无“郢亡”二字，但句句是说郢亡；《涉江》的乱词并无“弃逐”二字，但句句是说弃逐。单看表层语言是靠不住的。

现在我们来探讨一下屈原被弃逐到溆浦的时间。上文提到，由于秦囚死怀王，顷襄一至六年秦楚绝，无“外承欢”之事，故屈原被放不会早于顷襄七年。那么，谏阻“外承欢”这件事会不会就发生在顷襄七年？也不可能。顷襄七年不过是恢复邦交而已，也可以看作秦国对这个新楚王进行一次测试，以便采取如何对付的办法。这个时期并没有发生关系到楚国生死存亡的大事，“迎妇于秦”也只是表示友好，做做戏的事情，毕竟，怀王被秦国骗去关押到送回尸体这一场仇恨还在眼前。那么，屈原被放到底在什么时候呢？我们可以从《哀郢》中得到一个比较可靠的信息。《哀郢》的写作背景是顷襄二十一年（前 278 年），根据篇中“至今九年而不复”句，上推九年当在顷襄十三年（前 286 年）。这是屈原自己写下来的文字，是值得重视的。查史料，《史记·楚世家》有这样的记载：

（顷襄）十四年，楚顷襄王与秦昭王好会于宛，结和亲。

十五年，楚王与秦、三晋、燕，共伐齐，取淮北。

顷襄十四年（前 285 年），秦国已拉开了伐齐序幕。而顷襄十三年正是秦暗中促成六国联合伐齐的前夜，是战国后期合纵连横斗争的高潮，齐、楚两国唇亡齿寒的结局，各个击破的命运，正如“玄文处幽（黑色文字放在暗中）”，瞎子是看不出来的（《怀沙》）。谏阻“外承欢”这件事，与这段历史背景正好吻合。从上引《楚世家》的两条史料看，顷襄王事秦多年，受制已深，连伐齐这样的大事也只好跟着秦国的指挥棒转了，他不知道秦国要他配合伐齐等于要他砍自己的手脚。而包围在他身旁的亲秦派其实早已假戏真做，讨好秦国（“外承欢”），做出一副媚态（“汋约”），亲秦已经成为潮流。一贯主张联齐抗秦的屈原，对秦国的图谋看得一清二楚，叫他怎么面对这个潮流？如何面对这件事？好得他在《怀沙》中回忆了这件事（“玄文处幽兮”以下二十二句），在《哀郢》中明确地说出了这件事（“心不怡之长久兮”以下二十句），在《悲回风》中再次回顾了这件事（“鸟兽鸣以号群兮”以下八句），给后人留下了大量证据，我们终于弄明白：这件事，是决定楚国命运的一场大变局，是“万变”中最关键的一变，也是造成屈原个人悲剧的一个大事件。他的“将董道（行正道）”，他的“忠湛湛而愿进（竭尽）”，遭到众多人的“鄣之”，遭到“邑犬群吠”，但他昂然不顾。“群吠”句下还有一句“吠所怪也”。这个“怪”，就是指屈原的“异”，与亲秦势力不同的主张。这是非同寻常的冲突，也是进谗的好机会。上文提请注意的“非（责难）”“疑（疑忌）”“憎（厌恶）”三字，是顷襄王对待屈原拼死切谏的态度。其中这个“疑”字是很要命的，由“疑”出发，还给他加了个“伪名”。被弃逐到溆浦时屈原以伍子胥的遭遇自比，郢都沦亡后又二次以伍子胥自比，若不是事关楚国的生死存亡，他会这样自比吗？因竭尽全力谏阻“外承欢”而被弃逐，八九年之后，秦果然向楚发动突然袭击，郢亡。这就是屈原之冤的具体事实。这一切，屈原自己写的文字都记录着。综上，笔者认为，屈原被弃逐到溆浦的时间，从史料和他自己所记录的证据来判断，顷襄十三年是最值得关注的一个年份，被放于这一年的可能性最大。

通过以上比较、辨析、考索，得出如下几点结论：

一、《涉江》的作因是被放逐。放逐原因，根据作者遗留下来的文字记录，是为极力反对“外承欢”而遭谗被放。放逐时间，以顷襄十三年被放的可能性最大。放逐地点是在江南沅湘辰溆一带。《涉江》是在这次放逐的道路行旅之间所写下的作品。

二、《哀郢》的“回忆放逐说”不能成立。理由：《哀郢》从发端开篇到“孰两东门之可芜”是抒情写实，不是“回忆”。全诗的结构是：现实（前四十句）——回忆（“心不怡”以下二十句）——现实（“乱曰”六句）。穿插在诗中的回忆只占正文的三分之一，旧说却把全部正文看作了“回忆”。“回忆放逐说”是由于误解原文而产生的。

三、《哀郢》的作因是郢都沦陷，作时为顷襄二十一年仲春。前面我们已经证明，郢都陷落前屈原确实曾经回到郢都。他是在白起兵临城下之前和大批难民一起离开郢都的，《哀郢》乃是他在离开郢都返回江南的船上所写下的作品，这是一支诀别郢都的哀歌。

至于郢都陷落前屈原何以会在郢都？他既亲历郢亡这段历史，除了《哀郢》这篇作品，除了被放江南“九年”后再次从郢都出发再次南渡这一事实，另外还有什么证据？我们在《怀沙之我见》和《悲回风之我见》中进一步作了探索，请详此二文。

陆天鹤 陆天华

原题为《探〈涉江〉〈哀郢〉之作时、作地与作因——兼论〈怀沙〉和〈悲回风〉》

原刊《荆州师专学报》1996年第4期

《中国楚辞学》2009年第13辑全文刊载

2018年增入译诗，略作修改

堪叹瑾瑜成沙石

——《怀沙》之我见

写此文，笔重如断疑狱。关于《怀沙》是否屈原绝笔的争论且抛开不谈，单是对《怀沙》这个题目的解说，分歧就不少，研究者大多从这两说中作选择：一是怀抱沙石以自沉，一是怀念长沙而归死。后者是看出前者不妥而另创新解的。但对这两种说法都怀疑的，认为“名篇之义殊不可得”（清初夏大霖语）者，仍大有人在。疑案就这样摆在我们面前。

题义来自文意。在名篇之义殊不可得的情况下，笔者认为只有小心谨慎地先弄清作品的实际内容，**弄清这首诗是在何历史条件下因何而发**，然后再来探求题义。为避免断章取论，我们一起来审视全文，审视每个句子，每个字。请看开头：

滔滔孟夏兮[1]，	阳光和暖的初夏，

草木莽莽[②]。	杂树丛生，野草莽莽。
伤怀永哀兮[③]，	伤心！永久的哀痛啊，
汩徂南土[④]。	我急行在南国的土地上。

|注释|

①滔滔：《史记》引作“陶陶”，和暖。孟夏：初夏，阴历四月。

②莽莽：茂密。

③伤怀：伤心。永：长久，永远。

④汩徂（gǔ cú 古粗）：急行。南土：楚国的南疆，即屈原的流放地沅湘流域。

“汩徂南土”，即急行于南土。证以下文“进路北次”，可知屈原此行的方向是从南往北。又，乱词“浩浩沅湘，分流汩兮”，是比喻急行之情如沅湘之水腾涌奔流。沅水从南向东北流入洞庭湖，湘水从南向北流入洞庭湖，与屈原行向一致，这就进一步证明此行的方向。按：在《怀沙》中，屈原是南行还是北行，对弄清此诗的内容极为重要。“汩徂”一词，王逸注：“徂，往也。”朱熹《楚辞集注》：“徂南土，溯沅、湘也。”蒋骥《山带阁注楚辞·余论》：“怀沙之徂南，则历辰常渡湖而至长沙也。”近现代研究者大多认同前贤的“徂南”之说，但也有学者认为“汩徂”是“急行”的意思。《辞源》的解释是：“汩徂，行貌。”《汉语大词典》的解释是：“汩徂，疾行。”归纳起来大致有两种看法：一认为“疾往”，一认为“疾行”。我们采用后者。汉初严忌《哀时命》有句云：“汩徂往而不归”，若“汩徂”是“疾往”之意，何必再加这“往”字。

截去琐屑，劈头就写急行，在孟夏四月的盛阳下和草木丛莽间急行，一种事关重大的紧急气氛顿时笼罩全篇。全诗都是在匆匆急行中的独白，语言风格与其他篇章大异，句子短，音节急促，作者气促情急之态如见。

急行中第一句透露消息的话，是“伤怀永哀”四字，这种悲伤哀痛竟然是永远的——好像出了什么事？急急北行究竟为什么？是去自沉？是怀念长沙而去归死？还是另有他故？这是读本篇首先产生的疑问。

眴兮杳杳①，	眼中一片幽暗杳冥，
孔静幽默②。	那样静，阒无声息。
郁结纡轸兮③，	心里郁结绞痛，
离慜而长鞠④；	遇到痛心事偏又长处困境！
抚情效志兮⑤，	按当前情况来验证自己的心志，
冤屈而自抑⑥！	冤屈昭然，我硬是把悲愤抑制！

| 注释 |

①眴（shùn 顺）：同“瞬”，看。杳杳（yǎo 咬）：幽暗，深远。

②孔：很，甚。幽默：寂静无声。

③纡轸（yū zhěn 迂诊）：绞痛。纡，回旋；轸，痛。

④离：同“罹”，遭遇。慜（mǐn 敏）：痛；忧。鞠（jū 居）：困厄。

⑤抚情效志：详下文。

⑥自抑：强自按捺。

行经密林时第二句话是“痛心”，第三句说出“离慜”，而自己偏偏长期处在窘困境地——指被长期弃逐在溆浦，语含无能为力之痛苦。《说文》：“慜，痛也。”《周书·谥法》：“在国遭忧曰慜，在国逢艰曰慜，祸乱方作曰慜，使民悲伤曰慜。”疑问：“离慜”，是指什么事实？

“抚情效志”二句是讲检验。“抚”，“抚今追昔”的“抚”。“情”，情况，指当前发生的情况，承“离愍”而言。“效”，验证。即检验证实。“志”，志愿。关于屈原之志，可用他自己两句诗来概括：一是“望三五以为像”（《抽思》），希望辅佐楚王建立“三王五伯”的宏伟功业；一是“举长矢兮射天狼”（《九歌·东君》），希望射落专主“侵掠”的恶星——秦。这志愿贯串在屈原的作品中，他曾为之奋斗了一生，对怀、襄二代都充满过幻想。怀王朝不赘，我们在顷襄王朝看到的事实是：从顷襄七年（前292年）开始外交向秦一边倒，而屈原却遭到长期流放。

然而随着时间的流逝，现在用发生的情况（即事实）来验证，证明了什么呢？是造成屈原长期被逐的两个字：冤屈！

在当年被弃逐到溆浦时写的《涉江》中，屈原把自己的冤屈比作伍子胥。自沉前又两次以子胥之冤自比，悲愤难平。这就值得注意了。这里先提一下两人最要命的那个共同点：一个吃准越乃心腹之患，一个认定秦是不可信的“虎狼之国”。再比较一下两人同中的不同：伍子胥被证明冤屈时已经死了，而屈原被证明冤屈时还没有死。此刻的悲愤情绪难以按捺下去，所以说：“冤屈而自抑。”按：关于屈原之冤不辨自明的证据，这里还可提供一条。《惜往日》：“情冤见（通“现”，显露）之日明兮，如列宿之错置。”长达十年之久的沉冤，能一天比一天显露分明，明摆着给你看，只有事实。

那么，究竟发生了什么情况？这情况与他的冤屈有何种关系？疑团一个接一个。

刓方以为圜兮①，	把方的削成圆，
常度未替②！	检验的标准没废弃呀！
易初本迪兮③，	改变当初的根本之道，

君子所鄙④；	是君子所鄙视的；
章画志墨兮⑤，	明确的画策，记录的准则，
前图未改⑥！	我以前提出的谋略没改动呀！

| 注释 |

①刓（wán 完）：削。圜（yuán 元）：同“圆”。

②常：古代长度单位名。五尺为墨，倍墨为丈；八尺为寻，倍寻为常。度：尺度，计量长短的标准。常度：这里指衡量是非的标准。替：废弃。

③易：改变。本迪：未详。王逸释“本迪”为“常道”。后人有多种解释。此句译文仅供参考。

④鄙：鄙弃，看不起。

⑤章：同“彰”，明白，明确。画：谋划，计策。志：记录。墨：绳墨，指准则。

⑥图：设法对付，谋画（谋划）。前图：以前的谋划。

这几句还是说检验。话针对当年的决策者而发，情绪激动，潜台词明确。你可以把方的削成圆，把直的说成曲，但“常度未替（废弃）”，现在检验的标准出来了，请检验检验呀！

“画（谋划）”“墨（绳墨，指准则）”“图（设法对付，谋画）”，都是外交战略和军事计谋方面的用语，这二句表明：屈原曾提出过一套对付秦国的策略。苏秦曾说：“从（纵）合则楚王，衡成则秦帝。”早在《思美人》中屈原就坚持说：“广遂前画兮，未改此度也！”当时怀王北绝齐交，西起秦患，韩、魏袭于后，外交上陷于孤立无援之境地。屈原身处逆境，仍然坚持“前画”，希望“及白日未暮”（喻国事尚有可为）之时实现“前画”。怀王死后，从顷襄七年“迎妇于秦”开始，到秦国暗中策划韩、赵、魏、燕及楚国共同伐齐之时，是战国后期合纵连横斗争的高潮——不仅决定齐国的命运，也决定楚国的命运。这个时期楚国的亲秦派与反秦派惊心动魄的斗争，再度表现在外交决策上，屈原被弃逐到溆浦正在这段时期之中。从“章画志墨，前图未改”的语气看，屈原当时的谋划似乎是写成文字，有案可查的。这两句是摆事实：我的谋划明明白白，你们对照对照呀！

至此，眉目已渐显现：当前确实发生了非同寻常的事变。一、这一事实可检验当年的是非曲直；二、这事变与外交决策和军事战略有关；三、联系“伤怀永哀”“汩徂（急行）”“离慜（遇到痛心事）而长鞠”等言，透露出大祸降临的凶兆。我们的思路开始与《哀郢》这篇作品、与白起那场战争联系起来。

内厚质正兮[①]，	内心敦厚，本质正直，
大人所盛[②]；	德行高尚的人会称赞；
巧倕不斲兮[③]，	巧匠不动斧头，
孰察其拨正[④]？	谁知道他的手段？

|注释|

①内：内心。厚：敦厚。质：本质。正：正直。

②大人：犹言君子，指德行高尚的人。盛：赞美。

③倕（chuí 垂）：人名，传说是尧时的巧匠，技艺高超。斲（zhuó 琢）：砍，削。

④拨：弯曲。

这里，屈原说出了令千古志士扼腕叹息的四个字：巧倕不斲。郢都沦亡后，他在自沉前写的《惜往日》中还在说：“闻百里之为虏兮，伊尹烹于庖厨，吕望屠于朝歌兮，宁戚歌而饭牛。不逢汤武与桓缪兮，世孰云而知之？吴信谗而弗味兮，子胥死而后忧。”前六句是说“巧倕”若不逢明主，谁知道他们？后二句又借伍子胥说楚王，说自己。而且，这“后忧”是指亡国之忧。

此刻，满腔冤愤再无法压住，下面一大段，讲的就是当年写《涉江》时这桩冤屈事。这里说明一下，《怀沙》的结构有个特点，即时空变换、今昔交错。这种写法还运用于《抽思》《哀郢》《悲回风》等篇。旧说把纪实和回忆掺和在一起，难免“横看成岭侧成峰”。其实，今昔交织、时空转换的表现手法，无论在屈原之前或之后，可以说是常见的。如《诗经·小雅·采薇》：“昔我往矣，杨柳依依。今我来思，雨雪霏霏。”唐崔护《题都城南庄》：“去年今日此门中，人面桃花相映红。人面不知何处去，桃花依旧笑春风。”唐杜甫《哀江头》“忆昔霓旌下南苑”至“一笑正坠双飞翼”一段，也是穿插在篇中的回忆。又如，《诗经·豳风·东山》：“我徂东山，慆慆不归。我来自东，零雨其濛。仓庚于飞，熠燿其羽；之子于归，皇驳其马。亲结其缡，九十其仪。其新孔嘉，其旧如之何？”假如，把《东山》这节诗统一在同一时空里，则欲求原意而必不可得。现在言归正题。下面，诗人开始诉说往事，意识由今而昔，从现实转向回忆：

玄文处幽兮①，	黑色文字放在暗处，
矇瞍谓之不章②；	睁眼瞎、没眼珠的说：看不清；
离娄微睇兮③，	离娄微微一瞥就洞悉隐秘，
瞽以为无明④。	盲人却说：你这个人眼睛有毛病！

| 注释 |

①玄文：黑色的文字。玄：黑色。处幽：放在暗处。此句指秦国设置的阴谋。

②矇瞍（méng sǒu 蒙叟）：瞎子的总称。有眼珠而看不见的叫做“矇”，即睁眼瞎子；没有眼珠的叫做“瞍”。章：明。

③离娄：人名，传说是黄帝时人，眼力最好，能明察秋毫。微睇（dì 弟）：略微一瞥。

④瞽（gǔ 古）：眼缝黏合的瞎子。无明：失明。

请注意，在回忆这桩往事时，劈头就骂一批瞎子。瞎子有什么好骂的？如果仅仅是拿明眼人离娄和几个盲人比眼力，屈原不会这样无聊吧。这不是一个普通的比喻。要弄清这话所隐括的事实不难，他在《哀郢》中也回忆到这桩往事，可与此相互印证：

外承欢之汋约兮，谌荏弱而难持！

忠湛湛而愿进兮，妒被离而鄣之！

《哀郢》这段回忆共有二十句，旨在揭示郢都沦亡的因由，诉说自己被放的原因。这里明白说出顷襄王朝外媚强秦，忠“愿进（竭尽）”而妒“鄣之”，与顷襄七年后亲秦这段史实完全相符。“外承欢”之事，在怀王晚期造成严重后果的，是武关之会怀王稚子子兰劝王“奈何绝秦之欢心”；在顷襄王朝酿成灭都之祸的，是由于外交国策大变，一头倒进了秦的怀抱。屈原是坚持联齐抗秦的一个灵魂人物，秦国暗藏的玄机蒙不了他的眼睛。他认为讨秦国欢心其实是“荏弱（懦怯，软弱）”，是“难持（靠不住）”的。一针见血，他对亲秦的原因和后果看得非常清楚。但是他竭尽忠诚谏阻的结果，却是遭谗被放。现在如何？秦的“和亲”本是为了各个击破，将齐国置于国破君亡的绝境以后，就来收拾“亲家”了。“玄文处幽”四句突出“看清”与“不见”，离娄“看清”的是什么？矇瞍们“不见”的是什么？指的正是秦之图谋！这是在事实面前对误国误大事者的怒骂，是对当年决策者的怒骂。伍子胥临死说：“抉吾眼，置吴东门之上，以观越之灭吴也！”——容不得这双眼睛的，不正是一些“矇瞍”吗？

变白以为黑兮，	变白为黑，
倒上以为下！	乾坤颠倒！
凤皇在笯兮①，	把凤凰关进笼子，
鸡鹜翔舞②！	让鸡鸭飞翔舞蹈！
同糅玉石兮③，	把玉和石混杂在一起，看成一样，
一概而相量④。	用同一个标准来衡量。
夫惟党人之鄙固兮⑤，	结党营私那帮人庸俗浅薄，
羌不知余之所臧⑥！	根本不理解我的妥善之策！
任重载盛兮⑦，	负载的冤太沉太沉，
陷滞而不济⑧。	车子陷住，不能行进。
怀瑾握瑜兮⑨，	怀抱着美玉宝石，
穷不知所示⑩！	困厄得不知去向谁展示！

| 注释 |

①笯（nú 奴）：楚方言，竹制鸟笼。

②鹜（wù 误）：鸭。

③糅（róu 柔）：混杂。

④概：器具名称，量米麦时用来刮平斗斛的短横木。这里引申为尺度、标准。量（liáng 良）：衡量。

⑤夫惟：句首语气词。鄙固：鄙陋浅狭。

⑥臧（zāng 赃）：善，好。

⑦任重载盛：负得重，载得多。

⑧陷滞：陷没停滞。不济：不能行进。

⑨怀：怀藏。瑾、瑜：美玉。

⑩穷：困厄，处境艰难，指被放。

"倒上以为下"："上"和"下"本泛指相对的两个方面，如天地、尊卑、智愚、好坏等，随文而异。这里上下文都是讲亲秦派得势后颠倒反常之事，故译为"乾坤颠倒"。

"变白为黑，倒上为下"，与《涉江》"阴阳易位"等语放在一起看，与《哀郢》尧舜遭谗之喻放在一起看，足见当年的事实本是如此。"凤皇在笯，鸡鹜翔舞"即《涉江》"鸾鸟凤皇日以远，燕雀乌鹊巢堂坛"，亦即《哀郢》的"众踥蹀而日进兮，美超远而逾迈"。三篇中这类情节的重合，使我们对事件的真实性更放心。总之，《涉江》所写被放逐到溆浦这件事，在《怀沙》中开始详细披露，关键处多用比喻；到《哀郢》中才点明"外承欢"，把真相和盘托出。三者本是讲同一件事，因作时不同，透明度是不同的。

"同糅玉石"四句，是说那帮人排斥异己。"概"，这个尺度、标准，喻指亲秦路线。不管你这美玉（喻良策）价值有多高，只要不合这个标准这个"概"，一律否掉。"余之所臧"，指屈原对付秦国的妥善之策。结果是玉璧被看作石头。

"任重载盛兮，陷滞而不济"，参考《思美人》"蹇蹇之烦冤兮，陷滞而不发"，可知所负之"重"和所载之"盛（满）"，指的正是那载不动的沉重之冤。再联系《哀郢》，可知屈原遭谗人诬陷，还被栽上个“伪名”，“至今九年而不复”。

“怀瑾握瑜”，请注意“怀”“握”二字。这是比喻怀有制敌安国之策，即上文提到的“画（谋划）”“前图”“所臧”等，那是可以用来与秦国争雄的，但竟然毫无用处。与司马迁同时代的东方朔，在《七谏·沈江》中说：“怀计谋而不见用兮，岩穴处而隐藏。”这是代屈原设言，可参。

邑犬群吠兮[①]，	村里的狗群起狂吠，
吠所怪也[②]；	吠着它们认为的怪异；
非俊疑杰兮[③]，	责难贤俊，疑忌豪杰，
固庸态也[④]！	本来是一副没作为的样子！
文质疏内兮[⑤]，	文雅朴实，表里一致，
众不知余之异采[⑥]；	那帮人无法理解我的不同选择；
材朴委积兮[⑦]，	不派用场的大木弃置一旁，
莫知余之所有[⑧]。	没有人理解我的珍爱，我的理想！

| 注释 |

①邑犬：村邑之犬。群吠（fèi 费）：群狗狂叫。

②怪：怪异。

③非：责难。疑：疑忌。俊、杰：才智过人者。

④固：本来。庸态：庸人之态。

⑤文：文雅。质：质朴。疏：通。内：内心。

⑥采：选择。

⑦材：有用的木料。朴：大木材。委积：堆积。

⑧有：爱。

“邑犬群吠”与《哀郢》“妒被离而鄣之”联系起来看，正是屈原当年遭到亲秦派围攻的真实记录。两者相互印证，可知当时围攻屈原的人数众多，他的处境十分孤立。这正是《涉江》“吾不能变心而从俗”和“董道不豫”等语所涵盖的主要事实。

“非俊疑杰”的若是邑犬，犬们恐怕受不起这样的抬举。责难和疑忌屈原的，当是听信谗言的顷襄王，故下句说：“固庸态也！”顷襄王是“外承欢”的总负责人，为这件误国大事，屈原多次请出他来亮相。《涉江》的“腥臊并御，芳不得薄”，是首次；本篇的“非俊疑杰”二句，是第二次；《哀郢》的“憎愠惀之修美，好夫人之忼慨”，是第三次。“芳不得薄”“非”“疑”“憎（厌恶）”，都是屈原在面折廷争过程中，襄王对待他的态度。刘向在《九叹·怨思》中说：“犯颜色而触谏兮，反蒙辜而被疑。”与屈原自己写的文字是符合的。司马迁把《怀沙》全文录入《传》中，这段极为重要的政治生活经历让屈原自己来说，是很有见地的。

“众不知余之异采”的“众”，指“群吠”那一帮，亦即《哀郢》“众踥蹀而日进”的“众”。“采”，择也。“异采”，不同的选择，指反对亲秦，不随波逐流。上文“吠所怪也”，就是“怪”他的“异”。另外可参考《思美人》“蹇独怀此异路”。喻屈原与亲秦势力不同的外交主张、路线。

“莫知余之所有”的“有”，爱也。《左传·昭公二十年》：“是不有寡君也。”《吕氏春秋·知接》：“人之情，非不爱其身也，其身之忍，又将何有于君？”据此可知，“余之所有”即“余之所爱”，指他的美政理想。

重仁袭义兮①，　　积仁修义，

谨厚以为丰②；	谨慎笃厚以充实内涵；
重华不可遻兮③，	重华不可能遇到呀，
孰知余之从容④？	有谁理解我的异议？我的直言？
古固有不并兮⑤，	古来明君贤臣多生不同时，
岂知其故也？	谁知道这是什么缘故？
汤禹久远兮，	成汤大禹太久远啦，
邈不可慕也⑥！	远得叫人没法子追慕！

| 注释 |

①重、袭：都是积累的意思。

②谨厚：谨慎，笃厚。丰：丰足，充实。

③重华：虞舜名。遻（è 遏）：遇、逢。

④从容：指举止行动。考虑到屈原的“举动”主要是犯颜直谏“外承欢”，故此句译为：“有谁理解我的异议？我的直言？”以求具体一点。

⑤不并：生不同时。指贤臣不能遇到明君。

⑥邈（miǎo 秒）：远。

回顾自己的一生，努力修养，勤勉积累使德才完美，希望遇上有作为之君共同创造千秋不灭的业绩。然而怀王之后的这位顷襄王又是如此使他绝望！没有人理解他，他的“所有”“所臧”不派用场。“重华不可遻”“汤禹久远”，茫然问天，唯抱璞痛哭而已。

从“玄文处幽”到“邈不可慕也”，计三十二句，是回忆往事，即招致长期被放逐在溆浦一带的这桩往事。痛惜怀抱扶国制敌之术而毫无用处，用事实说明“巧倕”因何“不斫”，“瑾瑜”是怎样变成“沙石”的。

这段往事，用碰到瞎子的比喻开始，再用遇不到明君的感叹结束，穿插痕迹清楚，今昔界线分明。请看：

惩违改忿兮①，	止住怨恨克制愤怒吧，
抑心而自强②！	压住内心的冤屈，使自己坚强！
离愍而不迁兮③，	碰上痛心之事而不改变气节操守，
愿志之有像④！	愿我的意志有效法的榜样！

｜注释｜

①惩：止住。违：通“韪”，怨恨。忿：同“愤”，愤怒。“改忿”与“惩违”对文，意即克制愤怒。

②抑：压下去，抑制。

③迁：改变。不迁：这里指不改变气节操守。

④像：榜样。指在生死面前，有所效法于古人。

从这四句的语气可明显看出，诗人的意识已突然跳回现实。请注意“抑”字二见。须知他衔冤负屈已经八年（详后）。头次“冤屈而自抑”，终于按捺不下去，那段冤屈的往事，那长期憋在心中的愤懑与不平，竟像瀑布一样喷涌而泻。现在回过神来，面对当前巨变，第一就是劝诫自己“惩违改忿”。要理性，要克制，要坚强！气氛一下子回到严峻的现实。

“离愍”一词再现，而且，“愿志之有像”是针对“离愍”而言的。《抽思》说：“指彭咸以为仪！”《离骚》说：“愿依彭咸之遗则！”《桔颂》说：“行比伯夷，置以为像兮！”这些楷模、榜样、“像”，怎么都不适用了？从乱词中可知：他现在须效法的榜样，属于另一类别，即孟子所说的“舍生取义”。足见他遇上的是突发的新情况，并且在考虑生死问题了。

正文最后四句：

进路北次兮①，	在北进途中停歇下来，
日昧昧其将暮②；	昏暗的夕阳行将落山；
含忧虞哀兮③，	含着忧虑，料想着哀痛之事，
限之以大故④！	注定这是一场大灾难！

|注释|

①次：住宿。北次：在向北行进的路途中落宿。

②昧昧：昏暗。

③含忧虞哀：详下文。

④限之以大故：详下文。

“进路北次”是纪实。方向北指郢都，十分明确。“日昧昧”句景象惨淡，语带双关，犹后代诗词用“斜阳”暗示国家前途。与“愿及白日之未暮”的象征意蕴大不同。

末两句是牵一发而动全身的。旧说将“大故”解为死亡，则上述一系列疑问恐很难解开。现将笔者的看法陈述如下：

“含忧虞哀”据《史记》。“虞”是猜度、料想的意思。“限”指限定，命运注定。“故”，变故，灾难。《国语·郑语》：“王室多故。”韦昭注：“故，犹难也。”《周礼·虎贲》：“国有大故。”郑玄注：“非常之难。”《周礼·天官·膳夫》：“邦有大故，则不举。”指战争、刑杀。据此证知“大故”是指非同寻常的灾难。

考查顷襄王朝的历史，只有秦国以攻拔郢都为目的的那场战争，方能与这“大故”吻合。顷襄十九年（前280年）秦拔楚之黔中郡，楚割让上庸（今湖北竹溪东南）、汉北（汉水以北）之地予秦。其实这正是秦此番动武之目的，既为进攻郢都铺好跳板，又不引起楚之警惕。次年，顷襄二十年（前279年），震撼战国政局的一场战争悄无声息地开始，秦将白起亲率数万精锐沿汉水南下，以迅雷不及掩耳之势攻下战略要津邓（今湖北襄樊市北），随即移军于鄢（今湖北宜城东南）。鄢是郢的门户，楚急调大军拼死守卫，白起久攻不下。秦军远离本土孤军深入“地方五千里，持戟百万”的楚国，最忌旷日持久，白起乃下令在鄢城西百里处筑堨，引西山谷水灌入鄢城。据《水经注·沔水》记载：当时水从“城东入，注为渊（今熨斗陂是也），水溃城东北角，百姓随水流，死于城东者，数十万，城东皆臭，因名其陂为臭池。”下一年，即顷襄二十一年（前278年），楚王朝弃郢东迁陈城（今河南淮阳），郢都沦陷。

屈原写下“限之以大故”这句诗时，当在这场战争进行的过程中。

乱曰：	尾声：
浩浩沅湘[①]，	浩浩的沅湘之水，
分流汩兮[②]；	翻波涌浪急急奔流；
修路幽蔽[③]，	漫漫长路，幽暗而障塞，
道远忽兮[④]！	路还那样远，荒僻难走。
怀质抱情[⑤]，	怀抱着一片真诚，
独无匹兮[⑥]；	却孤立得形单影只；
伯乐既没[⑦]，	伯乐已死，

骥焉程兮[⑧]！	千里马有谁辨识！

| 注释 |

①浩浩：水势浩大貌。沅、湘：沅江、湘江。

②汩（gǔ 古）：水流急速貌。

③修：长。蔽：遮挡。

④忽：荒忽，荒远。

⑤质：诚信，真实。情：真挚之情。

⑥无匹：无双。匹，伴侣。

⑦伯乐：传说中善于相马的人。没：同“殁”，死。

⑧骥：骏马。焉：安、何。程：衡量，识别。

“修路幽蔽”二句，照应篇首“草木莽莽”，实写道路之幽暗，障塞与遥远。但是他的心情却如沅湘之水：翻波涌浪，急急往北奔流！“分流汩”与开头的“汩徂”相映照，贯穿前后，一种紧急的气氛笼盖全篇。以上四句总结今日之行。

“怀质抱情”，请注意“怀”“抱”二字。不仅是“怀瑾握瑜”，而且怀抱着一片真诚。然而千里马终于没有驰骋。这四句总结昔日之事。“乱曰”与正文相应，也是今昔交织的。

万民之生[①]，	万民的生命，
各有所错兮[②]！	老天爷各有安排！
定心广志[③]，	定下心，放宽怀，
余何畏惧兮？	我有什么害怕恐惧啊？

| 注释 |

①万民之生：万民的生命。生：生命。

②错（cù 醋）：通“措”，安排。

③定心：让心安定下来。广志：胸怀宽广。

“万民之生”句劈空而来，意识活动迅即转向万民的生命。《九歌·大司命》有“何寿夭兮在予”之言，楚人认为人的生命寿夭是由天神大司命掌管、安排的。事情竟与万民的生命有关：这是作者本人对“大故”所作的注脚。白起这场战争，单说水灌鄢城百姓的死亡数就吓人。郢都更是一个人口拥挤的大都市。屈原作《怀沙》之时，对白起进攻的目的显然已经知悉，所以会“虞（料想）哀”，会作出“限之以大故（大灾难）”的判断，会想到“万民之生”。大敌当前，在战争中，万民的生命也只好听天由命了，自己还怕什么呢？所以说：“定心广志，余何畏惧兮！”

曾伤爰哀①，	无休止的伤心、哀泣，
永叹喟兮②！	长叹复长叹，叹息不停。
世溷浊莫吾知③，	世道污浊没有人理解我，
人心不可谓兮④。	人的心哪，没有什么可说。
知死不可让⑤，	知道死不可避，
愿勿爱兮⑥；	愿勿爱惜此身；
明告君子⑦，	明白地告诉君子，
吾将以为类兮⑧！	我将以这样的人为类！

| 注释 |

①曾：通“增”。爰哀：哀泣不止。爰，通“咺（xuǎn 选）”，哀哭不止。

②喟（kuì 愧）：叹气。

③溷（hùn 混）浊：混浊。莫吾知：“莫知吾”的倒文。

④谓：说。

⑤让：让开，避开。

⑥爱：爱惜。

⑦明告：明白告诉。君子：指正直的人。

⑧类：“类别”之类，指与舍生取义者为同类。

“曾伤爰哀”“伤怀永哀”“含忧虞哀”，足见《哀郢》之“哀”，实已预见于本篇。秦之意图，楚之命运，屈原此时已很清楚。若当时能用“前画”“前图”，今日情况又将如何？这是永远令人叹息的事，故最终又归结到那个“知”，归结到人的“心”。本篇对“知”的感叹出现七次。

末四句，决意赴难。《孟子·告子上》：“死亦我所恶，所恶有甚于死者，故患（患难）有所不辟（避）也。”屈原本是“重仁袭义”之人，“知死不可让”二句源此。他写《怀沙》时，不会知道东迁陈城的计划，大概以为顷襄王朝会死守郢都的。这里所说的“死”，是局势突变所迫，并非自己想死，整篇还看不出一点自杀的念头。这与《悲回风》所写的“死”完全不同。《悲回风》是求死，死是为了摆脱绝望和痛苦，投水死的方式也已确定，并说明死因有三。故《悲回风》的“死”与自沉合，《怀沙》的“死”与自沉不合。

综观全诗笔者认为，《怀沙》是屈原在沅湘流放晚期，惊悉秦军攻楚直指郢都的消息后，抱着赴难的决死之意，在急急北行途中写下的作品。时当初夏四月，应在顷襄二十年。

那么题名《怀沙》究属何意？这标题是个长期令人困惑的问题。要解开此谜，作出符合作品实际内容的解释，最好先研究一下《九章》各篇的标题。它们有一共同特点，即标题必定取自本篇的句中。《惜诵》《思美人》《悲回风》《惜往日》，取开首二、三字为题；《橘颂》以“后皇嘉树，橘徕服兮”开篇，通篇赞颂之；《抽思》的“抽”字，是从“与美人抽怨（一作‘抽思’）兮”一句中提取的；《涉江》之题取自“济乎江湘”，“江”是切断郢路、不可逾越的政治障碍的象征；《哀郢》从“哀见君”“哀故都”“哀州土”句中提取“哀”字点题，全部哀痛围绕着“郢”。

以上八篇，标题均来自诗中，《怀沙》当不例外。篇中反复浩叹怀抱扶国制敌之策而毫无用处，“怀瑾握瑜兮，穷不知所示”“怀质抱情，独无匹兮”，可见“怀”字是从这些诗句中提取的，是“怀抱”的“怀”，与“怀念”无关联，这是首先可以肯定的。篇中“不知所臧”“陷滞不济”“不知异采”“莫知所有”“孰知从容”“材朴委积”“驥焉程”“凤皇在笯”“巧倕不斫”等言，都是诉说怀抱无法施展，本事派不上用场。谋画见弃，“前图”作废，“瑾瑜”毫无用处，所怀所抱遭到亲秦派排斥，视其为无用的石子——“同糅玉石”。现在，“瑾瑜”已经变成无用的东西了，屈原题篇名为“怀沙”，说自己怀的是沙土石子，自嘲也。“沙石”与“瑾瑜”相对，都是比喻。旧说“怀抱沙石以自沉”，是把比喻看作实物了。

屈原写《哀郢》时，被弃逐已经“九年”（“至今九年而不复”），若“九年”是实数，则写《怀沙》时已被弃八年矣。在这八年之中，秦连衡合纵齐用，且发挥到极致；楚则事秦受制已不能自拔。最典型的例子是顷襄十五年（前284年），“楚王与秦、三晋、燕，共伐齐，取淮北”（《史记·楚世家》）。这一场“共伐齐”的大战，改变了战国政局，其特点是：一、用反秦力量消灭反秦力量；二、釜底抽薪，把齐楚联盟的基础彻底摧毁。现在，秦楚斗争的胜负已成定局，白起军事行动带来的一场大难已降临楚国，屈原一生的怀抱已化为尘土。联系作者“与日月齐光”的大怀抱和长期被弃的遭遇来看，可知“怀沙（无用之沙土石子耳）”二字，实凝聚着屈原的大怨愤、大痛惜和大憾恨，它潜藏着一种由真诚自信到绝望自嘲的心理流变。写下《怀沙》，屈原为一生的怀抱和希望画上了遗恨绵绵的句号。梁启超《国家运命论》说：“夫士君子怀瑾握瑜以生浊世，所见辄见厄。”可谓异代同悲。

笔者认为，只要我们本着科学的求真精神，不囿于疑云重重的成说，有一分证据说一分话，便会发现《怀沙》实是一份了解屈原晚期情况的珍贵资料，它真实地记录着作者在郢都陷落前的行踪与心情，并为屈原的卒年问题提供了重要的依据。把《怀沙》与《涉江》《哀郢》等篇放在一起来考察，我们至少可以弄清两个极为重要的问题：

一、郢都沦亡时屈原何以恰在郢都？这是《哀郢》中一大疑案。现在可揭开了。当白起进攻直指郢都之时，屈原抱着决死之意从南土北行，正是奔向郢都的。证以《哀郢》，可知他确是返回了郢都。至于到达郢都时是否见到楚王，楚王朝是否已经迁离等问题，史有阙文，屈作中亦无透露，不可妄断。陆侃如、高亨、黄孝纾《楚辞选》说：“屈原本来早已被放，到秦兵进攻郢都的时候，也许屈原又回到了郢都，来赴国难，而仍被楚国统治集团所排斥，不得贡献他的力量，所以他在郢都失守的时候，又和百姓一同流亡。这件事实，史书未载，但不妨如此假定。”陈子展先生认为“这个假定确实可备一说。”其实史书未载，屈原自己却记载下来了，故无须“假定”，《怀沙》这篇作品就是最可靠的证据，它除了“仍被楚国统治集团所排斥”一语无法证明，其余的都可以证明其为事实。

二、《涉江》中的放逐地记录得很清楚，即沅湘辰溆一带。《怀沙》中讲的“南土”“草木莽莽”“浩浩沅湘”等，与《涉江》所记放逐地点相合。这次他从南土北行，与当年写《涉江》时的渡江南行，正好是一去一返。正因为有这一“返”，才有《哀郢》的第二次“南渡”——仍回到江南。《涉江》《怀沙》《哀郢》所记的放逐地完全一致，三篇相互印证（只要不把它们创作之先后颠倒），其晚期行踪之来龙去脉尤觉分明，可以证实屈原的放逐地点，他度过长期放逐生活的地方，确是在沅湘辰溆一带。

| 附表 |（1—4 项录自回忆部分）

1	2	3	4	5
指顷襄王	指谗佞 （亲秦派）	坚持 · 遭遇	叹咏的 古代明君	面对的现实
	矇瞍、瞽	离娄微睇		含忧虞（料）哀 限之以大故（大难）
非俊疑杰 固庸态也	变白以为黑兮 倒上以为下 同糅玉石兮 一概而相量 邑犬群吠兮 吠所怪也	怀质抱情 独无匹兮 怀瑾握瑜兮 穷不知所示	重华不可逻 汤禹久远 邈不可慕也	万民之生 各有所错兮 定心广志 余何畏惧兮
	鸡鹜翔舞	凤皇在笯		伤怀永哀 曾伤爱哀

陆天鹤 陆天华 陆拯

原刊《中国楚辞学》2011 年第 16 辑

2018 年加注释并修改

《哀郢》之我见

《哀郢》，是哀悼郢都沦亡之作，作于顷襄二十一年（前 278 年）仲春。作者目睹了大批百姓逃离郢都的情景，他是和难民们一起离开郢都的。

有人认为屈原在顷襄王朝被放逐江南后，至死没有回过郢都。我们先摆一个事实：屈原在《涉江》中向南渡江一次，这次是放逐，可以称为第一次。九年之后，他在《哀郢》中又向南渡江一次，这不妨称为第二次。第二次写明是从郢都出发的，证明郢都陷落前屈原确确实实曾回到郢都。现在我们从《怀沙》中了解到，顷襄二十年（前 279 年）白起进攻直指郢都之时，屈原抱着决死之意从南土急急北行，正是奔向郢都的。证以《哀郢》，可知他确是返回了郢都。正因为有这一“返”，才有《哀郢》的第二次“南渡”。

至于屈原从南土到达郢都时，楚政府是否已经撤离等问题，史有阙文，不可妄断，笔者完全以《哀郢》原文为准。

《哀郢》的结构是：今——昔——今，以写今为主。

皇天之不纯命兮①！	天哪！真是天命无常啊！
何百姓之震愆②？	为什么要让百姓震惊失所？
民离散而相失兮③，	民众离散，骨肉相失，
方仲春而东迁④。	正当这仲春二月向东逃迁。
去故乡而就远兮⑤，	离开了故乡去往远方，
遵江夏以流亡⑥。	沿着长江和夏水逃亡。
出国门而轸怀兮⑦，	走出国都城门真让人痛心，
甲之朝吾以行⑧。	这是甲日的早晨，我也得动身远行！

| 注释 |

①皇天不纯命：指天命无常。

②何：为什么。百姓：民众，平民百姓。震：震惊。愆（qiān 千）：丧失。

③民：指平民。

④方：正当。仲春：农历二月。东迁：向东逃迁。

⑤去：离开。故乡：指郢都。就远：到远方去。

⑥遵：沿着。江：长江。夏：夏水，古河名，在湖北江陵东南，由长江分流而出，流入汉水，今已不存。流亡：详下文。

⑦国门：国都（郢都）之城门。轸（zhēn 珍）怀：痛心。轸：痛。

⑧甲：古人以干支记日，甲指甲日。朝：早晨。

首句劈空而来，这是因非常事件而发的悲愤呼天之语。第二句是问天：是他看到百姓惊惶地弃家逃难的情景而向天发出的一问。“民离散”二句是实况录像，记录了在这仲春二月百姓向东逃迁的动乱场面，妻离子散骨肉不能相顾的情景历历如见。“去故乡”二句承上“东迁”，写难民们离乡背井，沿着长江和夏水逃亡——镜头由近而远，摄下了长长的难民队伍。“出国门”二句，写自己走出城门时的悲痛心情，并记下了这个痛心的日子。

这里有两个问题说明一下。一、“百姓”，一说指百官，误。在《论语》《孟子》《庄子》等书中所讲的“百姓”，已经是指平民，民众。据《辞源》统计：《四书》中“百姓”凡二十五见，惟“百姓如丧考妣三年”指百官。《四书》的编注者朱熹对这个问题可谓见多识广，他在《楚辞集注》中解释本篇首四句说：“屈原被放时，适会凶荒，人民离散，而原亦在行中，闵其流离，因以自伤。”在朱熹看来，百姓即民，并无“百官”之说。再从《哀郢》本身来看，下文所写的那伙邪佞之徒均在百官之中，而且都是百官中的代表人物，他们是误国的罪人，屈原在本篇中痛斥他们“外承欢（外媚强秦）”，在《涉江》中喻其为“腥臊”，怎么能和充满怜悯的“何百姓之震愆”合而为一呢？二、“去故乡而就远兮，遵江夏以流亡”二句，旧说以为主语是屈原。但既已讲到自己在沿着长江和夏水流亡，忽又折回到“出国门”；刚刚讲了“去故乡而就远”，马上再来句“发郢都而去闾”，颠倒重复，而且“流亡”二字也令人生疑。屈作中同一个词，有时意思不一样，如“吾将上下而求索”与“凭不厌乎求索”，同是一个“求索”，涵义不同，应据具体语境来推敲。《说文》：“亡，逃也。”《诗·大雅·召旻》：“瘨我饥馑，民卒流亡。”可见“流亡”一词在本篇中是流离逃亡之意，这里指逃难的百姓才符合原意。

弄清了以上八句，可知“皇天不纯命”这件事，造成了郢都“民离散而相失，方仲春而东迁”的大灾难，这显然与白起破郢有关。考察全篇文义，确实句句围绕着这个大事件而发。以国都的城门为例，前四十句中先后出现三次，每次都是与秦兵破郢联系起来的。“出国门”是首次。作者在百姓逃离郢都的动乱中，出国门时吐出两字：“轸怀（痛心）。”这“痛心”与“国门”和百姓逃离一搭配就有文章，而且还绝无前例地记下了月日。第二次是“顾龙门”，其时船过夏首。为了最后再望望这龙门，他让船掉头向西（“西浮”），恋恋不舍，徘徊不去，这是一种生离死别之情。望不见龙门以后又透露出一句：“心婵媛（心牵挂）而伤怀（伤心）。”牵挂什么？为何又来个“伤心”？——郢都究竟发生了什么，其实作者心里很清楚。第三次是“两东门”，其时船开始南渡，前后不过几天时间吧。朱熹在“两东门”注中说：“先王所设以守国者。”但这次是在惨痛地设想“两东门”长满乱草，都城宫殿变为废墟。国门，龙门，两东门均代表郢都，四十句中，三点题焉。

现在我们看他乘船离开郢都：

发郢都而去闾兮①，	从郢都出发离开故居，
怊荒忽其焉极②？	前路茫茫，到哪里去？
楫齐扬以容与兮③，	船桨齐举，船却起伏不前，
哀见君而不再得④。	哀哉，君王啊见面机缘已不可再得！
望长楸而太息兮⑤，	望着高大的楸树喟然长叹，
涕淫淫其若霰⑥。	止不住的泪水如纷落的雪珠。
过夏首而西浮兮⑦，	船过夏首向西漂浮，
顾龙门而不见⑧。	回望郢城——东关龙门已经不见。
心婵媛而伤怀兮⑨，	心里牵挂、悲伤，
眇不知其所蹠⑩；	茫然不知到何地落脚；

顺风波以从流兮⑪，　　　由着风波随着流水，

焉洋洋而为客⑫。　　　成了个飘泊无依的孤客。

| 注释 |

①发：出发，启程。郢（yǐng 影）都：楚国都城，在今湖北江陵西北。去：离开。闾（lú 驴）：里门，居住的地方。

②怊（chāo 超）：未详。一说“远也”，供参考。荒忽：渺茫隐约，遥远而无边际。焉：何，哪里。极：至。

③楫（jí 及）：船桨。齐扬：一起举起。容与：徘徊不进的样子。

④君：指顷襄王。

⑤楸（qiū 秋）：树名，落叶乔木。太息：叹息。

⑥涕：眼泪。淫淫：泪流不止的样子。霰（xiàn 现）：雪珠。

⑦夏首：夏水口，即长江流入夏水之处。西浮：乘船向西漂浮。

⑧顾：回头望。龙门：郢都的东门。

⑨婵媛（chán yuán 蝉元）：牵挂，忧思牵萦。

⑩眇：同“渺”，渺茫。蹠（zhí 直）：踏，落脚。

⑪从流：随着流水。

⑫焉：乃，于是。洋洋：漂泊无依，无所归止的意思。客：漂泊他乡的人。

船从郢都出发，头句话就说不知到哪里去。“楫齐扬”如见水上的舟楫在争相逃离，而“容与”则是借船写留恋之情，也可能是实写埠头堵船而停滞缓慢。此刻百姓既在逃亡，顷襄王必已撤离郢都东走徙陈，而从下文知道屈原因迄未复职的身份仍得回江南去，他知道今生今世与襄王已无再见之日了。他曾把一生的怀抱，把为之生亦为之死的美政理想寄托在国君身上，但怀王让他痛苦得写了《离骚》，顷襄王更让他冤屈得灰心绝望。

"哀见君而不再得"是一句与襄王诀别的话，这是《哀郢》中第一个"哀"，意味极为深长。

船在行，请注意他的眼睛始终锁定郢都，悲哀地凝视着这个古城。他望着城中高大的楸树长叹，簌簌落下的泪珠竟至"淫淫其若霰"。郢都从建立到陷落历四百余年，是楚国之根本。诗人也许在想着楚王朝的祖先筚路蓝缕，艰苦创业的不易；也许在追忆往事，为国家落到今天这个境地痛惜；他显然想得很多很多，让我们看完全文再来作结论。

船在行，水上和两岸的一切他全然不见，过了夏首仍在回望郢都的龙门——眼睛望不见了，郢都的最后一个标志也在视线中隐去了，现在请注意他的"心"。他说："心婵媛而伤怀兮，眇不知其所蹠。"上句是说，他的心牵挂着郢都，为它伤心。下句与离郢时"怊荒忽"句意同，茫然不知何处是立足之地。既然无所归止，就让风，让波浪，任意把小船漂去。《哀郢》的写法就像印象派作画，斑斑点点的色块使画面由朦胧逐渐明朗。这里的牵挂、伤心，加上望长楸的悲叹和泪珠，再加上出国门时的痛心，和"民离散"的局面，已经使《哀郢》之"哀"渐渐清晰起来。

凌阳侯之泛滥兮①，	小船在巨浪中跌下抛上，
忽翱翔之焉薄②？	像无所归宿的鸟在回旋飞翔。
心絓结而不解兮③，	心悬挂着无法摆脱，
思蹇产而不释④。	思绪像解不开的乱结一样。
将运舟而下浮兮⑤，	调转船头顺流而下，
上洞庭而下江⑥。	身后是洞庭湖烟波，前方是悠悠长江。
去终古之所居兮⑦，	丢下祖先世世代代的居住之地，
今逍遥而来东⑧！	如今逍遥自在地来到东方！

| 注释 |

①凌：冒着，冲着。阳侯：波涛之神。相传本是古代陵阳国的诸侯，溺水而死，成为大波之神。这里是波涛的代称。泛滥：大水汹涌横流的样子。

②忽：忽而。翱（áo 敖）翔：鸟回旋飞翔。焉：何，哪里。薄：止，停下。

③絓（guà 挂）结：牵挂郁结。解：排解。

④思：思虑。蹇（jiǎn 简）产：曲折纠缠。释：解开。

⑤运舟：行船。下浮：沿长江东下。

⑥洞庭：即洞庭湖，在湖南省北部，长江南岸。“上洞庭而下江”：指屈原乘船东下，经过洞庭湖与长江的汇合处。此时洞庭湖在上游，所以说“上洞庭”；下游是长江，所以说“下江”。

⑦终古之所居：自古以来世代祖居之地，指郢都。

⑧逍遥：无拘无束，自由自在。

小船进入了烟波浩渺的大江，被巨浪高高托起又卷入旋涡之中。在诗人看来，这船就像一只覆巢之鸟在回旋飞翔，却不知飞到哪儿去栖身。上流是洞庭湖的烟波，前方是悠悠长江。“心絓结”两句仍是讲心中牵挂着郢都，思乱如麻，难解难释。“去终古之所居”，不是写一己之悲，语中包含着楚王朝老祖宗的基业毁于一旦的哀痛，所指甚明。“今逍遥而来东”也语带双关，表面是讲自己漂流的行踪，骨子里是骂顷襄王一伙丢弃郢都而东徙（“逍遥”一词尤为明显），和上句放在一起读，一听即可会心于言外，连话中的沉痛和怒气都能感觉到。

羌灵魂之欲归兮[①]，	灵魂挣脱肉体往回飞哟，
何须臾而忘反[②]！	哪一刻不想着转回。

背夏浦而西思兮③，	人过了夏浦，心挂在西边，
哀故都之日远④。	哀哉，故都一天比一天遥远！
登大坟而远望兮⑤，	登上高高的水洲远望，
聊以舒吾忧心⑥。	想舒散我心中的忧虑——
哀州土之平乐兮⑦，	哀哉，这里的乡邑还如此和平安乐！
悲江介之遗风⑧。	悲哉，这水乡古朴淳厚的遗风！

| 注释 |

①羌（qiāng 腔）：楚方言，发语词。

②须臾（yú 于）：片刻。反：同“返”。指返回郢都。

③背：背向。夏浦：夏口，即汉口（汉水入江之口）。西思：思念西面的郢都。夏浦在东，郢都已在越来越远的西面，所以说“西思”。

④故都：指郢都。

⑤大坟：水洲。

⑥聊：暂且。

⑦州土：乡邑。平乐：和平安乐。《史记·匈奴传》汉文帝与匈奴书：“愿寝兵休士卒养马，除前事，复故约，以安边民，使少者得成其长，老者安其处，世世平乐。”

⑧江介：江岸，指沿江一带。介：犹界，边际。遗风：古代遗留下来的淳朴风俗。

屈原离郢时，百姓正在逃离这个都城，秦兵未必已临城下，但这是迟点早点的问题，秦兵入郢后烧杀破坏的情况是可以想见的。离郢愈远，他想象起来越无法忍受，所以船过了夏浦（今武汉地区），心仍在“西思”，甚至“何须臾而忘反”，灵魂要挣脱躯体飞回去。这种心和肉体分离的精神状态自始至终贯串全篇，就像是一位母亲眼看自己的婴儿落入豺狼爪下，而自己又被一种强力硬是拉开一样无可奈何。“哀故都之日远”，就是为这样一个日渐远去的故都而哀，说穿了就是为落入敌人之手的故都而哀。此“哀”居本篇三“哀”之正中。

“登大坟而远望”，是想排解“忧心”。这是继“心婵媛”“心絓结”之后再次表明心中之“忧”。在望中，他看到夏口一带长江边的人民还过着平安快乐的日子，水乡泽国依然保留着古朴的风俗，这本来应该令人欣慰的，可现在，“和平安乐的洲土”前头竟落下个“哀”，“古朴淳厚的遗风”前头竟落下个“悲”，事情还不清楚吗？其实他的“忧心”根本无法排解，他显然又想到陷落的国都，想到整个楚国面临着“大厦将倾”的局面，这里的平乐州土、古朴风俗，将会遭到敌人蹂躏。这是《哀郢》中第三个“哀”，是为百姓哀。

当陵阳之焉至兮①，	面对着一片狂涛，何处是归宿？
淼南渡之焉如②？	茫茫大水中南渡，我这是要往哪儿去？
曾不知夏之为丘兮③，	难道不知道宫殿变成了废墟？
孰两东门之可芜④？	何以都城两东门可乱草丛生，一片荒芜？

| 注释 |

①当：面对着。陵阳：即上文“陵阳侯”之省称，指波涛。焉：何，哪里。焉至：何至，到哪里去。不知投向何方。

②淼（miǎo 秒）：大水浩渺，茫无边际的样子。南渡：船头向南，渡长江。焉如：何往，到何处。

③曾（zēng 增）：岂，怎。曾不知：岂不知。夏：通“厦”，大殿，高屋。指郢都的宫殿。丘：废墟。

④孰：何。两东门：郢都东关的两座城门。芜：荒芜，长满乱草。

“当陵阳”二句极写风波险恶，惊涛骇浪中一个茫无归宿的灵魂。从乘船“发郢都”到此刻开始南渡，屈原确实不知投向何处，有“焉极”“不知所蹠”“焉薄”“焉至”“焉如”五句话为证。屈原不是把小舟比作一只无处可栖的鸟吗？这五句话，就像一只覆巢之鸟所发出的五声哀鸣。船离郢时，“怊荒忽其焉极”，一声；顾龙门而不见时，“眇不知其所蹠”，一声；心挂郢都，小船在江中颠簸时，“忽翱翔之焉薄”，又是一声；现在小船开始南渡，面对着狂涛巨浪，落入敌人之手的郢都正在折磨着他的心，这里“焉至”“焉如”连发两声悲鸣，正是天籁妙音：叫它往哪儿去呢？一片浩渺大水和一叶孤舟，迷茫凄怆，四面风波，哀痛于是推向高潮——

曾不知夏之为丘兮，孰两东门之可芜？

细细琢磨，这问话是针对顷襄王一伙的。宫殿变成废墟，（诸位）难道不知道？都城两东门长满乱草，为什么？上文“去（弃）终古之所居”一语双关，这里又来了个“为什么”，便为下文“外承欢”一段事埋下了伏线。

这是记实的最后两句。这两句，把令人疑惑的问题统统揭晓了。现在我们再看开头百姓逃离郢都，其缘由似已不烦费词了；对于“望长楸”而“涕淫淫”“过夏首”犹“顾龙门”“ 登大坟以远望”“曼余目以流观”等一系列情感活动，大概也不会再误解了。在战国时代，一国之都陷敌，其劫难屈原是清楚的，其国运他当然更清楚，故本诗首句就是“皇天之不纯命兮”一声悲叹。一路步步回首，实缘此而非他。一路上对郢都的牵挂和担忧，亦因此而非他。国破家亡，满城烛天的火光，废墟，那不堪设想的惨相实际上从“出国门”开始就一直在咬着他的心，只是到“南渡”时才挑明罢了。

以上四十句是纪实，记录的都是正在经历着的事情和感受，是正文的主要部分，可看作屈原用诗写的日记。从屈原离郢到南渡的时间上看，当他在痛苦地设想城阙宫室化为废墟之时，也许正是秦兵“烧先王墓夷陵”之日。

还有一点须说明：此处是写今与忆昔的分界线。王逸、洪兴祖、朱熹等前贤把本篇作意与屈原的放逐联系起来，并误把以上四十句正文看作九年后的回忆，原因之一，就是忽视了这条至关重要的今昔界限。

以下二十句是回忆，回忆的是九年前那个冤案。当年那个冤案，《怀沙》中已经披露了不少实情，但话还没有说完，必须再说说清楚。此刻，小船在茫茫大水中南渡，诗人沉入回忆之中：

心不怡之长久兮①，	心中不快已经长久了，
忧与愁其相接②。	新忧与旧愁相接。
惟郢路之辽远兮③，	回想起来，距离郢都的路程真叫辽远，
江与夏之不可涉④。	长江和夏水不准我渡过。
忽若去不信兮⑤，	突然被弃逐，不容申说，
至今九年而不复⑥。	至今九年不复用。
惨郁郁而不通兮⑦，	忧思郁积而不得上通于君王，
蹇侘傺而含感⑧！	精神恍惚，心含悲戚。

| 注释 |

①怡：愉快。

②愁：忧虑。

③郢路之辽远：辽远，指放地距离郢都的路程。

④江：长江。夏：夏水。涉：这里指渡过。

⑤忽若：忽然、突然。去：除去，抛弃，指被放逐。信：通“伸”。不信：不能自白、申说，与《惜诵》“恐情质之不信”的“不信”义同。

⑥今：顷襄二十一年（前 278 年）。

⑦惨郁郁：忧思郁积。不通：指忧虑无法上通于君王。

⑧蹇（jiǎn 简）：楚方言，句首语气词。侘傺（chà chì 诧赤）：失意而精神恍惚的样子。慼（qì 气）：同“戚”，忧。

“忧”，指当前郢亡之忧。“愁”，指往昔被逐之愁（忧虑）。由此自然地过渡到既往。“惟”，思，想到，往事由这个“惟”字领出。“惟郢路之辽远兮”，这一句是回忆九年前被弃逐到溆浦。陷害他的人用“辽远”来隔断他的回郢之路。“江与夏之不可涉”——长江之北，夏水之西，是郢都所在地。作为罪徒，还规定他不可渡过长江和夏水，即断绝他的回郢之路。这一句也是回忆九年前的遭遇，是史料中没有的重要细节。

“忽若去不信兮”，这一句是回忆当年突然被放逐的情况，也是史料中没有的细节。研究者对此句有多种解释，一般多认为是时间过得很快之意。但屈原在《抽思》中说：“望孟夏之短夜兮，何晦明之若岁。”在《悲回风》中说：“曾歔欷之嗟嗟兮，独隐伏而思虑。涕泣交而凄凄兮，思不眠以至曙。终长夜之曼曼兮，掩此哀而不去。”都说明被弃逐的日子是难熬的，可以作为我们判定此句句意的参考之一。

“九年”的“九”，有的研究者认为是确数，有的认为屈作中的“九”

常表多义久义，很难断定是确数。是很可以讨论的。“复”，对“去（弃逐）”而言，指召复，复用。正因为不复用，不能进言，故下句说：“惨郁郁（指对国事的忧虑）而不通（不能上通于君王）”，而只能憋在心里（“含感”）。

“至今九年而不复”，我们先要弄清“至今”的“今”。这个“今”，就是现在，当前，屈原在说这话的时候，包括“今逍遥而来东”的“今”。总之，从开篇的一声呼天悲叹，到南渡时惨痛地设想“夏为丘”“东门芜”，到此刻伤心地回想“九年不复”，小船一路行来总共不过几天几夜的时间吧——这就是屈原所界定的“今”，即顷襄二十一年（前278年）。由此可知，《哀郢》中这个从郢都乘船出来，此刻正在夏浦一带（今武汉地区）向南渡江的屈原，被放逐到江南已经“九年”，至今没有复职，仍是一个罪徒的身份。

以上八句回忆九年前被弃逐的遭遇。据此可知：一、他被放逐是突然的，而且不得自白，申说。二、放逐地是江南，与郢都相隔“辽远”，还规定他不可渡过长江和夏水。三、放逐时间：今（顷襄二十一年，前278年）上推“九年”。迄未复职。四、从他这次“发郢都”——“南渡”的行程，证明在郢都失陷前他曾回到郢都这一事实。

以下八句也极为重要，是回忆“九年”前被放逐的原因：

外承欢之汋约兮①，	讨秦国的欢心，做出一副媚态，
谌荏弱而难持②！	其实是怯弱，根本靠不住！
忠湛湛而愿进兮③，	忠贞之士愿为此竭尽忠诚，
妒被离而鄣之④！	谗妒却群起阻拦，设置障碍！
尧舜之抗行兮⑤，	尧舜传贤不传子的行为如此高尚，

瞭杳杳而薄天[6]；	其眼光穿透幽暗高远及天，
众谗人之嫉妒兮[7]，	可是谗人们心怀忌妒，
被以“不慈”之伪名[8]！	居然被加上个“不慈”的伪名！

| 注释 |

①外：外诸侯国，指秦国。承欢：迎合人意，博取欢心。汋（zhuó 琢）约：犹绰约，柔美貌。这里形容媚态。

②谌（chén 陈）：实在，确实。荏（rěn 忍）弱：懦怯、软弱。持：通“恃”，依靠。

③湛湛（zhàn 战）：厚重貌。指品性厚重。进：竭尽。通“尽”。

④妒：指权奸小人，亲秦派。被离：同“披离”，众多杂乱。鄣：同“障”，阻塞。

⑤尧舜：唐尧、虞舜，传说中的上古贤君。抗行：高尚的行为。抗，通“亢”，高。

⑥瞭：眼光明亮。杳杳（yǎo 咬）：深远幽暗貌。薄：接近。

⑦众谗人：实际是指陷害屈原的那伙人。

⑧被：加在身上。不慈：对子女不慈爱。传说尧舜把帝位传给贤人而不传给自己的儿子，因而被加上了“不慈”的坏名声。伪名：捏造的恶名。

请先看一段史实。顷襄三年（前 296 年），怀王在秦国被囚禁而死，秦把尸体归还楚国。诸侯由是不直秦。秦楚绝。到顷襄六年（前 293 年），秦伐韩大胜，斩首二十四万，乃致书楚王以“率诸侯伐楚”相威胁。顷襄王患之，乃谋复与秦平。次年，“楚迎妇于秦”，秦楚讲和。楚国亲秦势力又抬头。楚王从此苟安于燕巢危幕的生活，而秦正好专心一意先去对付齐国。顷襄十四年（前 285 年），秦昭王与楚王“好会”于宛，“结和亲”，伐齐的序幕随即拉开。下一年，秦、韩、赵、魏、燕合纵攻齐，由燕将乐毅率五国之师，袭破了齐都临淄。楚在秦的指挥棒下配合了这次军事行动，取淮北，秦的劲敌齐湣王为楚将所杀。齐楚联盟的基础被彻底摧毁以后，楚国的媚笑就换来了秦国的变脸。顷襄十六年（前 283 年），楚王还与秦昭王“好会”于鄢、穰，顷襄十九年（前 280 年）秦就向楚发动突然袭击，连续四年，拔邓，拔鄢，拿下楚国心脏——郢都，复拔巫、黔中郡，秦的进攻如雷如霆如回风之扫荡，楚国从此不可复振。

所谓“从（纵）合则楚王，衡成则秦帝”，秦楚斗争成败之关键，有眼力的纵横家是早就看清的。上面这段历史，特别是楚王，亲秦亲到竟会听从秦国合纵攻齐，难道楚国没有人看出秦这步棋的用意和盘算？一贯力主联齐抗秦的屈原，为什么自沉前一再以伍子胥自况，悲愤难平？放逐之作《涉江》中“董道不豫”“吾不能变心而从俗兮（改变本心随波逐流）”、“忠不必用”，以及“伍子逢殃兮，比干菹醢！与前世而皆然兮，吾又何怨乎今之人”等语，都说明他在某个重大问题上的看法坚持不变，明知后果如何亦在所不计。这些都是“九年”前说的话。但“九年”后的今天竟弄到这种地步，他终于把真相讲出来了。

“外”，研究者多解释为“外表”，认为“外承欢”的意思是表面上顺承君王的欢心。但问题是：奉承献媚、讨好君王的人总是有恃无恐的，为什么说他们“荏弱（懦怯、软弱）”？“荏弱”与讨好君王并没有必然的联系，但与讨好秦国却是切合得天衣无缝，原来“外承欢”实是指外媚强秦。在古代语言中，勾通外人以取利叫“外市”，私通外国叫“外私”，这可以帮助我们理解“外承欢”的词语构成。《韩非子·用人》：“外爱鲁人”“外结万乘之交”，都是明证。这两句是说：讨好秦国，做出一副媚态（“汋约”），其实是怯弱，根本靠不住！

这正是指顷襄七年（前 292 年）以后外交向秦一边倒这段史实。外交上这个大变局，“荏弱”是因，“难持”是果，力主合齐反秦的屈原对此洞若观火。“忠湛湛而愿进”二句，是当年屈原和那伙妒臣（亲秦派）一场冲突的概括。“忠愿进”是说：为谏阻“外承欢”这件事，他甘愿竭尽忠诚。他的犯颜直谏，为顷襄王所厌恶。再加亲秦派人多势众办法也多，他们给屈原设置了个“鄣（同障）”，具体手段便是进谗，还给他加上个虚假不实的“伪名”。于是这个一贯坚持联齐抗秦外交政策的核心人物就被弃逐到溆浦。这就是《涉江》“董道不豫”“吾不能变心而从俗”的具体内容，也是“忠不必用”“伍子逢殃”这些话所涵盖的主要事实。

关于那个“伪名”，笔者认为，实际上是个将他置于绝境的罪名，篇末“信非吾罪”可证。这罪名与他反对“外承欢”，坚持联齐抗秦的主张有关，再说他还出使过齐国。听信谗言的顷襄王对他起了“疑”（详后），构成的那个“伪名”就可恶了。

“尧舜”四句，借尧舜遭谗讲自己之冤。不仅称道尧舜完全出于公心的行为，而且突出其高瞻远瞩，看清楚深远而隐秘之处（“瞭杳杳而薄天”）。《怀沙》中他骂当年那些当事人是瞎子，自己瞎了眼，还说明眼人的眼睛有毛病。这种话，不到事实摆在面前的时候是不会说的。而这个事实，逃得了人逃不了责任——所以，前面“夏为丘”句问道：难道（你们）不知道？“东门芜”句则追问：为什么？

这一节是斥责顷襄王朝媚外、误国，陷害反对亲秦的屈原，揭示郢都沦亡的因由，是紧紧扣住“哀郢”主题的。

憎愠惀之修美兮[1]，	厌恶鲠直的美德，
好夫人之忼慨[2]！	喜欢巧伪者的激昂慷慨。
众踥蹀而日进兮[3]，	弓着腰小步趋附的那帮人日渐得势，
美超远而逾迈[4]。	贤人愈走愈远，远远离开。

| 注释 |

①憎：讨厌，厌恶。愠惀（yùn lún 运仑）：未详。下面的说法供参考：心地诚实而不善婉转说话，与“忼慨”相对。此句译文仅供参考。修美：美好的品德。

②好（hào 浩）：喜欢。夫（fú 扶）：指示代词，彼，那些。人：指谗佞小人。忼慨：同“慷慨”。指小人们巧言令色，装出慷慨激昂的样子。

③众：指那些谗佞小人，忼慨之徒。踥蹀（qiè dié 切蝶）：小步快走，相踵趋附之状。

④美：即修美，指正人君子。超远：遥远。逾：通“愈”，更加。迈：远行。

“憎”和“好”，主语都是楚王。对“外承欢”事件应负总责的是顷襄王，故必须请他出来亮相。这个“憎”字，就是顷襄王对屈原面折廷争的态度。他喜欢的忼慨之徒，就是上文“妒被离而鄣之”那伙人。屈原在《怀沙》中回忆当年这番遭遇时，是这样追述的：“邑犬群吠兮，吠所怪也！非（责难）俊疑（疑忌）杰兮，固庸态也！”把“邑犬群吠”与“妒被离而鄣之”同看，把“非俊疑杰”与“憎愠惀之修美”同看，可对“外承欢”事件了解得更清楚。

“憎愠惀”四句，最终归结到顷襄王的昏庸，与开头“皇天不纯命”六句遥相呼应——“憎愠惀”四句是当年种下的因，“皇天”六句是今日结出的果。结构十分完整而且完美。

以上回忆部分结束。从“心不怡之长久兮，忧与愁其相接”说到被放逐江南，十分自然地由“今”过渡到“昔”，时空已巧妙地转换到“九年”前。值得注意的是，所回忆的内容，与《涉江》所记相合。首先是放逐地点相合，一是济江湘溯沅水入辰溆，一是“惟郢路之辽远兮，江与夏之不可涉”。再是君昏臣佞的现实相合，“憎愠惀之修美兮，好夫人之忼慨”，几乎就是“腥臊并御，芳不得薄”的翻版；“众踥蹀而日进兮，美超远而逾迈”，即“鸾鸟凤皇，日以远兮，燕雀乌鹊，巢堂坛兮”之意。尤为耐人寻味的是，《涉江》透露的放逐原因较含蓄，《哀郢》则明白说出反对“外承欢”的真相。这是因为作《涉江》时事情刚刚发生，涉及外交秘密，故只用“忠不必用”“伍子逢殃”等语点到为止；而作本篇时郢都已经沦敌，“外承欢”已结出恶果。又如，《涉江》因刚刚放逐，所以说“日以远兮”，《哀郢》因放逐已“九年”，所以说“美超远而逾迈”。这些内证都明摆着，可见屈原在《哀郢》中所回忆的往事，正是“九年”前被弃逐到溆浦、写作《涉江》时的那段往事。

现在请看《哀郢》的结尾。

乱曰：	尾声：
曼余目以流观兮①，	放开我的目光四面观望，
冀一反之何时②？	希望一返要到何时？
鸟飞反故乡兮，	飞散的鸟儿会返回故乡，
狐死必首丘③。	行将死去的狐，头朝向生它养它的山丘。
信非吾罪而弃逐兮④，	确实不是我有罪而被弃逐，
何日夜而忘之⑤。	我哪日哪夜，把这故都忘记。

| 注释 |

①曼：展开，延长。曼余目：放眼远望。流观：四面观望。

②冀：希望，期待。反：通“返”。

③首丘：传说狐将死时，头向着它所生长的山丘。

④信：确实。

⑤之：指郢都。

“乱曰”把上文一隔断，诗人的意识已从回忆和沉思中拨回到现实，回到了国都沦陷的悲痛之中。此刻船在南渡，四面都是茫茫江水，他放眼向四方远望，真想能透过云山看到郢都，看到郢都在这些日子中所发生的一切。与前面“曾不知夏之为丘兮”两句联系起来看，我们可从“曼余目”这句话里看到一颗滴着血的心。这是《哀郢》中的最后一望，从“流观”这个词也可知道作者身处四面江水的南渡中，环境是特定的。一路上他从“何须臾而忘反”无可奈何地退到“冀一反之何时”，这“何时”两字已听出他满含泪水了——郢都不收复，君王不复召，这“一反”的愿望能实现吗！

三、四两句，从鸟“飞”、狐“死”，可知它们是逃离山林巢穴的，显然是遇上了山崩地裂般的劫难。所谓大难临头各自飞，但是飞散的鸟儿还是要返回故乡，因为那里有它们的窠，是亲人团聚的地方；即使是伤重无法回家、行将死去的狐，它的头要朝向生它养它的山丘，因为那里有它的窟穴，有它的亲朋至爱。“鸟飞”“狐死”两句，用小动物的眷恋故土之情来作比喻，与开篇“民离散而相失”的逃难首尾呼应。古代以鸟设喻，其本原与怀念祖先及父母亲人相关；古人把不忘故土或死后归葬故乡称为“首丘”；两者都关系到古人很看重的“根本”两字。这个比喻流露了作者对郢都的生死之恋，同时也是鞭打在顷襄一伙的心上的：鸟兽尚且不忘本啊！

以上四句，是对正文纪实部分（前四十句）的总结。

下面两句，是总结正文的回忆部分（后二十句）。后二十句摆出当年那个冤案的全部事实，表明本人无罪而遭弃逐。末句“何日夜而忘之”，是说被弃逐以后的“九年”之中对郢都的思念，读来如闻呜咽之声，哀痛已不是言词所能表达，因为现在连这日夜思念的故都也被葬送了，从他的心中剜去了。全诗在呜咽声中结束。我们可以想见那条小船依然在烟波浩淼的江上颠簸，就像一只无所归宿的鸟在渐渐远去。

最后谈谈本篇的结构。旧说把全篇统统看作回忆，这是一种误解。一个结论是要经受千年万代的读者检验的，所以笔者不敢有一丝疏忽，恭恭敬敬写下这句话：现实→回忆→现实，时空交错，从当前写到往昔，又从往昔回到当前而结束全篇，才是《哀郢》的本来面目，兹列表如下（表 1）。

表 1

结构	时、地
记行记实（四十句）：从开篇至“孰两东门之可芜”。	顷襄二十一年仲春二月甲日早晨从郢都乘船出发，数日后到达夏浦一带（今武汉地区），在此地南渡。
回忆“九年”前的往事（二十句）：“心不怡之长久兮”至“美超远而逾迈”。	南渡中。
从沉思中回到现实：“乱曰”六句	南渡中。

《哀郢》的结束手法，其实是屈原常用的一种收尾艺术，兹以《离骚》和《悲回风》为例简略作一比较。

《离骚》后半部分的结构，以现实与幻境相互交错为特点。当临睨旧乡“仆夫悲余马怀”之时，跳出“乱曰”：

已矣哉！	算了吧！
国无人莫我知兮，	国内没有人、没有人了解我啊，

又何怀乎故都？　　又为何苦苦怀恋这故都？
既莫足与为美政兮，　　既然不能求得合作实现美政，
吾将从彭咸之所居。　　我将跟随彭咸，走向他的归宿。

“奏九歌而舞韶”的幻境顿时破灭，诗人仿佛从光明灿烂的极乐世界下了掉落下来，依然面对着无人理解，无可奈何的现实。《悲回风》前半部分极写“此哀”“愁”“思虑”，无法解脱，无法制止，无法忍受。后半部分是想象自己投水死后，灵魂摆脱了尘世的愁海而漫游于天地之间，最后在伯夷亡国后饿死之处（首阳山）徘徊不去，这时出现尾声“曰”：

吾怨往昔之所冀兮，　　我怨往昔的希望尽付东流，
悼来者之愁愁！　　我怕来日的惊惶恐惧！
浮江淮而入海兮　　让我的尸体浮过江淮奔入大海，
从子胥而自适！　　我要去追随子胥，以求心灵的安适！
望大河之洲渚兮，　　望着大河中的洲渚，
悲申徒之抗迹；　　我悲哀地想起申徒狄的事迹；
骤谏君而不听兮，　　想到他屡屡劝谏而君王不听，
任重石之何益？　　抱石投水，又何能挽回殷商的覆灭？
心絓结而不解兮，　　心牵挂着无法摆脱，
思蹇产而不释。　　思绪像乱丝一样难解难释。

结语技巧与《离骚》相类，诗人从幻境又回到现实——怕着“来者之

愍愍”的现实。

《哀郢》正文分两个部分——前四十句记郢都沦陷时的经历和所见所思所哀；后二十句是穿插的回忆，揭示今日之祸的因由。“乱曰”把回忆一隔断，诗人的意识又回到郢都失陷的现实。结尾手法与上面两例同一机杼。

综上所述，把这三篇的乱辞放在一起看，《离骚》和《悲回风》的乱辞乃是从幻境突然回到现实，界线分明，一目了然；《哀郢》的乱辞则是从回忆和沉思中突然回到现实，不细心就不易分辨。旧说把纪实和回忆掺和在一起，全部作为回忆来读，则头尾四十六句的特定时空完全变了，作品主体四十句正文变成 “九年”前的往事了。王夫之断《哀郢》作于顷襄三十年（前 269 年），就是因为误读了这四十六句。斥王夫之说“颇谬”，坚持放逐说的蒋骥前辈，他使王逸的误读延长到一千八百余年。

陆天鹤 陆天华 陆拯

原刊《中国楚辞学》2011 年第 15 辑

2018 年修改

| 附表 |（1—4 项录自回忆部分）

1	2	3	4	5
指顷襄王	指谗佞（亲秦派）	坚持・遭遇	叹咏的古代明君	面对的现实
				何百姓之震愆
				民离散而相失
	外承欢之汋约			
	谌荏弱而难持			望长楸而太息
		忠湛湛而愿进(竭尽)		涕淫淫其若霰
	妒被离而鄣之			
				去终古之所居
				今逍遥而来东
憎愠惀	众踥蹀而日进	惟郢路之辽远兮	尧舜之抗行兮	
之修美		江与夏之不可涉	瞭杳杳而薄天	哀州土之平乐
		忽若去不信兮	众谗人之嫉妒兮	悲江介之遗风
好夫人		至今九年而不复	被以不慈之伪名	
之忼慨				曾不知夏之为丘
				孰两东门之可芜

浮江淮而入海兮，从子胥而自适！

——《悲回风》之我见

白起拿下郢都，秦军即部署深入南楚再次攻占巫、黔中郡。屈原在《哀郢》中南渡后，连放地也回不去了，所以仅止于汨罗地区。

《悲回风》是屈原“隐伏”在汨罗地区所留下的一份生活和心情的实录。

请阅屈原自己写下的文字：

悲回风之摇蕙兮[1]，	悲哉！看着旋风将蕙草摆弄不已，
心冤结而内伤[2]。	我冤苦郁结的内心伤痛不止；
物有微而陨性兮[3]，	微弱的草木遇上它就生机丧失，
声有隐而先倡[4]。	这狂暴的风原是由隐微的声音开始。

夫何彭咸之造思兮⑤？	为什么我老是会想起彭咸？
暨志介而不忘⑥。	与他志愿相近而难以相忘。
万变，其情岂可盖兮⑦，	万般事变岂能掩埋此情，
孰虚伪之可长⑧！	哪有虚伪而能够久长！

| 注释 |

①回风：旋风。摇：摇落，含摧残意。蕙：香草。

②冤结：冤枉之情，郁结于心。

③物：指蕙草。微：微弱。陨：落。性：通“生”，指生机。

④声：指回风之声。隐：隐微。先倡：先导。

⑤夫（fú 扶）：发语词。何：为何，为什么。彭咸：传说是商代贤臣，谏君不听，投水自尽。造思：追思。

⑥暨：与。介：接近。

⑦变：指变故，事变。盖：掩。

⑧长：长久。

首二句用回风摇蕙起兴，物我交融，哀蕙即自哀。所谓风起青苹之末，开始时声音几乎是听不见的，一个“隐”字耐人寻味。了解楚国衰落和屈原遭遇的人会联想到他在怀襄之世两次被谗人置于绝境的耳边枕边之“声”，甚至可追溯到张仪与亲秦派的暗中活动。

“万变”，是说经历事变之多；“长”，指时间久长。这两个词，在考察屈原生平时值得注意。“孰虚伪之可长”有辩白之意。因屈原早就写下过“吾将从彭咸之所居”这样的话，有人似曾说他“虚伪”，故下文说：“介（因）眇志之所惑兮，窃赋诗之所明。”

鸟兽鸣以号群兮①，	鸟兽号叫着聚集同类，
草苴比而不芳②；	百草失去芬芳，零乱地挨在一起；
鱼葺鳞以自别兮③，	鱼儿炫耀着自己的鳞片，
蛟龙隐其文章④。	蛟龙潜入深渊，藏起它的文采。
故荼荠不同亩兮⑤，	所以秽草和荠菜不能同畦生长，
兰茝幽而独芳⑥。	兰芷幽居在深山保持孤芳；
惟佳人之永都兮⑦，	想到永葆美善的君子，
更统世而自贶⑧。	以流芳后世的古人自况。

| 注释 |

①号群：呼叫同类。

②苴（chá 茶）：枯草。比：挨在一起。

③葺（qì 气）："楫"的假借字，本为划船的桨。葺鳞：鼓鳞。自别：自以为与众有别。

④文章：文采。指龙鳞灿烂的花纹和光彩。

⑤荼（tú 途）：苦菜，陆地上的秽草。荠（jì 记）：荠菜，一种人们喜欢吃的野菜。

⑥茝（zhǐ 止）：即白芷，香草。

⑦惟：思。佳人：喻前贤，如彭咸。都：美好。

⑧更统世而自贶：未详。此句有多种解释。此句的译文及以下解释仅供参考。更：经过，经历。统世：世代。统：古人称一个朝代为一统。贶（kuàng 况）：通"况"。自贶：自况。

前面的篇章中说过，秦国面对齐楚联合的力量，其对付的策略是破坏齐楚联盟，始终不让齐楚走到一起，从而分别击破。早在楚怀王时期，秦在楚国扶植的亲秦派已经扎根极深，怀王二十四年“倍（背）齐而合秦”这个外交决策，说明楚国的亲秦派已经占了上风。《离骚》中巫咸说：“恐鹈鴂之先鸣兮，使夫百草为之不芳。”巫咸所忧虑的，就是那股亲秦势力，即屈原称之为“党人”的那伙人。把巫咸这两句名言与“鸟兽鸣以号群兮，草苴比而不芳”比较一下便可明白，怀王时期出现过的局面，又在顷襄时期出现了，而且情况更糟。

“鸟兽鸣”八句，是回顾顷襄时期的“鸟兽号群”，承“万变”而言。不只“鸟”，还有“兽”，鸟兽齐鸣，芳草枯萎。气味殊异的自然界之物无不幻现着人的影子。这里有邪佞结群的特写，有小人得志的肖像，有君子和小人不能共处的画面，也有“幽而独芳”的贤士归隐图。面对如此情况，屈原想到的是效法前贤，决不改变其芬芳“永都（美）”的节操。把这节诗与《哀郢》等篇联系起来看，可发现一条很有意思的线索，请看：

鱼葺鳞以自别兮，蛟龙隐其文章。（本篇）

鸾鸟凤皇日以远，燕雀乌鹊巢堂坛。（《涉江》）

凤皇在笯，鸡鹜翔舞。（《怀沙》）

众踥蹀而日进，美超远而逾迈。（《哀郢》）

虽有西施之美容兮，谗妒入以自代。（《惜往日》）

从被放到自沉，五篇作品中这五句话讲的其实是同一件事。这件事，就是贤士被弃逐，小人居高位。这是“万变”中造成郢都沦亡的一变，也是造成屈原个人悲剧的一场大变局。由于这段往事在《怀沙》和《哀郢》中已详加披露，故本篇仅简略地作一回顾。

下面，诗人的意识迅即回到当前：

眇远志之所及兮[①]，	如今，高远的志向已化成一片渺茫，
怜浮云之相羊[②]。	可怜我的身世像浮云一样飘荡！
介眇志之所惑兮[③]，	因为这区区之志竟被人误解，
窃赋诗之所明[④]。	我写下这表明心迹的诗章。

| 注释 |

①眇：同“渺”，渺茫。远志：高远的志向。

②相羊：漂浮不定、没有依傍的样子。

③介：因。眇志：犹言微志，自谦之词。惑：疑惑。

④窃：私下。赋诗：作诗。指本篇。明：表明。

前两句是对自己一生追求的总结，后两句表明作此诗的缘由。“惑”，对“明”而言，指有人对他的“志”误解或曲解。

屈原的“远志（美政理想）”是与楚国的兴衰共存亡的。他为之而生，已经遭到某些人的误解；他为之而死，更不知会遭到当时或后世人怎样的曲解。写本篇时死志已决，事情当然要说说清楚，下面主要写郢都沦亡之剧变使他无法面对，着重表明自沉的原因。

惟佳人之独怀兮[①]，	想到前贤特立独行的情怀，
折芳椒以自处[②]。	我折下芳椒，自己安顿了下来。
曾歔欷之嗟嗟兮[③]，	哀叹复哀叹，止不住歔欷悲泣，

独隐伏而思虑④。	独个儿藏匿起来，思虑不绝；
涕泣交而凄凄兮⑤，	悲伤，凄怆，涕泪交流哭不停，
思不眠以至曙⑥。	思前虑后，竟夕不眠到天明；
终长夜之曼曼兮⑦，	漫长漫长的一夜挨了过去，
掩此哀而不去⑧。	这哀痛，这哀痛依然隐匿不去！
寤从容以周流兮⑨，	徐徐步出门去四周走走，
聊逍遥以自恃⑩；	想松散松散支撑自己；
伤太息之愍怜兮⑪，	可是一想起那些痛心怜悯的事情，
气於邑而不可止⑫。	气结喉塞，呜咽不能自制。

| 注释 |

①惟：思。佳人：喻前贤，可能是伯夷。笔者浅见，供参考。独怀：独特的情怀。怀：胸怀。

②处：安顿。自处：自己安顿了下来。

③曾：通“增”，屡次，不断。歔欷（xū xī 虚希）：哀叹抽泣声。嗟嗟：悲叹声。

④隐伏：藏匿。

⑤涕泣交：涕泪纵横交流。凄凄：悲伤，凄怆。

⑥曙：天亮。

⑦曼曼：同“漫漫”。

⑧掩此哀而不去：详下文。

⑨寤：醒来，此指起床。周流：四下走走。

⑩聊：姑且。恃：通“持”。自恃：精神上的自我支撑。

⑪伤：忧思，悲伤。太息：长叹。愍（mǐn 敏）怜：痛心，怜悯。

⑫於邑（wū yì 乌忆）：忧闷郁结，哽咽。

这一节写郢亡之哀痛，是承接《哀郢》的。《哀郢》结束于南渡中——屈原南渡后究竟去了哪儿？读到这节诗的首二句才知道他的落脚之处，总算安顿下来了。从下文“登石峦以远望”“入景响之无应”等句看，其安顿下来的地方极为隐蔽，人迹稀少。

“自处”以下的文字令人诧异不已。怎么一落脚下来就哀泣不止、涕泪交流，甚至“思不眠以至曙”？而且，要“隐伏（藏匿）”起来？其实只有弄清楚这段文字与《哀郢》的关系，才会明白为什么要“隐伏”，才会明白这是痛定思痛的感情宣泄。

再读下去，作者向我们透露一个关键词：“此哀”。“终长夜之曼曼”，而“此哀”仍是掩而不去。“掩”，隐匿也。世间只有大悲哀，才会驱之不去，永远隐匿在人的心中，随时出来折磨你。上文痛哭流涕的不眠之夜，下文不愿再看到白日，以及宁愿死再无法忍受的“常愁”，皆源于“此哀”。“此”，近指的代词，足见“此哀”来龙去脉清楚，正是“哀郢”之“哀”，是哀郢都沦丧。综观全诗，《悲回风》正是以“此哀”为核心的。

“伤太息之愍怜”，是讲“此哀”的具体内容。“太息”，指令人太息之事，《哀郢》“望长楸而太息兮，涕淫淫其若霰”，这是最伤心的一件事，但是不想行吗？“愍怜”，指痛心怜悯之事。这里单说秦兵拔郢这场战争中一个战役的惨况：顷襄二十年（前 279 年）白起率军包围鄢（今湖北宜城东南），久攻不下，引西山谷水灌入鄢城，据《水经注・沔水》记述，当时“水溃城东北角，百姓随水流，死于城东者数十万，城东皆臭”。

糺思心以为纕兮①，	把千丝万缕的忧思搓成带子吧，

编愁苦以为膺②。	把愁苦编结成厚厚的衣；
折若木以蔽光兮③，	折下若木的枝叶把日光遮黑吧，
随飘风之所仍④！	听任着狂风把我东抛西掷！

| 注释 |

①糺（jiū 纠）：同“纠”，纠结，缠绕。思心：思虑。纕（xiāng 香）：束腰之带。

②编：编织。膺（yīng 英）：胸。指代护胸之衣。

③若木：神话中的大树，长在日落之处。光：日光。

④飘风：回风。仍：就，因。所仍：即所至。

“思心”，即“独隐伏而思虑”“思不眠以至曙”的“思虑”。“愁苦”，即悲哀痛苦，来自“掩此哀而不去”的“此哀”。把忧思绞成带子，用愁苦编织衣服，是说忧愁之多，终日在忧愁中煎熬。忧愁本是抽象的思维活动，看不见、摸不着，诗人却将它转化成具体可感的形象，开后代诗词写“愁”形象化之法门。

“蔽光”这句话，等于打开天窗说亮话了。《离骚》说“折若木以拂日”，盖上下求索，路远漫漫，故傍晚昏暗下去的太阳还要叫它放出光明；而本篇则要“折若木以蔽光”，白天倒愿它黑暗。诗人已不愿再看到这个世界，不愿再看到这种不可收拾的局面。

“随飘风”句亦有证据提供。顷襄十九年（前 280），秦派司马错攻拔楚之黔中郡（今湘西及黔东北），湘西正是屈原的放地。东方朔在《七谏·沈江》中说屈原“岩穴处而隐藏”，在《七谏·哀命》中又说：“处玄舍之幽门兮，穴岩石而窟伏。”看来，屈原恐怕真有过这样一段经历。

在《怀沙》中我们了解到，他在放地惊悉秦军攻楚直指郢都，抱着赴难的决死之意，急急北行奔向郢都。但顷襄王朝似已弃郢东徙。郢都陷敌时他不知该去往哪里，只好乘舟“南渡”。而秦军正在部署深入南楚再次攻占巫、黔中郡。连放地也回不去了。《哀郢》中曾记录五句话，就像一只无所归宿的鸟发出的五声哀鸣。本篇的“随飘风之所仍”，若与这五句话联系起来看，可以看出作者的心情与《哀郢》又是一脉相承的。它们依次为：怊荒忽其焉极——眇不知其所蹠——忽翱翔之焉薄——当陵阳之焉至——淼南渡之焉如——随飘风之所仍！

从茫然不知栖身何处，到听任狂风东抛西掷，其精神状态不但一脉相承，且有所加深，可知此诗必作于《哀郢》后。

存仿佛而不见兮[1]，	看着周围的一切却不知看些什么，
心踊跃其若汤[2]。	心，好像沸腾的水在乱跳；
抚珮衽以案志兮[3]，	手按着胸口竭力使情绪镇定，
超惘惘而遂行[4]。	茫茫然移步前行。
岁曶曶其若颓兮[5]，	生命匆匆，好像一下子衰老年迈，
时亦冉冉而将至[6]。	那惨淡的时日也在渐渐地到来。
薠蘅槁而节离兮[7]，	白薠与杜衡已经枯槁，茎断节折，
芳以歇而不比[8]。	芳菲已经飘零消散。
怜思心之不可惩兮[9]，	可怜这思虑之心总无法制止，
证此言之不可聊[10]。	又不能靠这种表白来止忧。
宁溘死而流亡兮[11]，	宁愿死，宁愿让魂魄去飘流，
不忍为此之常愁[12]！	再不愿忍受这无穷无尽的忧愁！

| 注释 |

①存：指客观存在的事物。

②踊跃：跳跃。汤：沸水。

③抚：抚摸。珮：玉佩。衽（rèn 认）：衣襟。案：通“按”，遏制。

④超惘惘：迷惘，茫然若失的样子。

⑤岁：指自己的年龄。曶曶（hū 忽）：同“忽忽”，快貌，犹匆匆。颓：衰颓，指衰老。整句详下文。

⑥时：表面讲季节，实际隐喻国事。请详下文。冉冉：渐渐。

⑦薠（fán 凡）、蘅（héng 横）：均香草名。槁（gǎo 搞）：枯。节离：草枯则节断。

⑧以：通“已”。歇：竭，尽。比：合。不比：飘零离散之意。

⑨怜：自怜。思心：思虑之心。惩：制止。

⑩证：证明。此言：这种表白。即“赋诗”。聊：依赖，靠。证此言之不可聊：此句有多种解释。笔者的浅见是：证明不能靠这种表白（赋诗）来止愁。与下文“翩冥冥之不可娱”意思相同。

⑪溘（kè 克）死：忽然死去。流亡：指形体或灵魂随水流去。

⑫不忍：不堪忍受，无力忍受。常愁：去不掉的忧愁。

他有时很激动，有时则陷入听而不闻、视而不见的精神状态。如果把安顿下来后的“涕泪交流”看作一个特写，则“存仿佛而不见”四句可看作一段录像：木然茫然的神态如见，魂魄似乎已经出窍。与初放时高冠长剑、高驰不顾的屈原已判若两人。

由于国都沦亡，故乱曰总结道：“悼来者之愁愁！”这种来日可惧的思虑和忧愁，是剪不断也甩不掉的。请看：还是那个“思心”，即“独隐伏而思虑”“思不眠以至曙”“糺思心以为纕”那个“思心”，总是无法制止；还是那个“愁（悲哀）”，前头加了个“常”。不能靠赋诗（“此言”）止愁，解脱的唯一办法只有“死”了。“宁溘死”而不愿忍受这“常愁”，可见郢亡之哀是屈原自沉的一个主要原因。东方朔《七谏·哀命》说：“痛楚国之流亡兮，哀灵修之过到。”刘向《九叹·忧苦》说：“悲余心之悁悁兮，哀故邦之逢殃。”其《九叹·思古》又说：“念余邦之横陷兮，宗鬼神之无次。”并描述屈原披头散发泪流满面之状。这都是代屈原设言之作，可参。

“岁曶曶其若颓兮，时亦冉冉而将至。薠蘅槁而节离兮，芳以歇而不比”四句，与《离骚》“及年岁之未晏兮，时亦犹其未央。恐鹈鴂之先鸣兮，使夫百草为之不芳”四句联系起来看，可弄清关键词“岁”和“时”的原意。

《离骚》这四句是巫咸勉励屈原要趁着“年岁未晏”，国事亦如春光未尽，努力设法取得与怀王合作；但只恐亲秦势力占了上风，造成“百草不芳”的局面。“时亦犹其未央（未尽）”——这是隐喻楚国的情况还未到花落春尽的地步，是尚有可为的。下文“恐鹈鴂之先鸣”二句，就是承春光“未央”而来的。但是屈原有不同看法：“时缤纷其变易兮，又何可以淹留？兰芷变而不芳兮，荃蕙化而为茅。”这“时缤纷其变易兮”一语，是针对巫咸“时亦犹其未央”而发的。两个“时”字，表面都是讲季节，实际都是用来隐喻国事的。

弄清了这些问题再来看本篇这四句话，觉得作者似乎有意在与《离骚》这四句作对照，不仅年岁已“曶曶若颓（颓，头秃貌，指衰老）”，“时”亦大不同了：薠蘅枯槁，茎断节离，被“回风”反复扫荡过的自然界已经没有一点生气，季节已垂垂向尽矣！“时亦冉冉而将至”这句话里，实蕴含着一句诗人不忍明言的话：危亡的时日正在渐渐地到来。屈作中用四时季节的变化来象征楚国不同时期的现实，影响所及，后代诗词常用春残花谢等败落景象来暗喻国势危弱或繁华消亡，如“更能消几番风雨”（辛弃疾），“流水落花春去也”（李煜）等。

孤子吟而抆泪兮①，	茕茕独独，一边悲吟一边拭泪，
放子出而不还②。	被弃逐者一去不还。
孰能思而不隐兮③，	谁能想想这件事而不痛苦。
昭彭咸之所闻④。	彭咸的往事又分明在心中显现。

| 注释 |

①孤子：孤独之人，作者自指。抆（wěn 吻）：揩，拭。

②放子：被弃逐的人，作者自指。

③隐：痛苦。

④昭：明。所闻：指彭咸为后人敬仰的事迹。

“放子出而不还”，与《哀郢》“至今九年而不复”之语相合。关于屈原在顷襄王朝被“弃逐”的冤情，由于在《怀沙》《哀郢》中已有详细披露，故本篇只一笔带过。再次点出彭咸，这是感情向高潮推进的一个巨浪。

登石峦以远望兮①，	登上巨石磊磊的山峦远望，
路眇眇之默默②。	路，寂寂无人，曲折地消失在缥缈的远方；
入景响之无应兮③，	进入不见日影、阒无声响之地，
闻省想而不可得④。	我心中惦念的一切哪，断无消息！

| 注释 |

①峦：山的泛称。

②眇眇（miǎo 秒）：同“渺渺”，远貌。默默：寂无人声。

③景：同“影”。影随形，响应声；“入景响之无应”，是说进入一个无影无声，极为阴翳寂静之境。

④闻：听到，知悉。省想：指心中想念之事。

他就像一个幽灵在游荡，在徘徊，在伫望，但望见的只是“路眇眇之默默”。《哀郢》中从离郢到南渡，有四“望”：“望长楸而太息”“顾龙门而不见”“登大坟而远望”，最后在南渡中“曼余目以流观”。本篇的“登石峦以远望”，篇章虽隔，但峰断云连，脉络分明，只是离郢更远罢了。

“景响无应”，指深山密林阒无人迹之境，这是写自己与外界隔绝。郢都失陷后的局势究竟如何，顷襄王朝东徙后作何打算，是他极想获悉的头等大事，但是一点消息也得不到。这是南渡后“隐伏”在深山僻野的又一个真实细节。

愁郁郁之无快兮[1]，	悲哀郁结无法排除，
居戚戚而不可解[2]。	回进屋子同样被忧惧包围，无法解脱。
心鞿羁而不开兮[3]，	心好像束缚着无法展开，
气缭转而自缔[4]。	闷气憋在胸中交缠打结。
穆眇眇之无垠兮[5]。	眼前是一片沉沉寂寂，一片渺渺无垠，
莽芒芒之无仪[6]，	一片空空茫茫，一片恍惚迷离。
声有隐而相感兮[7]，	唉，当风起蘋末的时候就感叹生悲，
物有纯而不可为[8]。	美好的事物无法可为！

藐蔓蔓之不可量兮⑨，	远方等待着什么正无法估计，
缥绵绵之不可纡⑩。	绵绵无尽的忧思更无法了结！
愁悄悄之常悲兮⑪，	忧愁哀痛总在折磨着我，
翩冥冥之不可娱⑫。	诗思飞翔已不能自娱。
凌大波而流风兮⑬，	冲着翻腾的大波随风飘走吧，
托彭咸之所居⑭！	把我的尸体寄托在彭咸的归宿之处！

| 注释 |

①快：洪兴祖、朱熹引一本作“决”。译句据“决”。

②居：居住，居处。此指回进屋子里。

③鞿（jī 机）：马缰绳。羁（jī 机）：马笼头。心鞿羁：喻心灵受到束缚。

④缭转：缭绕。缔：结。

⑤穆：静。眇眇：辽远貌。无垠：无边际。

⑥莽：苍茫。野色迷茫。芒芒：同“茫茫”。仪：形、象。

⑦声：指回风的声音。隐：隐微。感：感应。“声有隐而相感”句与篇首“声有隐而先倡”相应，指“回风”初起时而言。

⑧物：事物。纯：美，善。为：作为。此句指美政理想遭摧折，终不可为。

⑨藐：同“邈”，远。蔓蔓：同“漫漫”。不可量：无法估量。

⑩缥：通“飘”。绵绵：连绵不断。纡（yū 迂）：系；结。

⑪悄悄：忧愁貌。愁悄悄：指忧虑深重。

⑫翩：飞翔。冥冥：高远，深远。娱：快乐。

⑬凌：冒着，冲着。大波：巨浪。流风：随风而流。

⑭托：寄托。彭咸之所居：指彭咸的归宿（葬身）之处。即投水而死。

头四句仍是写无法消除、无法甩掉的“愁（悲哀）”。“穆眇眇”二句，意境寥廓而朦胧，与其说是一片大自然的景色，不如说是一个心灵的境界，表述了诗人的大悲哀和大迷茫。故下二句重提“声有隐”，与篇首的“先倡”再作一对照，这里凝聚着屈原无尽的遗恨。

“藐蔓蔓之不可量”，喻指楚国的前景、前途——远处等待着的将是一种什么命运，无法估计。但实际上屈原心里很清楚，故下句说“缥绵绵之不可纡”，这是写不断不绝的忧思不可收束。

“翩冥冥”指诗思飞翔，即展开想象的翅翼，使心神翩飞在一种高远的境界里，借以解忧或自娱。《离骚》“抑志而弭节兮，神高驰之邈邈。奏九歌而舞韶兮，聊假日以媮乐”即其例。这是诗人所独有的，缥缈而美丽的，可以使痛苦的灵魂变得如痴如醉的一座空中花园。但是这座“花园”被“愁悄悄之常悲”彻底毁了。前面说“不可聊”，不能靠赋诗止愁，也是这个意思。请看，最后仍归结到“愁悄悄”“常悲（长久的哀痛，伤心）”，即“此哀”。可见郢亡之哀痛使屈原始终无法解脱，他对楚国的前途已完全绝望，理想的翅膀已经折断，所以说“不可聊”“不可娱”。一连串的“不可”，表明生意已尽，死志已决，感情的奔流一浪高一浪地推向巅峰，我们仿佛看到诗人怀着满腔悲愤投入了巨浪之中。

末句最后一次提到彭咸。彭咸，王逸《楚辞章句》说是“殷贤大夫，谏其君不听，自投水而死”。刘向《九叹》亦有“思彭咸之水游”。屈原作品中提到彭咸共七处，这个人物与美政理想关系密切。《离骚》结尾说“既莫足与为美政兮，吾将从彭咸之所居”，而本篇“凌大波而流风兮，托彭咸之所居”，显然有意在与《离骚》的结语作对照：其始说“将从”，其终说“托”，他必须用事实来回答某些人对他的误解了（“眇志之所惑”）。可见，美政理想最终化为泡影，是屈原自沉的又一个原因。本篇乱曰首句“吾怨往昔之所冀兮”，也充分证明了这一点。

以上是本篇的前半部分。决定自沉。已知原因：一、不堪忍受郢都沦陷之哀痛；二、“远志（美政理想）”最终一场空，还有人误解他。

下面，正文后半部分，是想象自己被巨浪吞没以后（即死后），灵魂终于撇下了尘世的愁海，诗人的意识从眼前的实境转入了缥缈空灵的幻境：

上高岩之峭岸兮①，	啊！我的灵魂飞上了悬崖的巅峰，
处雌蜺之标颠②。	转眼已站在彩虹的桥顶。
据青冥而摅虹兮③，	我拥抱蓝天，狂呼着抒发胸中的积愤，
遂倏忽而扪天④。	忽而飞上碧悠悠的高空抚摸天穹。
吸湛露之浮凉兮⑤，	吸饮清凉的露水，
漱凝霜之雰雰⑥。	用纷纷飘落的霜花漱口；
依风穴以自息兮⑦，	倦了，倚着大风屯聚的洞穴憩息，
忽倾寤以婵媛⑧。	忽然翻身觉醒，牵挂又缠上心头。

| 注释 |

①高岩：山峰。峭：峻峭，陡直。
②雌蜺（ní 尼）：虹的一种，色较淡，也称副虹。标颠：顶点。
③青冥：青天。摅（shū 舒）：抒发。
④倏（shū 书）忽：迅速、忽然。扪（mén 门）：抚摸。
⑤湛（zhàn 站）：清。浮凉：未详。
⑥漱：漱口。凝霜：凝结的霜。雰雰（fēn 分）：霜雪飘落貌。
⑦风穴：神话中产生风的窟穴。自息：独自歇息。
⑧倾寤：翻身醒来。婵媛：牵挂，牵萦。

这是一曲灵魂之歌。现在他已脱离苦海，多么自由自在呀：忽而已站在高山之巅，忽而已翩飞在蓝天之上。“据青冥而摅虹”，与“凌大波而流风”句式同，“流风”，随风而流；“摅虹”，据虹而摅（抒发）。这是说：诗人站在彩虹上，尽情地抒发出胸中的郁闷和积愤！

“风穴”，神话中风屯聚的洞穴，是风源所在，传说在昆仑山上。诗人被这场“风”逼得“随飘风之所仍”“凌大波而流风”，现在他的灵魂却悠然来到它的洞窟，不无嘲弄地倚在那里歇脚，而且睡去了——“回风”对这灵魂又能奈之何？正如《离骚》所说：“虽体解吾犹未变兮，岂余心之可惩！”

然而他真得到解脱了吗？其实“依风穴”句已笔锋暗转，“风”字已回归主题；下句则点明“婵媛”，牵挂之丝把这灵魂又缠住了。

他的视线转向了终究还是忘不了的人寰：

冯昆仑以瞰雾兮[1]，	我靠着昆仑山俯瞰云雾的汪洋，
隐岷山以清江[2]。	我倚在岷山上看清了大江。
惮涌湍之礚礚兮[3]，	急流轰击崖石的巨响使人心惊，
听波声之汹汹[4]。	汹汹的波涛声如万马奔腾。
纷容容之无经兮[5]，	翻翻滚滚的一片哟，泛滥无际，
罔芒芒之无纪[6]。	浩浩荡荡，其势是那样放纵不羁；
轧洋洋之无从兮[7]，	一浪推一浪地相互倾压着不肯依从，
驰委移之焉止[8]？	不断不息地驰驱奔逐，到哪里才是终极？
漂翻翻其上下兮[9]，	翻上腾下的狂澜才咆哮着过去，
翼遥遥其左右[10]。	远远又像涌来无数左右拍动的翅翼。

泛潏潏其前后兮[11]，　　这潮水逢时则前进，失时则后退，
伴张弛之信期[12]。　　判明潮涨潮落，有既定之期。

| 注释 |

①冯（píng 平）：同“凭”，靠。昆仑：传说中的神山。瞰（kàn 看）：从高处往下看。

②隐：倚，靠着。岷山：位于四川松潘县北，岷江发源的地方。古人以为是长江的发源地。江：长江。

③惮（dàn 但）：恐惧。涌湍：汹涌湍急的江水。礚礚（kē 科）：水石撞击声。

④汹汹（xiōng 凶）：形容水势凶猛，波涛轰鸣。

⑤纷：纷乱变动。容容：通“溶溶”，大水流动起伏的样子。经：规则，秩序。

⑥罔芒芒：水势茫茫无边。纪：法度，准则。

⑦轧：倾压。指波浪相互倾压。洋洋：水盛大的样子。从：依从。

⑧驰：奔驰。委移（wēi yí 威宜）：即逶迤。此指江水曲折绵延。焉止：何处是终止。

⑨漂：快速。翻翻：水势翻翻滚滚之状。上下：指波浪上下翻腾。

⑩翼：翅翼。遥遥：遥远。左右：波浪如左右拍动的翅翼。

⑪泛：泛滥。潏潏（yù 玉）：水流涌动貌。前：前进。指涨潮。后：后退。指退潮。

⑫伴张弛之信期：详下文。

这节诗，用“冯昆仑以瞰雾”一句作为承上启下的过渡，随即由惊心动魄的波涛声引出大江奔流波澜壮阔的画面。这是一组象征性意象。这浩

浩荡荡、翻翻滚滚、相互倾压、奔逐不息的江涛，正是这个七国纷争的人世的缩影，是战国后期动荡变化的时代的写照。“伴张弛之信期”是这节诗的点睛之笔。“伴”，通“判”，判明。“张弛”，犹言涨落，常比喻事物的兴废、起落，这里语意双关。“信期”，潮水涨落必信守一定的时间，这里指“张弛”的必然规律，含有不可改变之意。在战国合纵连横斗争的“大潮汐”中，屈原目睹楚国从辉煌走向衰落的过程，他已看清了楚国从“起”到“落”的必然性。“涨”者既不可阻挡，“落”者亦不可挽回，“伴张弛之信期”这一句，实蕴涵着诗人无力回天的悲叹。

观炎气之相仍兮①，	我观赏日光照射的炎炎之气不断上升。
窥烟液之所积②。	我窥察弥漫的云烟在空中凝成甘霖。
悲霜雪之俱下兮③，	我悲叹霜雪纷纷下降。
听潮水之相击④。	我静听潮水撞击的声音。
借光景以往来兮⑤，	驾着天光云影之马来往于天地之间，
施黄棘之枉策⑥。	我不断地挥着黄棘的马鞭。
求介子之所存兮⑦，	我探访了介子推抱树焚身之地，
见伯夷之放迹⑧。	我来到首阳山，看着伯夷的遗迹。
心调度而弗去兮⑨，	我的心老是在思忖，萦回往复，
刻著志之无适⑩。	决心已经下定，没有其他去处。

| 注释 |

①炎气：喻楚国强盛时期的兴旺之气。相仍：相随不断。

②烟：云烟。液：雨露。“炎气”二句以春夏喻楚国兴盛时期。

③霜雪：所谓“雪上加霜”。从《惜往日》“微霜降而下戒”，可知“霜雪”必有喻意。

④相击：潮水相互撞击。“听潮水之相击”，苍莽悲凉，令人想起“潮打空城”的意境。“霜雪”二句以秋冬喻楚国败落。

⑤借：凭。景：同“影”。光景：光和影。如日光月影。往来：指往来于天地之间。

⑥施：用。黄棘：神话中的树木，枝上有刺。枉：弯曲。策：鞭。

⑦介子：介子推，详下文。所存：隐居之处。

⑧伯夷：详下文。放迹：犹言“遗迹”。

⑨调度：思量，考虑。弗去：不能去怀。

⑩刻著志：是说此志铭刻于心。无适：别无他往。

关于“时”，前面已谈过，不赘。“观”“窥”“悲”“听”这四“时”变幻之景，渗透交融着屈原对楚国由盛变衰的无限悲哀。这是四个特写镜头，季节不同，地点也不同。电影中常采用这种表现手法。这种时空的飞跃变换是诗的高度浓缩，既使灵魂飘游不局限于一时一地，又创造了以一胜百、意蕴含蓄的艺术境界。有的研究者认为这四句时令矛盾，其实是对其独特的组接艺术缺乏理解的缘故。“借光景（影）以往来”二句正是贯串前（四句）后（四句），形容其飞速而飘忽，无所不至。

屈原死前为什么会想到介子推？是很值得思考的。“介子”即介子推，春秋时晋国人。传说他跟随晋文公长期流浪，曾割了自己的股肉给文公充饥。文公做国君后，赏赐流亡时的从属，忘记了子推，他便奉母隐居到绵山中。后来文公想起了他，派人去找，他坚持不出。文公叫人放火烧山，想迫使他出来，结果他抱树烧死在山中。屈原在《惜往日》中又提到介子推，自杀前对“文君寤而追求”颇多感慨。当年他为反对亲秦而遭到亲秦派陷害，这冤情到秦国发动拔郢的战争时顷襄王总该醒悟了，应当立即追寻他召回他才是。但是直到郢亡，顷襄王却丢下他不管，只顾自己逃命了。介子推对文公的“寤而追求”尚且不能原谅，那自己呢？故屈原把介子推与自己作比较之时，对顷襄王其人实已看穿看透。

“伯夷”，商末孤竹君的长子。他和弟弟叔齐均不愿继承父亲之位，对殷纣之乱是极为反感的。但周武王伐纣，他们却又扣马谏阻，反对以暴易暴。武王灭商后，哥俩耻食周粟，逃到首阳山采薇而食，一起饿死在山里。屈原在《橘颂》中曾把橘树之高洁比作伯夷，强调“深固难徙”“受命不迁”的主题，表露自己“苏世独立”“横而不流”的人生态度。屈原作本篇时国都已经沦陷，楚军节节败退，楚先王的宗庙坟墓也被烧毁，而秦的军事行动还在继续。他的灵魂之所以最终徘徊于首阳山，正是因为眼看着楚国在一步步走向危亡。

现在请看结语：

曰：	尾声：
吾怨往昔之所冀兮[1]，	我怨往昔的希望尽付东流，
悼来者之悐悐[2]！	我怕来日的惊惶恐惧！
浮江淮而入海兮[3]，	让我的尸体浮过江淮奔入大海，
从子胥而自适[4]！	我要去追随子胥，以求心灵的安适！
望大河之洲渚兮[5]，	望着大河中的洲渚，
悲申徒之抗迹[6]；	我悲哀地想起申徒狄的事迹；
骤谏君而不听兮[7]，	想到他屡屡劝谏而君王不听，
任重石之何益[8]？	抱石投水，又何能挽回殷商的覆灭？

心絓结而不解兮⑨，　　心牵挂着无法摆脱，
思蹇产而不释⑩。　　思绪像乱丝一样难解难释。

| 注释 |

①曰：以下十句是全篇的总结，即“乱曰”。冀：希望。往昔之所冀：指往昔的美政理想。

②悼：恐惧。来者：来日。愁愁（tì 替）：同“惕惕”，忧惧貌，惊恐貌。来者之愁愁：指郢都沦亡，来日可惧。

③江：长江。淮：淮水，今称淮河。

④从：追随。子胥：详下文。适：安。

⑤洲渚（zhǔ 主）：水中的陆地，大的叫洲，小的叫渚。

⑥申徒：申徒狄，商代贤臣，屡次进谏，纣王不听，抱石自沉。从实有其人的申徒狄，想到其人其事不可考的彭咸。屈作中所说的这位彭咸，可能与灵氛、巫咸一样，只是个化名。因为若用真名，必涉及其“君”（如申徒与纣王），那就犯忌了。笔者浅见，供参考。抗：同“亢”，高。迹：行为。

⑦骤：屡次。

⑧任：背负。

⑨絓（guà 挂）结：牵挂。

⑩蹇（jiǎn 简）产：曲折纠缠。释：解开。按：这最后两句，亦见于《哀郢》，一般认为是《哀郢》错简于此。但我们认为它是本篇绝不可少的组成部分，“何益”下面若没有这两句，诗就变成断尾巴。请详下文。

诗的尾声，从幻境又回到现实——灵魂还没有离开肉体，这个身子依然站在江边。这段结语总括全诗，围绕着一个“死”字，表明死的原因。

一生苦苦追求的是美政理想，是希望民殷国强，而摆在面前的是国都沦亡，来日可惧。我们在正文中已了解到他的死因有二：一是郢都沦亡，二是美政理想一场空。现在从结语的首二句又得到了证实。

但这里有个问题：本篇从开头起三次提到彭咸，为什么结语中却选用伍子胥？还请出个申徒狄作陪？要弄清楚这个问题，我们先来看看伍是个什么人物。伍子胥，春秋时吴国忠臣，他认定越国是心腹之患，极力反对吴越媾和。吴王夫差不听，反而听信伯嚭的谗言，迫其自杀。将死，说：抉吾眼，置吴东门之上，以观越之灭吴也。吴王令将其尸体用鸱囊装着丢入大江。子胥之灵发愤驰腾，气若奔马，乃归神大海。不久吴国就为越所灭。联系上述史料来看屈作，发现屈原“指彭咸以为仪”这类话主要出现在怀王时期的作品中，而以伍子胥自比的话则全部出现在顷襄王时期的作品中。首次以伍子胥的遭遇自比，见于放逐之作《涉江》：

忠不必用兮，贤不必以。
伍子逢殃兮，比干菹醢！
与前世而皆然兮，吾又何怨乎今之人！

话说得明白，今日轮到他碰上了这样的厄运。但“伍子逢殃”的具体事实究竟是怎样？我们能不能把屈原当时的遭遇一一弄清楚？请看《怀沙》《哀郢》二文后面的附表。表中的1—4项，均从篇中的回忆部分摘录，《怀沙》和《哀郢》所回忆的那段往事，正是当年被放逐时所发生的事情，《涉江》就是在这样的历史条件下产生的。

写《涉江》时由于事情刚刚发生，涉及外交秘密，故只是点到为止。写《怀沙》时亲秦的后果果然不出所料，故悲愤失控：“矇瞍（睁眼瞎；没有眼珠的）”“瞽（瞎子）”“邑犬”“群吠”“庸态”，这样的怒骂前所未有，若不是误国的事实摆在面前，屈原是不会写上竹简的。作《哀郢》时屈原依然是一个罪徒身份，可恶的是顷襄王朝竟然装聋作哑要让他继续冤屈下去，这就不能不把事情的真相和盘托出。《哀郢》中的回忆部分有二十句，《怀沙》中的回忆部分有三十二句，与《涉江》相互印证，“伍子逢殃”的具体事实就一清二楚：原来他是因为极力反对“外承欢（外媚强秦）”而遭谗被放的，与伍子胥的冤案如出一辙。

由于屈原看清秦国，正如伍子胥之看清越国，两人有惊人的预见相似；忠于国事相似；犯颜直谏相似；遭谗逢殃亦相似。顷襄王与吴王夫差也有许多相同点：昏庸相同；拒谏相同；信谗相同；迫害忠臣相同；把国家推上绝路这一点也相同。故《涉江》有“伍子逢殃”之言；本篇有“浮江淮而入海兮，从子胥而自适”这样怒气冲天的话；《惜往日》则笔头指着那位与顷襄王一路货的吴王：“吴信谗而弗味兮，子胥死而后忧！”——突出其最愚昧的一个相同点：“信谗弗味。”

琢磨“浮江淮而入海”二句，作者的意思很明白：现在不仅是“从彭咸”了，而且要“从子胥”方能“自适”。这样看来，屈原的死因还须加上一条，即：他有着与伍子胥相似的冤情。这冤情在《涉江》中首次透露，读者只知道他的遭遇与伍子胥，与拼死切谏的比干类似。到写《怀沙》，他的预见终于被秦的突然袭击所证明，文中首次喊“冤”，出现“冤屈而自抑”等语。接着郢都沦丧，在《哀郢》中他用“尧舜遭谗”比喻自己的冤，以及加给他的“伪名”。《悲回风》不仅在结语中有伍子胥“气若奔马”之怒，其实一开篇就说：“心冤结而内伤。”《惜往日》也不仅指桑（吴王）说槐，且说：“情冤见（通‘现’，显露）之日明兮，如列宿之错置！”事实已经使冤情不辩自明，这一点又与伍子胥相同。上述五篇均写于顷襄王时期，一个触目惊心的“冤”字竟贯串在这五篇之中。这都是屈原本人在当时纪录的内心感受和史实，事情还不清楚吗？

现在我们可以解释“彭咸”与“伍子胥”这个问题了。“彭咸”与美政理想关系密切，“伍子胥”则与“外承欢”事件及其后果关系密切；《悲回风》的重点在后者，故结语中用“伍”不用“彭”。篇中虽三言彭咸，只是了却一笔旧账，故在“托彭咸之所居”以后，便绝口不提彭咸，最后要让寄托在彭咸居所的尸体浮上来，浮过江淮奔入大海去追随子胥。屈原只有一条命，不得不死的原因却有三，死是铁定的，一了百了嘛。

“从子胥而自适”以上四句，是对正文前半部分（即现实部分）的总结。

那为什么再请出个申徒狄来？耐人寻味的是，这也是一个投水而死的人物。申徒之君纣也，也是一个亡国之君，双关语是“骤（屡）谏不听”。原来“望大河”以下六句，是对正文后半部分（设想投水死后游魂飘荡部分）的总结：自杀无益于国事，商朝不是照样灭亡吗？你不愿见的事情还是要来的呀，故心中牵挂，思乱如麻，言下之意是：死了，灵魂仍是不得安宁的。这六句分明是借申徒狄说他自己。请回顾一下本诗后半部分，那个“游魂”安宁了吗？不是照样牵挂着悲哀着吗？足见写此诗时，他的心还在痛苦地关注着局势的发展。自沉汨罗所以不在当时而在来年之夏，这一年正是秦拔郢后“复拔巫、黔中郡”之年，使屈原越发绝望的一年。

综观全诗并考察整个顷襄王朝的历史，此诗只能产生在顷襄二十一年（前278年）白起破郢后这一特定的历史时期，其他任何时期都是不合的。把《怀沙》《哀郢》《悲回风》三篇联系起来看，《哀郢》之“哀”，前见于《怀沙》，其时郢亡已不可避免；后见于《悲回风》，其时郢亡已成为事实。《怀沙》的基调是冤愤，《哀郢》的基调是哀痛，《悲回风》的基调是绝望。这三篇作品，是屈原活到白起破郢之时的铁证。实际上屈原在《哀郢》中南渡后仅止于汨罗地区①，同年秋冬作《悲回风》，次年自沉前作《惜往日》。蒋骥前辈画的“路线图”，其错误之一，是简单地把各篇从地理上连接起来，而不是把它们从情感上加以分辨。

---

① 《悲回风》所写的地理环境是否与汨罗地区相符？“入景响之无应”这样的境界，汨罗地区是否有？为此我曾询问过生长在汨罗地区的刘石林先生（汨罗市屈原纪念馆副研究员），他说：新中国成立初期，当地小山上古木参天，密林深邃，土改时有个地主逃进丛林无法找到，当地曾有“白毛男”的传说。这样看来，在屈原的时代，此地有“景响无应”之境，是不足为奇的。

最后我们来探讨一下题目《悲回风》的象征意蕴。“回风”，旋风，篇中亦称“飘风”，这显然是指一种裹挟着肃杀之气、所经之处满目疮痍的强暴力量。《韩非子·用人》：“飘风一旦起，则贲、育不及救而外交不及至，祸莫大于此。”其“飘风”喻国之大祸，这里仅作参考。本篇标题《悲回风》，抒写的千愁万恨都归结到一个中心——死。死因上文已一一剖明，不赘。一场“回风”对楚国而言，竟然造成“悼来者之愁愁”的局面；对作者个人而言，竟然要让自己的尸体浮过江淮奔入大海，去追随伍子胥方能求得心灵的安适——这样看来，这场“回风”指的是什么，其实已不烦费词了。自顷襄十九年秦向楚发动突然袭击，连续四年，强迫割让上庸、汉北，拔邓，拔鄢，拔郢，复拔巫、黔中郡，秦的进攻如雷如霆如回风之扫荡，秦楚斗争的胜负终成定局。综观本篇所抒之情和所写之景，“回风”扫荡所及一片凋残衰败，生机全无，“回风”带给诗人的是哀痛绝望加哀痛绝望，足见这“回风”与秦突然袭击带来的这场大灾难是吻合的。如果考虑到篇中二言“声有隐”乃是追思肇祸之始，这场“回风”的内因实源于亲秦派的“外承欢”，楚国联齐抗秦的外交政策开始被瓦解之时，此所谓风起青萍之末也。

本篇的抒情艺术是令人惊叹的。触目残败之景与作者诀别人生的悲凉交融在一起，全诗仿佛交荡着回风的呼啸之声和诗人的呜咽。“悲”字笼罩全篇，营造了朦胧深邃而又脉络灿然的艺术境界。同时，浪漫不羁的奇情幻思，意识流的表现手法，为抒写心灵世界开拓了无限广阔的天地。“上高岩之峭岸”以下是想象自己投水死后，灵魂摆脱了人世的愁海而拥有了一个海阔天空任逍遥的美丽世界。但作为一个游魂，仍逃不掉牵挂之思的纠缠，他的目光转向了这个终究还是忘不了的人间，他的心依然在为楚国的败落哭泣，他把虽死而此恨绵绵之情写得让事去百代的读者犹感慨万千。诗的结尾由虚归实——他的身子依然站在江边，面对着滔滔江水。作品是通过“现实——回顾往事——现实——幻境——现实”这一意识的流程来构建的，它把不断变化的思绪，把发生在不同时空的事件和情感接合得完美无痕。类似的表现手法曾运用于《离骚》《河伯》《抽思》《怀沙》《哀郢》等篇，而《悲回风》则发展到一个令人目眩神迷的崭新境界。此外，诗人表达情思纯从大自然中捕捉富于象征色彩的意象，言有尽而意无穷，较之《离骚》“美人香草”式的寓意手法，更觉炉火纯青，更具有影响深远的开创性。

这是一首挽歌。挽楚国，也挽自己。这是诗人的心灵所化成的一朵滴血玫瑰。

陆天鹤 陆天华 陆拯

原刊《中国楚辞学》2013 年第 20 辑

2018 年修改

附录一

说明：《〈怀沙〉之我见》和《〈悲回风〉之我见》都是长文写成后，很难发表（当时规定在八千字之内）。笔者为了表明对《涉江》《哀郢》《怀沙》《悲回风》四篇的观点，写成了《探〈涉江〉〈哀郢〉之作时、作地与作因——兼论〈怀沙〉和〈悲回风〉》一文，兼论部分便是从这两篇《我见》中摘录的，心想这两篇《我见》不能公之于世也就算了。但《探》文也是万字以上的长文，不是退稿，就是要删节；幸得崔富章先生的推荐，在《荆州师专学报》得以全文发表。所以，每当看到此文，总不由得感激万分，也感慨万端。现在结集出版，考虑到《探》文的兼论部分内容有重复，决定删去，把它作为附录，以备查阅此文，也可供读者了解一点笔者的写作历程。

下面就是《探〈涉江〉〈哀郢〉之作时、作地与作因——兼论〈怀沙〉

和〈悲回风〉》一文的兼论部分。

至于郢都陷落前屈原何以会在郢都？我们是从《怀沙》中找到答案的。笔者确认《怀沙》作于《哀郢》之前，顷襄二十年（前279年）的孟夏四月，其时白起军事行动的目的震惊了作者。诗一开头就写诗人从南土急急北行：

滔滔孟夏兮，草木莽莽。
伤怀永哀兮，汩徂南土。

“汩徂南土”即急行于南土。证以下文的“进路北次”，可知屈原此行的方向是从南往北。“汩徂”二字及通篇音节急促的短句，如见匆匆赶路中的气促情急之态。乱曰“浩浩沅湘”二句，用沅湘之水急急往北奔流的意象来象征自己急行的心情，更充分说明北方发生了非同寻常的事件。这事件不但使他“伤怀永哀”，还证明了他长期蒙受的冤屈：

郁结纡轸兮，离慜而长鞠。
抚情效志兮，冤屈而自抑！

“离慜”即遇到痛心之事，指秦的进攻。然而自己却长期处于流放在辰溆的窘困境地，眼看国有大难而不能救，故心中郁结绞痛。下二句是说，依当前的情况来验证自己的志愿（“美政”理想），含冤受屈而强自抑制。“效”，验证。屈原因坚持反秦外交主张而遭放逐，可现在事实证明他是对的。长期憋在心中的愤懑与不平，终于“抑”不下去，此刻竟像瀑布一样喷涌而泻。作品用很大篇幅回忆了长期被放逐到溆浦的那桩往事。他怒骂误国者为“矇瞍（瞎子）”，看不见秦国暗藏的玄机，而微微一瞥就洞悉隐秘的“离娄”，却在这批瞎子中无可奈何。他不能改变本心随波逐流，孤独地处在“邑犬群吠”的境地，并受到顷襄王的责难和怀疑。结果是“变白为黑”，把凤凰关进笼子，让鸡鸭飞翔舞蹈。他反复浩叹不遇知音，痛惜怀抱扶国制敌之术而毫无用处，用事实说明“巧倕”因何“不斫”，“瑾瑜”是怎样变成“沙石”的。感情冲动到不可遏制时，忽又劝诫自己：

惩违改忿兮，抑心而自强！

要自己制止怨恨，克制忿怒；要自己把内心的冤屈不平压下去，使自己坚强！为什么要保持克制、镇定和坚强呢？因为当前面临着的是一场大灾难：

进路北次兮，日昧昧其将暮。
含忧虞哀兮，限之以大故！

“日昧昧”句语带双关。“含忧虞哀”，“虞”是猜度、料想的意思，“含忧虞哀”是说，含着忧虑，料想着将发生的哀痛之事。“限之以大故”译成现代语是：注定这是一场大灾难！“限”指限定，命运注定；“之”，代词；“故”，变故，灾难。《周礼·天官·宫正》：“国有故。”郑玄注引郑司农曰：“故，谓祸灾。”《国语·郑语》：“王室多故。”韦昭注：“故，犹难也。”据此证知“大故”是指非同寻常的大灾难。在怀王死后的十七年间，只有白起的这次进攻能与这“大故”吻合。请再看：

万民之生，各有所错兮！
定心广志，余何畏惧兮！

《九歌·大司命》有“何寿夭兮在予”之语，楚人认为人的生命寿夭是由天神大司命掌管的。事情竟与万民的生命有关，这是作者本人对“大故”所作的注脚。想到万民的生命也只好听天由命了，自己还怕什么呢？故云：“定心广志，余何畏惧兮！”请再看：

知死不可让，愿勿爱兮！
明告君子，吾将以为类兮！

面对残酷现实，决意赴国难，以志士仁人为类。这里所说的“死”，是由于死亡威胁着他（他是在迎着敌人的进攻目标前进）；“知死不可让（避），愿勿爱兮”“定心广志，余何畏惧兮”，正是针对这种死亡威胁而言的。他决意赴难是局势突变所迫，义无反顾，并非自己想死，整篇还看不出一点自己想死的念头。这与《悲回风》所写的“死”完全不同。《悲回风》是求死，投水死的方式也已确定，死是为了摆脱绝望和痛苦。故《悲回风》的“死”与“自沉”合，《怀沙》的“死”与“自沉”不合。《怀沙》的实际内容表明，此诗是屈原在南土得悉秦军进攻直指郢都的消息后，抱着与楚国共存亡的决死之意，在急急北行的途中所写下的作品。

那么题名《怀沙》究属何意？这标题是个长期令人困惑的问题，也导致了本篇长期被误解。要解开此谜，作出符合作品实际内容的解释，研究一下《九章》各篇的标题是有益的。《九章》各篇标题有一个共同的特点，即标题中最主要的一个字或词必定取自该篇的某些诗句中，这些字或词不仅最富感情色彩，且贯穿全诗，具有点题归旨的作用。《惜诵》《思美人》《悲回风》《惜往日》均取首句首二三字为题，突出“惜”“思”“悲”“惜”；《橘颂》赞颂嘉树——“橘”，托物抒情；《抽思》取诗中的“少歌”首句“抽思”二字名篇；《涉江》之题取自“济乎江、湘”，“江”是切断郢路、不可逾越的政治障碍的象征；《哀郢》的主旋律是一个“哀”，“哀”字在诗中频频出现，全部哀痛围绕着“郢”。以上八篇的标题均来自诗中，

《怀沙》当不例外。《怀沙》绝大部分正文和乱词反反复复浩叹怀抱救国济世之术而毫无用处，“怀瑾握瑜兮，穷不知所示”“怀质抱情，独无匹兮”，可见标题中的“怀”字乃是从这些诗句中提取的，是“怀抱”的“怀”，与“怀念”无关。从“怀瑾握瑜”“怀质抱情”到“怀沙（所怀所抱，无用之沙土石子耳）”，实潜藏着一种由真诚自信到绝望自嘲的心理流变。这里说明一下：“沙石”与“瑾瑜”相对，都是比喻，而不是指实物。

《怀沙》是屈原为自己一生的抱负和理想画句号的作品，其作因是由于秦楚斗争的胜负已成定局，白起军事行动带来的一场大劫难已降临楚国，作者一生的怀抱已化为尘土。笔者认为，只要我们本着科学的求真精神，正视作品本身，不囿于成说，便会发现《怀沙》实是一份了解屈原晚期情况的珍贵资料，它真实地记录着作者在郢都陷落前的行踪与心情，并为《哀郢》与白起破郢问题提供了最可靠的旁证。

此外，关于屈原曾亲历郢都沦亡这个事实，我们还可以从《悲回风》一诗得到证据。“淼南渡之焉如”，是屈原所乘小船留在《哀郢》中的最后一个镜头，船行方向甚明。结尾又出现一个屈原的特写镜头：“曼余目以流观”，此刻船在行进，四面都是茫茫江水，方向都辨不清了，故云“流观（四望）”。他此行去了哪儿？我们是在《悲回风》中找到答案的。

惟佳人之独怀兮，折若椒以自处。
曾歔欷之嗟嗟兮，独隐伏而思虑。
涕泣交而凄凄兮，思不眠以至曙。
终长夜之曼曼兮，掩此哀而不去。

“处”，安顿。“自处”，自己安顿了下来。从下文“登石峦以远望”“入景响之无应”等句看，其安顿下来的地方极为隐蔽，人迹稀少。

“自处”以下的文字令人诧异不已。怎么一落脚下来就哀叹悲泣、涕泪纵横，甚至思虑得“不眠以至曙”？而且，为什么要“隐伏（藏匿）”起来？其实只有弄清楚这段文字与《哀郢》的关系，才会明白这是痛定思痛的感情宣泄。“终长夜之曼曼兮，掩此哀而不去”，作者终于明白地说出了“此哀”。“此”，近指的代词，则“此哀”来龙去脉清楚，正是“哀郢”之“哀”，是哀郢都沦丧。综观全诗，《悲回风》正是以“此哀”为核心的。请再看：

纠思心以为纕兮，编愁苦以为膺。
折若木以蔽光兮，随飘风之所仍！

把千丝万缕的忧思绞合成佩带，把愁苦编结成胸衣，是说忧愁之多，终日在忧愁中煎熬。三、四两句是说：折下若木的枝叶把日光遮黑吧，听任着狂风把我东抛西掷！《离骚》云：“折若木以拂日兮。”傍晚昏暗下去的太阳还要叫它放出光明；而本篇则要“折若木以蔽光”，白天倒愿它黑暗。诗人已不愿再看到这个世界，不愿再看到这种不可收拾的局面。《哀郢》中有“焉极”“不知所蹠”“焉薄”“焉至”“焉如”五句话，就像一只无所归宿的鸟发出的五声哀鸣。而本篇则豁出去了：听凭这狂风把我抛到哪里吧！他有时很激动，有时则陷入听而不闻、视而不见的精神状态（“存仿佛而不见兮”），木然茫然，完全像一个魂魄出窍的人。请再看：

岁曶曶其若颓兮，时亦冉冉而将至。
薠蘅槁而节离兮，芳以歇而不比。
怜思心之不可惩兮，证此言之不可聊。
宁溘死而流亡兮，不忍为此之常愁！

思虑之心无法制止，“常愁”无法忍受。他究竟在“思虑”什么呢？

这“常愁”究竟是愁什么？“时亦冉冉而将至”这句话便是答案。“时”，季节，这里是用来隐喻国事的。我们不妨与《离骚》“时亦犹其未央”“时缤纷其变易兮”两句联系起来看。这两句，前者是在“年岁未晏”的有利条件下进一步说：季节（指春季）也尚未消逝尽——这是隐喻楚国当时的情况还未到花落春尽的地步，是尚有可为的。后者是屈原提出不同看法，也仅说到“缤纷变易”。但本篇的“时”大不同了：蘋蘅枯槁，茎断节离，被“回风”反复扫荡过的自然界已经没有一点生气，季节已垂垂同尽矣！“时亦冉冉而将至”这句话里，实蕴含着一句诗人不忍明言的话：危亡的时日正在渐渐地到来。屈作中常用四时季节的变化来象征楚国不同时期的现实，下文“观炎气之相仍兮，窥烟液之所积；悲霜雪之俱下兮，听潮水之相击”，也正交融着诗人对楚国由盛变衰的无限悲哀。他就像一个幽灵在徘徊，在游荡，在“远望”，但望见的只是“路眇眇之默默”，一切断无消息。请再看：

> 愁郁郁之无决兮，居戚戚而不可解。
> 心鞿而不开兮，气缭转而自缔。
> 穆眇眇之无垠兮，莽芒芒之无仪。
> 声有隐而相感兮，物有纯而不可为。
> 藐蔓蔓之不可量兮，缥绵绵之不可纡。
> 愁悄悄之常悲兮，翩冥冥之不可娱。
> 凌大波而流风兮，托彭咸之所居！

总是被悲哀包围，无法解脱。“穆眇眇”“莽芒芒”二句写回风过后旷野里雾气弥漫的萧索死寂景象，意境寥廓而朦胧，与其说是一片大自然景色，不如说是一个心灵的境界，表述了诗人的大悲哀和大迷茫。故下二句重提“回风”初起之时，并悲叹美好的事物无法可为。“藐蔓蔓之不可量”这个意象，喻指楚国的前景、前途——那远远的地方等待着的将是一种什么命运，无法估计。但实际上屈原看得很清楚，故云：“缥绵绵之不可纡”——这是写不断不绝的忧思。

“翩冥冥”指神思飞翔，即展开想象的翅翼，使自己的身心翩飞在一种高远而美好的境界里，藉以解忧或自娱。《离骚》“抑志而弭节兮，神高驰之邈邈。奏九歌而舞韶兮，聊假日以媮乐”即其例。这是诗人所独有的，缥缈而美丽的，可以使痛苦的灵魂变得如痴如醉的一座空中花园。屈原作《悲回风》之时，对楚国的前途已完全绝望，理想的翅膀已经折断，美妙的幻境已失去现实意义，所以说“不可娱”。一连串的“不可”，表明生意已尽，死志已决，把感情的奔流一浪高一浪地推向峰巅——“凌大波而流风兮，托彭咸之所居！”

我们仿佛看到诗人怀着满腔悲愤投入了巨浪之中。

据上可知，《悲回风》所写的“此哀”“思虑”“常悲”，与《哀郢》之“哀”是一脉相承的。郢亡之哀痛绝望加忧虑，使他无法制止，无法摆脱，无法忍受，终致决定以死解脱。

正文后半部分，即“上高岩之峭岸”以下，是想象自己被巨浪吞没以后（即死后），灵魂摆脱了尘世的愁海而漫游于天地之间，诗人的意识从眼前的实境转入了恍惚迷离的幻境。他忽而飞上高山之巅，忽而翩飞在蓝天之上，多么自由自在呀！他站在彩虹上，尽情地抒发出胸中的积愤［“据青冥而摅虹”与“凌大波而流风”句式同。“摅虹”，据虹而摅（抒发）之意］。他饮露漱霜，倏忽之间就可以在碧悠悠的高空抚摸天穹。他的肉体被逼得“凌大波而流风”；现在他的灵魂却悠然来到风源之所在，不无嘲弄地“依风穴以自息”——“回风”对这灵魂又能奈之何？然而他真得到解脱了吗？请看“忽倾寤以婵媛（牵萦）”——忽然觉醒，牵挂之丝把这灵魂又缠住了。他的视线转向了终究还是忘不了的人寰：

惮涌湍之礚礚兮，听波声之汹汹。
纷容容之无经兮，罔芒芒之无纪。
轧洋洋之无从兮，驰委移之焉止？
漂翻翻其上下兮，翼遥遥其左右。
氾潏潏其前后兮，伴张弛之信期。

这是一组象征性意象。这浩浩荡荡、翻翻滚滚、相互倾压、奔逐不息的江涛，正是这个纷争的人世的缩影，是战国后期动荡变化的时代的写照。“伴张弛之信期”是这节诗的点睛之笔。“伴”，通判，判明。“张弛”，犹言涨落，常比喻事物的兴废、起落，这里语意双关。“信期”，潮水涨落必信守一定的时间，这里指“张弛”的必然规律，含有不可改变之意。在战国合纵连横斗争的“大潮汐”中，屈原目睹楚国从辉煌走向衰落的过程，他已看清了楚国从“起”到“落”的必然性。“涨”者既不可阻挡，“落”者亦不可挽回，“伴张弛之信期”这一句，实蕴涵着诗人无力回天的悲叹。他的灵魂最后在伯夷亡国后采薇而食的首阳山徘徊不去，也清楚地透露出当时楚国的局势在迅速恶化。下面请看乱词：

曰：吾怨往昔之所冀兮，悼来者之愁愁！
浮江淮而入海兮，从子胥而自适！
望大河之洲渚兮，悲申徒之抗迹；
骤谏君而不听兮，任重石之何益？
心絓结而不解兮，思蹇产而不释。

诗的尾声，从幻境又回到现实——灵魂还没有离开肉体，这个身子依然站立在江边。十句结语总括全诗，抒写的千愁万恨都归结到一个“死”字。首四句表明死的原因。一场“回风”对楚国而言，竟然造成“悼来者之愁愍”的局面；对作者个人而言，竟然“托彭咸之所居”还不够，还要让寄托在彭咸居所的尸体浮上来，浮过江淮奔入大海，去追随伍子胥方能求得心灵的安适——这是一场什么样的“风”啊，与秦突然袭击带来的这场大灾难却吻合得丝丝入扣。这是对正文前半部分（现实部分）的总结。“望大河”以下六句总结正文后半部分，是借申徒狄说自己。申徒之君纣也，又是一个亡国之君，关键语是“骤（屡）谏不听”。杀害伍子胥的吴王如此，弃逐屈原的顷襄王亦如此。他说申徒狄自杀无益于事，意为灭亡已不可避免，你不忍见的事情还是要照样发生。正因为如此，所以心中牵挂（“心絓结”），思乱如麻（“思蹇产”），死也放心不下。可见写此诗时，他的心还在痛苦地凝视着局势的发展。自沉汨罗所以不在当时而在来年之夏，这一年正是秦拔郢后“复拔巫、黔中郡”之年，使屈原越发绝望的一年。

综观全诗并考察整个顷襄王朝的历史，此诗只能产生在顷襄二十一年白起破郢后这一特定的历史时期，其他任何时期都是不合的。把《哀郢》《怀沙》《悲回风》三篇联系起来看，《哀郢》之“哀”，前见于《怀沙》，其时郢亡已不可避免；后见于《悲回风》，其时郢亡已成为事实。这三篇作品，是屈原活到了白起破郢之时的铁证。实际上屈原在《哀郢》中南渡后仅止于汨罗地区，同年秋冬作《悲回风》。《悲回风》末两句也出现在《哀郢》中，足见这两篇的写作，思想情感之紧密相承。蒋骥前辈定《涉江》作于《哀郢》后，认为《涉江》是在流放陵阳九年之后的作品，他在《山带阁注楚辞》中说：“或者九年不复之后，复以陈辞撄怒，而再谪辰阳。”这个说法毫无证据，纯出于想当然，可置不论。

陆天华

2015 年修改

附录二：解决古代断代问题的钥匙

——读《中华传统天文历术》

我是研究屈原作品的，很关心屈原的生卒年问题。屈原的生卒年史书上没有记载，幸而他留下了不少可“与日月齐光”的诗篇，其卒年我们可根据他晚期作品所透露的信息来考定，相信这个问题是能够解决的。可是有关屈原的生年月日，唯一的资料仅有《离骚》中一句话：“摄提贞于孟陬兮，惟庚寅吾以降。”这句话涉及一门专门学问：古天文历术。若不通晓这门知识，要对这句话作出正确的阐释并进行精确地推算，实在是困难的。正因为这个缘故，所以从东汉直到现在将近两千年的学术界，对屈原的出生年月可谓异说纷纭，叫人不知相信哪家好。

坦白说，我不懂这门学问，对这个问题不敢发言。实在不能回避，我也只好老老实实声明自己不懂。对于众多歧见，经过反复筛选，脑子里最后剩下四说：

一、认为屈原生于楚宣王三十年辛巳（前 340 年）夏历正月初七日庚寅（如郭沫若《屈原研究》）。

二、认为生于楚宣王二十八年己卯（前 342 年）夏历正月二十六日庚寅（如汤炳正《屈原赋新探》）。

三、认为生于楚宣王二十七年戊寅（前 343 年）夏历正月二十一日庚寅（如邹汉勋《屈子生卒年月日考》、刘师培《古历管窥》、游国恩《楚辞概论》、钱穆《先秦诸子系年》、张汝舟《二毋室古代天文历法论丛》等）。

四、认为生于楚宣王二十七年戊寅（前 343 年）夏历正月二十二日庚寅（如陈玚《屈子生卒年月考》）。

这四种说法，我觉得比较接近事实，可以入围了。但四种推算结果，远者相差三年，近者相差一天，这样的差异，即使屈原生前的亲朋好友，恐怕也难断孰是孰非了。在没有科学验证的情况下，你从哪一说好？如从第一说，说者乃是大权威，从者众多，万一有误，我的妄从自觉可鄙；如从第二说，说者是当今屈学界德高望重的泰斗，是我尊敬的师长，我选中他显然带有感情成分，而在“从”的问题上是不宜杂有感情的；如从第三或第四说，要是有人问我所从之说的胜人之处，我怎么回答呢？我凭一个研究者的良知分明知道，屈原的生年月日只有一个，正确结论也只有一个，从一弃三，类同摸彩，怎能保证那正确的答案不在被弃之中？也许那位被弃的“真公主”正在对我冷笑。茫然中我幻想有一种神奇的办法，能把古往今来所有的结论一一加以验证，把那位“真公主”找出来。

不意这个幻想果真实现了！《中华传统天文历术》一书，用四分历术来检验各家之说，证明除“屈原生于公元前 343 年戊寅夏历正月二十一日庚寅”之说完全正确外，其余各家之说均不能成立。只有真理在手，只有经过科学方法的反复验证，才敢于作出这样的宣告！我深深感谢本书的作者，这一成果真是功德无量，两千年来学术界的意见分歧终于澄清，诗人屈原从此可以放到更为准确、更为具体的历史环境中进行研究和评价。

然而这本书的价值远不止此。请看《睡虎地秦墓竹简》：

> 秦王二十年四月丙戌朔……

本书作者用四分历术来验证，证明秦王二十年（前 227 年）四月初一确是丙戌，该简记载不误。又如贾谊《鹏鸟赋》云：

> 单阏之岁兮，四月孟夏，
> 庚子日斜兮，服鸟集于舍。

一推算其具体时间，这是汉文帝六年（前 174 年）夏历四月二十三日庚子发生的事，经验证正确无误，与贾谊所叙完全吻合。用其他典籍和出土文物所提供的“历点”来验证，无不如此。书中《关于晋灭虢、虞的具体时间问题》《〈诗经〉用历说》《也谈古代文学作品中的十二时问题》《〈诗经·小雅·十月之交〉释疑》《屈原生年考辨》《〈红楼梦〉为曹雪芹自传性小说考》、《屈原与楚国历法》等文，都是天文历术及其推算的具体运用之范例，从中可以看出作者考证之周密，推算方法之科学，求得的结论之正确。尤为可贵的是，作者还将天文历术及其推算的原理与方法，作了详细介绍，并将各种图表附于书后。由于掌握了四分历术，能推出并验证公元前 427 年前后上下数千年中任何一年的月朔和日的干支，因此它无疑是解决古代的断代问题的一把钥匙，对研究古代历史、古代文学、古代科技、古代医学及文物考古，均有十分重要的实际意义。

作者蒋南华教授长期从事古代文学和古天文历法的教学和研究工作，早年受业于张汝舟先生之门。张先生毕生精研古天文历法，探骊得珠，首创以四分历术（即《史记·历术甲子篇》）之精诀来推算屈原的生年月日，并以出土文物和历史典籍所载的“历点”，来验证其推步之精密度和科学性。张先生并不标新立奇，他只是让科学来说话，是还它是，非还它非，让自己投入是的怀抱。张先生的卓然之学何以鲜为人知？曰：只因他遇上点“变白为黑”的绪风，谬误自然淹没了真理。今幸有蒋南华教授继承其绝学，不仅使沉埋的真理见白于学界，而且使祖国这份宝贵的文化遗产更加发扬光大，这是可以告慰于张先生在天之灵的。

陆天华

（原刊《贵州社会科学》1997 年第 5 期）

《寻梦斋读骚》后记

拙著《读骚九探》付印后，我感到累了，想就此停笔，做个闲人了。若没有周晶晶老师的帮助，不会再有《寻梦斋读骚》这本书的。晶晶老师是《读骚九探》的责任编辑。她审稿认真，字斟句酌，既对读者负责，又尊重作者。举个例子，《离骚》“夫唯灵修之故也”下面，一本有“曰黄昏以为期兮，羌中道而改路”两句衍文，她发现我的疏忽，建议我在此处加个注，说明一下，使我避免了因粗心而造成的失误。校对她的校样，发觉她细心到一个标点也不放过，偶尔改动一下或删去几个字，更让我心悦诚服。在我的想象中，周老师必定是位学养深厚、非常敬业并有点年纪的女学者。及至见面，竟是一位聪明灵秀的年轻姑娘，举止大方，性格直爽。惊讶之余，不由想起古人“后生可畏”之言。“畏”是敬畏佩服之意。我这个人前畏“先生”，后畏“后生”，畏前畏后，但愿可减少些错误。

收到《读骚九探》的新书，我从头到尾看了一遍，觉得没有把《涉江》《哀郢》两篇译诗增入文中，实在是一个很大的遗憾（其实晶晶老师在审稿时曾向我建议过）。再呢，发现书中有解释不妥及错误的字词，虽是个别的，不改正心里很不安。还有，在整理一捆捆旧稿时，发现一本手册《读骚拾贝》，仔细一看，有的是弟兄俩闲聊时记下的，有的是怕忘记从被窝里爬出来记下的，有的是突然解悟放下饭碗去记下的，其中有价值却没有写进文中的有好几条，可惜已没法补充进去了。我想，如能给我一次修改的机会多好，现在难了，出修订本谈何容易。不想和晶晶老师一说，她非常赞成，立刻爽快地答应帮忙，叫我安心修改，她会尽力的。晶晶老师这时已调到济南工作，但仍不忘所托，不但帮我联系好出版社，连修改的注意事项也关照清楚。她知道我不用手机、电脑，有事便和陆拯联系。陆拯则利用节假日，帮助我做好修改工作。有时我想，假如换了一位编辑，对我的想法婉言谢绝，也就没有了这个修订本。

回想到《读骚九探》这本书稿，真是感慨良多。2014 年，想和屈学告辞了，把发表的文字集拢来，少得令人惭愧。弟兄俩到世上来这一趟，本来还可多做些事，命运给我们的时间太少，研究条件更不必说，弟弟又走得那么早，只能到此为止了。出一本薄薄的书，也算了了一件事了。为出书我发过两条短信。第一条发出去，朋友托错了人，书稿发给朋友指定的人，几个月杳无回音。第二条短信是发给崔富章先生的，崔先生当即打来电话，帮我落实了出书之事。崔先生是我的益友，也是良师，凡探索疑难问题的文稿我总要请他看过，听了他的意见，才觉心里踏实。1995 年写成的《探〈涉江〉〈哀郢〉之作时、作地与作因——兼论〈怀沙〉和〈悲回风〉》一文，投出去不是退稿，便是删节，幸得崔先生的推荐，才得以全文发表。崔先生说：学术研究是求真。他本人就是这样一位求真务实、胸怀宽广、古道热肠的学者。《读骚九探》这本小书能与读者见面，和那篇《探》文一样，跟崔先生的帮助是分不开的。有时我想，要是第二个短信又是失望，说不定书稿至今仍在睡觉，让它随缘吧。

看到过丰子恺先生一幅“菊萎犹开卧地花”的漫画，很有感触。我们弟兄俩这点研究的命运正如萎蔫之菊，幸而得到不少好心人的怜惜和呵护，才免于枯萎，开出几朵看云伴月的“卧地”之花。弟弟若在天有灵，也会对所有帮助我们的人士双手合十，充满感激感谢之情。

陆天华

二〇一八年二月五日

图书在版编目（CIP）数据

寻梦斋读骚 / 陆天鹤，陆天华著. -- 合肥：黄山书社，2019.12

ISBN 978-7-5461-8874-4

Ⅰ. ①寻… Ⅱ. ①陆… ②陆… Ⅲ. ①楚辞研究 Ⅳ. ① I207.223

中国版本图书馆 CIP 数据核字 (2020) 第 015258 号

寻梦斋读骚
XUNMENGZHAIDUSAO

陆天鹤　陆天华　著

责任编辑　朱莉莉
装帧设计　观止堂_未　氓
出版发行　时代出版传媒股份有限公司（http://www.press-mart.com）
　　　　　黄山书社（http://www.hsbook.cn/index.asp）
地址邮编　安徽省合肥市蜀山区翡翠路 1118 号出版传媒广场 7 层　230071
印　　刷　安徽联众印刷有限公司
版　　次　2021 年 1 月第 1 版
印　　次　2021 年 1 月第 1 次印刷
开　　本　787mm × 1092mm　1/16
字　　数　320 千字
印　　张　15.5
书　　号　ISBN 978-7-5461-8874-4
定　　价　39.80 元

服务热线　0551-63533706
销售热线　0551-63533761
官方直营书店（http://hsssbook.taobao.com）